JN088481

#塚森裕太がログアウトしたら

浅原ナオト

幻冬舎文庫

#塚森裕太がログアウトしたら

目次

自分が同性愛者だと気づいたのは、中学一年生の春だった。

いや、「気づいた」は違う。「認めた」だ。はっきり、いつからとは言えないけれど、下の毛が生えてくる前から違和感はあった。俺は女の子に興味を持てないのに、俺のことを好きになる女の子はやたら多くて、友達から女の子二人を比べて「どっちを選ぶんだよ」とからかわれたりして、そういう時はいつも曖昧に笑っていた。

自覚を持つ前から、自慰はしていた。妄想の相手は男の子。なら疑う余地もなく同性愛者だろと言われそうだし、俺だって他人事《ひとごと》だったらそう言ったと思う。刺殺死体の傍にナイフを持った血まみれの男が立っているのに、警察が「彼が犯人かどうかは分からない」なんて言っていたら滑稽だ。それでも俺の中では疑惑だったのだ。名探偵が現れて「あなたが犯人です」と自信たっぷりに言い切るまで、どれだけ状況証拠が揃っていても事件は未解決のままだった。

そして現れた名探偵は、夢だった。叶《かな》える方じゃなくて見る方。中一の春、バスケ部の同級生たちと体育館でくんずほぐれつの大乱交をする夢を見て、俺は俺が同性愛者であることを確信した。

もっと綺麗な謎解きがあっただろうと、意地の悪い探偵に愚痴りたくなる。だけどそうならなかったのだからしょうがない。十二歳の俺が下半身で物事を考える猿だったのが悪いのだ。同級生の男子たちと「同じ」ように。

さて、そうやって自覚を得た俺がどうなったかというと、どうにもならなかった。そりゃそうだろう。自覚があろうがなかろうが、俺が同性愛者であるという現実は変わらない。どうにかなっていったのは俺ではなく、世界の方。

中一の夏、いいなと思っていた男友達の告白を応援した。告白は成功し、そいつには彼女ができた。そいつは俺に応援してくれた礼を言い、俺は笑いながら「俺の時はお前が応援してくれよ」と返した。

中二の秋、仲の良かった女の子に告白されて付き合うことにした。何度かデートをしたけれど、しっくり来なくて二か月で別れた。別れ際に「ずっと友達でいよう」と約束し、だけど卒業まで、その子とは数えるほどしか言葉を交わさなかった。

中三の春、クラスメイトの男子が彼女と初体験を済ませた。俺は大勢の仲間たちに混ざってそいつを羨ましがった。やがて話は脱線して好きなおっぱいのサイズを言い合う流れになり、俺は大きくも小さくもない、Cカップぐらいが好きだと主張した。

俺は変わらなかった。変わりたくても、変わりようがなかった。だけど世界はすごいスピードで変わっていって、あっという間に俺は、剥き出しでは生きられなくなった。

俺は仮面をかぶることにした。そうなるまで俺は「仮面をかぶる」という言葉が指す「仮面」を、祭りの屋台で売られているお面のようなものだと思っていた。でも違った。俺がかぶっていた「仮面」はそれがないと死んでしまう、空気洗浄フィルターを何枚も挟んだ防毒マスクだった。『風の谷のナウシカ』に出てくるやつ。不格好で、窮屈で、息苦しかった。

そして高校生になって、また世界が変わった。

端的に言うと、みんな大人になった。例えば、中学の頃はホモネタで笑いを取ろうとするやつが周りにあふれかえっていたのに、高校に上がったらめっきりいなくなった。そうなった理由は身も蓋もないことを言ってしまうと、受験が上手《うま》くいって雰囲気のいい学校に入れたからだろう。選別が入れば人間は階層化される。単純な話だ。

毒を放つ森を抜けた後に現れた、青き清浄なる世界は眩しかった。何もかもが宝石のように輝いていた。ほんの些細な毒を生んだやつが「そういうのよくないよ」と諌《いさ》められるのを目にした時は、今まで俺が住んでいた世界はなんだったんだと中学受験に挑まなかったことを後悔したぐらいだ。この世界は全てを受け入れる。あらゆる人々があらゆる人々に対して、そういうメッセージを発していた。

だけど、それで俺が生きやすくなったかというと、それはまた別の話だった。

想像してみて欲しい。

あなたは宇宙服を着たまま宇宙船から放り出され、宇宙空間を彷徨《さまよ》っている。そのうち無人の宇宙ステーションにたどり着き、これ幸いと中に入った。おそらく大気はある。窮屈な宇宙服を脱いでも生きられる。だけど宇宙服を着たまま、大気の存在やその成分を確認する術《すべ》はない。そんな中、あなたは宇宙服を脱ぐことができるだろうか？

俺の答えは、ノーだ。ボンベの酸素が尽き、生命維持装置が無効化されるまで、宇宙服を脱ぐことはできない。着る意味がなくなって初めて宇宙服を脱ぎ、ようやく安全な大気の存在に気づく。そういうものだろう。脱いでも大丈夫だろうという希望的観測は、脱いだら死ぬかもしれないという恐怖に勝てない。

高校生になった俺は、そういう状態だった。

俺が同性愛者であることを明かしても、きっとこの世界は受け入れてくれる。だけど俺は異性愛者としてこの世界に来てしまった。友達に嘘をつきながら生きるのは後ろめたい。でも後ろめたいだけだ。死ぬことはない。

だから俺は異性愛者のフリをし続けた。ただ一年の秋にクラスメイトの女子から告白された時は、前と違って「今はバスケのことしか考えられない」と断った。そうやって断った手前、何となくバスケに力を入れるようになって、プレイは上達していった。

とはいえ、中学の頃と全く同じというわけではない。宇宙服の話と違い、俺はその世界で元気に生きている人間を見ることができた。だから大気の成分分析はできないけれど、いかつい防毒マスクが要らないのは何となく分かった。

俺の「仮面」はもっとカジュアルなものに変わった。ただ「カジュアルなもの」というイメージがあるだけで、世界はむしろ遠くなったような気さえした。防毒マスクをしている時、俺の首から下は生身だった。触れられれば温かかったし、傷つけられれば痛かった。高校生になってからはそれもない。だけど全身を防護服に覆われているような重たさもない。俺は今どうなっているのか。ずっと不思議で、不可解だった。

その謎が解けたのは、高校二年生の時。

高二の夏、俺はバスケットボールプレイヤーとして覚醒した。インターハイに出場し、準決勝まで進み、ベスト4という結果を持ち帰った。学校からは表彰され、友達からも褒められた。女の子から告白されたりもして、やっぱり「今はバスケが大事」と断った。

そんな中、バスケットボール雑誌の取材を受けた。インターハイの注目選手を集めて紹介する企画で、注目度ナンバー1として扱われると言われた。嬉しかった。家に送られてきた雑誌を開く瞬間は、今までの人生で読んできたどんな本を開く時よりも興奮していた。だけど開いて、読んで、思った。

これ、誰？

掲載されている写真は俺。書かれている文章は俺が語った言葉。だけど特集されているのが俺だという実感が、どうしても湧かなかった。家族や友達からコメントを貰っても同じ。芸能人が話題になっているのを聞いているようで、俺自身の話だとは思えなかった。

その少し後、使っていたスマホを機種変更することになった。するとSNSアプリを再設定する必要が出て来る。俺はメジャーなSNS、ツイッターとフェイスブックとインスタグラムとLINEのアカウントを全て持っていたから、全部ログインし直した。ツイッターとフェイスブックはもう使っていないから放置しようかとも思ったけれど、中学の友達との繋がりが残っていたので、使える状態にはしておくことにした。

フェイスブックにログインした時、アイコンに中学生の俺が出て来た。今よりずっと素朴で垢ぬけていない顔立ちを前に、つい吹き出してしまった。誰だよ。自分自身にそう思い、同じ気持ちをどこかで抱いたことを思い出し、そして、気づいた。

これだ。

自分なのに自分じゃない。これこそが俺があの雑誌の特集に覚えた違和感で、日常的に抱《いだ》いている違和感の正体でもあると確信した。つまり俺は、俺の名前のアカウントを使い、世界にログインしているのだ。雑誌でインタビューされたのはそっちの方で、俺から切り離された俺じゃない俺だったから、俺は俺自身のことだと思えなかった。

大仰な防毒マスクは外れた。代わりに生まれたのは、俺と同じ姿をしたアバターを持つ、俺と同じ名前のアカウント。家でも、学校でも、俺はそのアカウントにログインして生活している。

じゃあそのアカウントからログアウトしたら、いったい何が現れるのだろう。

そんなことを考え始めた頃、俺は、十七歳の高校三年生になっていた。

第1章　同族、清水瑛斗

1

僕の親指には、脳がある。

その脳はスマホをいじっている時に目覚める。ツイッターをやっている最中が活発だ。頭が「いいねしろ」と命令を下し、親指が「分かりました」と動くのではない。親指が「いいねしたよ」と結果を報告し、頭が「分かった」と情報を処理する関係が、二つの脳の間に築かれている。

いいねしたよ。分かった。リツイートしたよ。分かった。タイムライン読み込んだよ。分かった。リツイートしたよ。分かった。

いいね――

「なあ、塚森《つかもり》がゲイだって知ってた？」

親指の脳が、機能を停止した。

小学生男子が辞書をめくっている途中、エロい単語を見つけて指を止めるのと同じ。頭の脳が聞き捨てならない単語を拾い、親指の脳に「ちょっと止まれ」と指令を出した。夏服の高校生を詰め込んだバスに、わずかに高さの残る男声が響く。

「塚森って、あの？」

「そう。去年、同じクラスだったあの塚森裕太《ゆうた》」

こっちは座っていて、話しているやつらは立っているから、声は上から降ってくる。僕は膝の上で学生鞄を抱え、目の前でつり革につかまっている男子生徒二人を見やった。ネクタイに緑のラインが入っているから、一つ上の三年生だ。二人ともシャツの裾をだらしなくズボンから出している。高校生活を楽しむためのおまじないみたいに。

「マジで？」

「マジで。インスタでカミングアウトしてんの」

僕から見て右側の男子がスマホをいじり出した。左側が首を伸ばし、手元を横から覗き込む。やがてバスが停留所に着き、車体がぐらりと揺れたのに合わせ、左側が口を開いた。

「うわっ。マジだ」

プシュ。無機質な音と共に、バスのドアが開いた。

「どーりで、あんなモテるのに彼女作らねえわけだ」

「もったいねえよな。お前が代わりにホモになれよ」

「あ？」

バスが動き出す。僕はじゃれ合う三年生たちから自分のスマホに意識を戻し、インスタグラムのアプリを開いた。ツイッターと違って慣れていないから動作がぎこちない。親指の脳は眠ったまま、頭の指令で指が動く。

名前で検索をかけ、塚森裕太のアカウントを見つける。目鼻立ちのくっきりと整った少年が爽やかに笑うアイコンは、どこかのモデルのアカウントだと言っても問題なく通用しそうだ。ユーザーネームの横に公式マークをつけたくなる。

最新の投稿は、同年代の男女一人ずつと肩を並べて笑う塚森裕太だった。向かって右はガタイのいい短髪の男子で、左は髪を頭の後ろでまとめた女子。二人とも塚森裕太と同じように笑っていて、女子の方はカメラに向かってピースサインを出している。

写真をタップ。画面をスワイプさせ、キャプションを読む。

『今日は、みんなに二つ報告があります。

一つ目。インハイ予選、決勝リーグ一戦目、勝ちました。インハイ進出に向けて大きく前進です。卒業した先輩たちは怒るかもしれないけれど、俺の感覚では去年よりも手応えがあります。このまま勝ち進んで、目指すは全国優勝。本気で、全力で、狙っていきます。

そして、二つ目。

今日、俺は大切な友達に、自分が同性愛者であることを明かしました。

思っていたより恐怖はなかったです。二人は本当の俺を受け入れてくれると分かっていたから。そういうやつらだって、信じていたから。そしてやっぱり、その通りでした。二人とも、俺を俺として見てくれた。「お前が誰を好きでも、お前はお前だろ」。そう言ってくれた。本当に嬉しくて、心強かったです。

そんな二人の優しさに触れて、俺は決心しました。もう嘘はつかない。自分らしく生きる。俺、塚森裕太は改めてここに宣言します。俺は同性愛者です。男だけど男しか愛せない。そういう人間です。

この投稿を読んで、驚いている人もいるでしょう。中には、俺のことを無理になった人もいるかもしれない。でもきっと、それ以上に理解してくれる人がいる。俺はそういう仲間たちに囲まれている。根拠なんて何もないけれど、心からそう思っています。

いきなり変な話をしてすいません。とりあえず今は、次の土曜にある決勝リーグ二戦目のことで頭がいっぱいです。応援、よろしくお願いします！
＃ＬＧＢＴ　＃カミングアウト　＃自分らしく　＃最高の仲間に　＃ありがとう』

チッ。

舌打ちが漏れた。バスが学校近くの停留所に着き、生徒たちがぞろぞろと降りる。僕も流れに乗ってバスを降り、だけど学校に向かう流れには乗らず、足を止めてスマホでツイッターを開いた。

バスの中で使っていたアカウントを、別名義のアカウントに切り替える。通知ゼロ。いいねもリツイートも増加なし。また、舌打ちが漏れそうになる。

『50いいねでモザイク外そうかな（笑）』

勃起したペニスにモザイク処理を施した下半身の写真と、一定以上の反応があればモザイクを外すという文言をセットにしたツイートを眺める。昨日の夜に投稿して現時点で38いいね。目標は30ぐらいにしておけばよかっただろうか。目的はいいねを稼ぐことではなく、ツイートを広めて仲間から交流のお誘いをいただくことだけど、こういうものは達成しないとすこぶるダサい。

スマホをポケットにしまう。晴れた初夏の空を見上げて歩きながら、塚森裕太のカミングアウトを思い返す。満面の笑みを浮かべる塚森裕太。その隣で同じように笑う友人たち。そしてその友人が塚森裕太にかけた、優しくて温かい言葉。

——お前が誰を好きでも、お前はお前だろ。

その通りだ。僕は男が好き。そして僕は清水瑛斗《しみずえいと》。塚森裕太ではない。だからこそ僕にとって、この世界は本当に生きづらい。

去年、今まで「県内では強い」ぐらいだった僕の高校の男子バスケットボール部が、インターハイに出場して上位に残る快挙を成し遂げた。

インターハイ出場が決まった時点で、帰宅部の僕の耳に情報が入ってくるぐらいの騒ぎになっていた。準決勝まで行ったところで、夏休み中なのに応援に誘う連絡が学校から回って来た。その準決勝で負けてしまったけれど、結果は全国ベスト４。十分すぎるほどに十分だ。燃え広がった熱は夏休みが明けた後も、一人の選手を中心に長く燻《くすぶ》り続けた。

その選手が当時の二年生エース、塚森裕太。

僕は試合を観《み》に行っていないけれど、噂によると塚森裕太はインターハイで八面六臂《はちめんろっぴ》の大活躍を見せたらしい。バスケットボール雑誌のインターハイ特集では「今大会一番の仕上がり」と絶賛されていたそうだ。ただ僕は、男子バスケ部メンバーの中から塚森裕太が特に注目を浴びて学校で話題になったのは、インターハイの活躍とはまた違う要因があると考えている。

それは塚森裕太という男子生徒の人間性——スペックだ。

芸能人が文字通り「顔負け」する甘いマスク。バスケットボールで鍛えられた引きしまった身体。頭も大変によく、性格は誰からも愛される真っ直ぐな好青年らしい。そんな男がインハイベスト４の成績を残した運動部のエースなのだ。注目されないわけがない。

だから、そいつがＳＮＳでカミングアウトすれば、こういうコメントもつく。

『感動しました！　塚森先輩がどんな人でも、わたしは塚森先輩を支え続けます！』

『俺も今年の方が手応えある。優勝目指そう！』

『まあ色々あるみたいだけど、これからもダチってことでよろしく』

僕はため息をついた。スマホから目を離し、騒がしい朝の教室を見渡す。男子のグループと女子のグループ。多人数のグループと少人数のグループ。うるさいグループと静かなグループ。様々な切り口で集団を分類しながら、もしこいつらが塚森裕太のカミングアウトを話題にしたらどういう風になるのだろうと、意味もなくぼんやり想像する。

「清水」

呼ばれて、振り返る。このクラスにおける唯一の友人、瀬古口《せこぐち》がいつの間にか後ろの席に座っていた。小太り眼鏡の見るからにオタクな男子で、実際にオタク。人は見た目ではないなんて言うけれど、見た目による判断が裏切られることなんてそうはない。瀬古口も痩せ眼鏡でオタクの僕について、きっと同じ感想を抱いていることだろう。

「おはよう」

「おはよう」

瀬古口が自分のスマホをいじり出した。目の前に友人がいるのに最低限の挨拶だけ交わしてスマホ。当然だ。スマホと僕のどちらがより興味深い情報を提供できるかなんて考えるまでもない。自然に動けば、人は人と向き合うよりスマホと向き合うようになっている。

僕も自分のスマホに視線を落とした。さっきまで見ていた塚森裕太のカミングアウトが目に入る。瀬古口はこれ知ったらどう思うかな。分かりやすく親指の脳で動いている瀬古口を前に、そんなことを考える。

「なあ、塚森裕太って知ってる?」

考えが行動に繋がった。瀬古口は顔を上げずに答える。

「塚森裕太?」

「ほら、去年インハイで活躍したバスケ部の」

「あー、あれか」

「そいつさ、ゲイだったんだって」

「へー」

　興味なさげ。もう少し、続けてみる。

「インスタでカミングアウトしてんの。ほら、これ」

　スマホを瀬古口につきつける。瀬古口が親指を止めて顔を上げた。そして示された画面をしばらく眺めた後、口を開く。

「清水、インスタやってたんだ」

　——そこ？

　予想外のところにコメントが来た。さすが瀬古口。マイペース。

「意外。俺らインスタって感じじゃないじゃん」

「見る用のアカ持ってるだけだよ」

「インスタって面白い？」

「さあ。そんなに見ないから」

「そっか」

会話終了。瀬古口が再び己の支配権を親指の脳に譲渡する。結局、カミングアウトについてはノーコメントだ。本当に興味のあるなしがはっきりしている。

「そういや今日、解禁日じゃん」

スマホをいじりながら、瀬古口が独り言みたいに話しかけてきた。僕たちの間で解禁日と言えば、よく学校帰りゲームセンターに寄ってプレイしている、ロボット対戦アクションゲームの新機体が使用可能になる日のことを指す。二人でチームを組んで戦うゲームで、僕と瀬古口が仲良くなったのもそのゲームの影響が大きい。というか、ほとんどそれ。

「そうだね」

「帰りゲーセン寄ろうぜ」

「あー、ごめん。今日は無理」

「なんか予定あんの？」

うん。ツイッターで知り合った三十三歳の男の人に抱かれに行く。

「ちょっとね」

「そっか。分かった」

踏み込まれない。塚森裕太のカミングアウトに興味がないように、僕のプライベートにも興味がないのだろう。もし今言わなかった言葉を口にしたら、瀬古口はどういう風に反応したのか。気になるけれど、もちろん今度は行動には繋がらない。

教室を見渡し、「インスタって感じ」のグループを探してみる。サッカー部の岡田を中心とした男子グループと、クラス委員長の篠原を中心とした女子グループは、いかにも「インスタって感じ」だ。着崩した制服や凝った髪型を見れば、インスタ映えするラテアートに金を出せるタイプの人間だと分かる。きっと何人かは非童貞だし非処女だろう。だけどSNSで知り合った自分の倍ぐらいの年齢の大人とセックスをしているやつは、たぶんいないと思う。

僕は空気。クラスの連中は誰も僕になんて注目していない。だけどそんな僕が、きっとこのクラスで一番すごいことをしている。

そういう状況に、僕がまるで優越感を覚えていないかというと、それは嘘になる。

放課後、みんなと同じように学校を出て、みんなと同じようにバスに乗り、みんなと同じように電車に乗って、みんなと違いセフレに会いに行く。

付近の住民しか使わないような小さな駅で電車を降りて、バスロータリーに出る。味気ない街並みが視覚を、ディーゼルエンジンの排気ガスが嗅覚を刺激し、記憶を引き出してズボンの中のペニスを硬くする。条件反射。パブロフの犬。「淫乱ワンコめ」。いつか耳元で囁《ささや》かれた声が、脳内で鮮やかに蘇った。

古びた四角い建物が立ち並ぶ団地に入る。棟に入ってエレベーターに乗った時、スーパーの買い物袋を提げたおばさんと一緒になって少しヒヤリとした。見かけない顔と制服ね。どこに行くのか見届けてやろうかしら。そんなことを思われていないか心配して、だけどおばさんが先に二階でエレベーターを降りて、ほっと胸を撫で下ろす。

四階でエレベーターを降りる。共用廊下の隅で大きな蛾が干からびて死んでいるのを見て、ちょっと気分が落ちた。部屋のインターホンを押すとドアはすぐに開き、無精ひげを生やして髪をぼさぼさに散らかした男が現れる。

「入れよ」

タバコ焼けした声が、鼓膜と股間にじんと響いた。言われた通り中に入ると、男がドアを閉めて鍵をかける。そしてすっかり勃《た》ち上がっている僕の股間をわしづかみにし、耳に顔を寄せて囁いた。

「変態」

脊髄に甘い痺れが走る。どう考えたって男子高校生を自宅に呼びつけてその股間を揉《も》んでいる男の方が変態だけど、そんなことはどうでもいい。男が僕のことを変態と呼ぶならば僕は変態なのだ。それがこの場のルール。

男がスウェットの下を、下着ごと膝まで下ろした。赤黒い先端が露出した、いかにも肉の塊といった風体のペニスが現れる。僕は学生鞄を床に置いて男の前にしゃがみ、ペニスの先端を口内に受け入れた。生臭い香りが外側と内側から鼻の奥を撫で、駅のロータリーで嗅いだ排気ガスの臭いと、それを嗅いで勃起したことを思い出す。

子どもの頭を撫でるように、ペニスの裏筋をちろちろと舐める。呼応するように、男が僕の頭を優しく撫でる。僕はこの時間が好きだ。僕で興奮してくれている。それを褒められている。その二つを同時に感じることのできる、この時間が。

「よし」

男が額をぐいと押し、ペニスから僕を引き離した。唾液とカウパー腺液の混ざった粘っこい液体がぽたりと玄関に落ちる。挨拶はおしまい。ここからが本番。男がスウェットを上げて部屋の奥に向かい、僕もローファーを脱いで後をついていく。

僕は、この男の名前を知らない。

ツイッターのユーザーネームが「山崎《やまざき》」だったから、とりあえず「山崎さん」と呼んでいる。だけど僕の名乗っている「ノボル」が偽名なように、間違いなく偽名だろう。部屋を漁《あさ》れば名前の書かれた書類ぐらいすぐに見つかりそうだけど、失礼だし、何より興味がないのでやっていない。僕は山崎さんの恋人になりたいわけではないのだ。ただツイッターのダイレクトメッセージで連絡をくれて、会ってみたらセックスの相性がよくて、それからちょくちょく呼び出しがあるから来ているだけ。こっちから山崎さんに「会いたい」という連絡をしたことは一度もない。

僕はセックスが好きだ。興奮して硬くなったペニスは、僕のことが必要だと雄弁に語ってくれる。そんなのは若いうちだけなんて説教する大人は何も分かっていない。どうしてそれを僕たちが自覚していないと思っているのだろう。使える武器を使えるうちに使っているだけなのに。

他に何か武器を持っていれば、きっと僕はこうならなかった。顔がいいとか、頭がいいとか、運動神経がいいとか、塚森裕太が持っている武器の一つでもあれば、それで。だから歩く武器庫みたいな塚森裕太は、こんなことはしていないと思う。もしかしたら男とキスをした経験すらないかもしれない。だとしたら僕は、その点では塚森裕太に勝っている。

勝ってどうすんだって話だけど。

僕と山崎さんのセックスは、いつも山崎さんが先に射精する。その後、山崎さんが僕のペニスをしごき、射精させてセックスは終わる。いかにも事後処理って感じだけど、耳元で「ほら、イケ。変態小僧」とか囁いてくれるから義務感はあまりない。そういうところに僕は山崎さんとの相性のよさを感じているのだと思う。

出した後はシャワーを浴びる。山崎さんの部屋の風呂場は汚い。ボディソープの容器の表面がうっすら黒ずんでいて、逆に汚れそうな気さえしてくる。それでも尻の谷間にこびりついたローションとかを落とさないとどうしようもないから、シャワーを浴びないで帰ったことはない。

風呂場から出ると床にバスタオルが用意されているので、それで身体を拭く。それからリビングに戻り、眼鏡や下着や制服を身に着ける。僕がそうやって帰る準備をしている間、山崎さんはいつもスマホをいじっている。別の相手を物色しているのかもしれない。僕より上玉を見つけたら連絡は来なくなるだろう。まあこっちも同じことをしているから、文句は言えない。

「山崎さん」学生鞄を担ぎ、床にあぐらをかいている山崎さんに声をかける。「そろそろ帰ります」

山崎さんが「ん」と鼻を鳴らした。それから財布を取り、千円札を二枚抜き出して差し出す。名目は交通費だけど、ここに来るのに二千円もかからないから、実際はおこづかいだ。安く見られている気もするけれど、ありがたく貰っておく。

「じゃあ、良かったらまた連絡ください」

「おう。あ、そうだ。一つ聞きたいことあんだけど」

「なんですか？」

「塚森裕太くんってどんな子？　同じ学校だよね？」

脳髄に、楔《くさび》が打ち込まれた。

思考の歯車がピタリと止まる。頭が真っ白になる。なんで山崎さんの口から、塚森裕太の名前が出てくるんだ。分からない。分からないなら、聞くしかない。

「塚森さんのこと、知ってるんですか？」

「さっき知った。バズってるから」

山崎さんが自分のスマホをつきつけてきた。僕は眼鏡の鼻あてを押さえて目を凝らす。開かれているアプリはツイッター。映っているのは、知らない人のツイート。

『このカミングアウトを読んで、年甲斐もなく泣いてしまった。少年に伝えたい。君の勇気を心の底から讃《たた》えたいと。そして君の仲間は、たくさん、本当にたくさん、あちこちにいるんだということを』

ツイートに添付されているスクリーンショットは、間違いなく塚森裕太のカミングアウトだ。併記されているアドレスは例のインスタグラムへのリンクだろう。リツイート数もいいね数も四桁後半。文句なしにバズっている。

僕も一度だけバズったことがある。電子書籍で読んでいた古い漫画にツッコミどころ満載のシーンがあったから、表のアカウントの方でスクリーンショットを撮ってツイートしたらバズった。ＳＮＳで話題になることを意味する「バズる」というスラングは、蜂が飛び回る羽音を示すbuzzという英単語から来ているらしい。確かに、次から次へとひっきりなしにリツイートやいいねの通知が飛んでくる感覚は、飛び回る蜂の群れに放り込まれたようなものがあった。

世界に見つかった。

一言で言うと、そんな感じだ。

「ノボルくんは塚森くんと話したことないの？」

「……ないです。学年も違いますから」

「ふうん。でも彼すごいイケメンだね。女の子にもモテそう」

山崎さんがにへらと笑い、タバコで黄ばんだ歯を見せつけた。

「どうにかして連れてこれない？」

できるわけねえだろ。

ツイッターで高校生をナンパする小汚いおっさんのお前が、あの塚森裕太とヤれるわけないだろ。あいつと僕たちは住む世界が違うんだ。お前には僕ぐらいがお似合いなんだ。それぐらい、言われなくても察しろよ。

「無理ですよ」

困ったように笑ってみせる。山崎さんは「そっか」と呟き、またスマホをいじり出す。床にあぐらをかいてスマホをいじる山崎さんを見て、僕は小さな頃に動物園で見た、餌のりんごを大事そうに抱える猿を思い出した。

山崎さんの部屋を出てすぐ、スマホでツイッターを開く。

歩きながら親指を動かし、例のツイートを見つける。呟いたのはゲイのおじさん。他のツイートは性的少数者を取り巻く社会問題について呟いたものばかりで、少なくともセフレ探し用アカウントとして運用しているわけではなさそうだった。塚森裕太のカミングアウトを紹介したのも応援のつもりなのだろう。いい人なのだと思う。いい人の定義次第ではあるけれど。

紹介されているリンクから、塚森裕太のインスタグラムに飛ぶ。写真もキャプションも変化はない。だけどコメントがとんでもなく増えている。特に僕や塚森裕太と同じ、同性愛者のそれが。

『僕もゲイです。投稿に勇気づけられました。本当にありがとうございます』

『大丈夫。大したことないよ。少なくとも俺はそうだった。君に幸あれ』

『今度の試合、応援しに行きます。あなたと同じようにこの世に生まれた仲間として、あなたの勝利を祈らせてもらいます。頑張ってください』

こいつらは、何を考えて生きているのだろう。

お前はお前、塚森裕太は塚森裕太だ。こういうやつらは、例えばゲイの殺人鬼が少年を強姦して殺害したら、まるで自分が罪を犯してしまったかのように落ち込むのだろうか。本当に、ちっとも理解できない。

インスタグラムからツイッターに戻る。バズっているツイートを眺めながら、これからのことを考える。学生はSNSを友達と繋がるツールとして使うことが多い。僕も表のアカウントでは瀬古口と繋がっている。だからこのツイートが学校の誰かに届き、そいつがリツイートすれば、繋がっている同じ学校の仲間にカミングアウトが伝わる。そしてその仲間がまたリツイートすることで、情報はどんどんと広がっていく。

　すると広まった情報を元に、学校の連中が言葉を交わすようになる。今朝バスで聞いたような話を、今後はより多く耳にすることになる。そうなればきっと話題は「塚森裕太」に留まらない。同性愛がどうこうとか、そういう話だって聞こえてくる。

　——ふざけんなよ。

　お前は、塚森裕太はいい。お前を嫌うやつなんてきっといないから、どれだけ話題になっても何の問題もない。でも僕は違う。このクラスにもゲイがいるんじゃないか。清水とか怪しいぞ。そんな風になったら耐えがたい。いや、名前が出なくても、そういう話題になるだけで肩身が狭くてしょうがない。

　アカウントが「ノボル」の方であることを確認し、親指をせわしなく動かす。感情を文字に変え、勢いに任せて送信。すぐにメッセージがネットワークを通じ、バズっているツイートへのリプライという形で全世界に放たれた。

『こいつと同じ高校のゲイだけどこういう自分に酔ったカミングアウト本当に迷惑。人生充実してるキラキラマンには話題にされたくないって感覚が分からないのかな。みんなお前みたいに強いわけじゃないんだけど』

　ざまあみろ。胸中で悪態をつき、スマホをポケットにしまう。夕暮れに長く伸びる自分の影が、なぜかろうそくの炎みたいに、不安定にゆらめいているように見えた。

2

翌日の火曜日、僕は登校中、塚森裕太の姿を探した。

電車やバスや校舎の中で、塚森裕太がいないか周囲に注意を払った。会って何かしたいわけではない。単純にこの状況でどういう顔をしているのか見てみたかった。だけど見かけることはなく、教室に着いてしまう。

教室に入ってすぐ、「いつもと違う」を感じた。

ほんの些細な違いだ。ダべっていたインスタって感じの男子グループが、揃ってこっちをちらりと見た。それだけ。すぐに視線は外れたから僕に用事があるわけではなく、誰が教室に入ってきたのか確認しただけだろう。つまり誰かを待っているということ。それが誰なのかも、何のために待っているのかも、だいたい察しがついた。

そして思った通り、バスケ部の保井《やすい》が教室に入ってくるや否や、連中の目の色が分かりやすく変わった。

「はよー」

輪に入ってきた保井に、連中が「はよ」と挨拶を返す。グループの中心である岡田が、前置きを挟まず質問を投げた。

「ヤッちゃん。塚森先輩のカミングアウトのこと、知ってる？」

保井が「あー」と呟いた。どこか決まりの悪そうな態度が、バズっているところまで含めて知っていると雄弁に語る。

「もうオカピーまで届いてんの？」

「つーか、色んなとこで話題になってるぞ」

「そうなんだ。まいったなあ」

「部活はどんな感じなんだよ」

「特に何も。バスケには関係ないし」

「そうか？　一緒に着替えたりすんだろ。興奮してんのかなーって考えて、イヤになったりとか――」

「それはひどくない？」

透明な声が、岡田の言葉を遮った。

岡田含め、グループ全員が声の方を向いた。視線の先にいたのは、インスタって感じのグループ女子代表、篠原。目を尖らせ、頬を膨らませ、怒りを露《あら》わにしている。

「男の人が好きだからって、男の人相手なら誰でも興奮するわけないでしょ。塚森先輩だってきっと何とも思ってないよ。勝手な想像して悪く言うの、すごく失礼だと思う」

なんで？

誰でも興奮するわけじゃないけれど、誰にも興奮しないわけでもないよ？　自分が対象かもって考えるの、自意識過剰ではあるけれど、そこまで変じゃなくない？　それに岡田は保井がどう思うか聞こうとしただけだよね？　「気持ち悪い」みたいなことは言ってなくない？　失礼なのは、どうせ気持ち悪がってるって決めつけてる、お前じゃない？

「だいたい、岡田だって女子のことエロい目で見ることあるよね。そういうの、女子はけっこー気づいてるし、イヤだったりするよ。なのに自分がされた時だけイヤがるの、都合よすぎじゃない？」

矛盾してない？

エロい目で見てないから大丈夫って話だったよね？　なんでエロい目で見られる前提の話になってるの？　それに女子は見られるのイヤだって言うなら、男子も見られるのイヤだよね？　自分がされてイヤなことをお前は我慢しろって迫る方が都合よくない？　僕たちみたいな人間を更衣室から追い出すのは、その「見られたらイヤ」だよ？

「ちゃんと考えなよ」

ちゃんと考えろよ。

「何にも知らないのに、人のこと勝手に決めつけて、玩具《おもちゃ》にしない方がいいよ」

何にも知らないのに、人のこと勝手に決めつけて、玩具にしてんじゃねえよ。

「……ごめん」

岡田が頭を下げた。篠原が笑いながら「許す！」と言い切り、岡田も照れたように笑い返す。なんだ、この茶番。これだからインスタって感じのやつらは嫌いなんだ。人間すら、自分を輝かせる道具に変えてしまう。

ポケットからスマホを取り出し、頭の脳から親指の脳にメインCPUを切り替えようと試みる。だけど、上手くいかない。さっきのやりとりを思い返し、この先もまたあんな場面に出くわすのだろうかと憂鬱になる。

頭の脳が、聞き慣れた声を拾った。

「おはよ」

瀬古口。僕は「おはよ」と挨拶を返す。瀬古口がいつも通り後ろに座り、珍しくスマホを出さずに話しかけて来た。

「あのさ」身体が前に傾く。「昨日、新機体使って来たんだけど、ヤバイくらい強かった」

僕は、笑った。それから瀬古口と話し、放課後ゲームセンターに行く約束をした頃、担任の先生が教室に入ってきて朝のホームルームが始まった。

瀬古口の言った通り、新しく使えるようになった機体は馬鹿みたいに強かった。あまりにも強いので対戦相手もその機体ばかり使い、おかげでめちゃくちゃ強い機体を使っているのに勝率はそんなに良くなかった。ゲラゲラ笑いながら遊んでいるうちに時間はあっという間に過ぎ、ゲームセンターを出る頃には夕方近くになっていた。

帰りの電車に乗り込み、二人並んでシートに座る。車内は寄り道せず下校する時より閑散としていた。電車がレールを踏む音が、いつもよりはっきりと聞こえる。

「マジで頭悪かったな、あの機体」

「絶対に修正くるよね」

「どこ修正すればいいと思う？」

「ミサイルでしょ。弾速と誘導がバカ」

雑音が少ないから、話し声が響く。僕はふと、だいぶ前に瀬古口と「なぜ電車内の会話は許されるのに電話は許されないのか」というテーマで話しあったことを思い出した。どういう結論になったんだっけ、あれ。

「あそこまで強いと、使うのためらうよな」

「そう？　むしろ修正される前に使い倒すべきだと思うけど」

「どうせ修正される機体使い込んでもなあ。なんかズルしてる感あるし」

「ズルではないでしょ。バグじゃないんだから」

「そうだけど、間違いなく嫌われるじゃん、あんなの」

電車が駅に停まった。ほんの少しの人が降り、ほんの少しの人が乗る。どこかに行く人とどこかから来た人を入れ替えて、巨大な鉄の塊が再び動き出す。

ふと見ると車内のほとんどの人が、首を曲げて自分のスマホを覗き込んでいた。ドア傍のバーにもたれかかっている眼鏡の若い男性は「ツイッターって感じ」。向かいのつり革につかまっているスーツ姿のおじさんは「フェイスブックって感じ」。僕たちはどう見えているのだろう。高校生二人だから「LINEって感じ」だろうか。僕と瀬古口はツイッターのダイレクトメッセージで個人的なやりとりをしていて、LINEを使ったことなんて一度もないけれど。

この中にも、塚森裕太のことを知っている人がいるかもしれない。

塚森裕太に心動かされて、考えたり、語ったりした人がいるかもしれない。

「別にさ」口を開く。「嫌われてもよくない？」

瀬古口がきょとんと目を丸くした。僕は一方的に続ける。

「使える機体を使ってるだけだろ。反則でも何でもない。それに文句つけるようなやつ無視していいよ。『フェアじゃない』とか『面白くない』とか、知らねえっての」

声が上ずる。口調が速まる。何かが、何かに、急き立てられている。

「だいたい『勝ち負けにこだわらず楽しむことが大事』みたいなこと言ってるやつが、強機体使われて『そんなに勝ちたいのか』って文句つけるの、矛盾してるだろ。めちゃくちゃ勝ち負けにこだわってんじゃん。勝ち負けにこだわらないなら黙って負けてろよ。勝つことが楽しいやつの邪魔すんなって、そう思わない？」

別に思わない。瀬古口の微動だにしない表情筋がそう語っていた。だけどそれは、言葉にはならない。

「まあ、そういう考えもあるかもな」

――なに言ってんだろ。

僕は瀬古口から視線を逸らした。カタン、カタンと、走行音がクリアに響く。これから僕はどこに連れていかれるのだろう。目的があって、自分の意志で乗った電車なのに、そんなことを考えた。

僕の家族は四階建てマンションの一室に住んでいる。住んでいるのは父さんと母さんと僕の三人。いわゆる核家族だ。マンションはペット禁止だけど、父さんの趣味で熱帯魚のグッピーを飼育している。それは「ペット」に含まれないらしい。

家に帰ると、母さんがキッチンでハンバーグを焼いていた。「ただいま」「おかえり」と短いやりとりを交わし、自分の部屋に向かう。制服からスウェットに着替え、スマホを充電しようとして、ツイッターにダイレクトメッセージが届いていることに気づいた。送り主は、山崎さん。

『昨日の変態ノボルくんだよ』

裸の男が四つん這いになって尻を突き出している画像の上に、右向きの三角形で表現された再生ボタンが映っている。男の後ろにも同じように裸の男がいて、突き出された尻に腰をぴったりと密着させている。動画は四つん這いになった男の背中側から撮られていて、どちらも顔は映っていない。だけど、山崎さんが僕を犯している間にスマホで撮影したものだというのは、考えるまでもなく分かる。

三角形をタップ。山崎さんの浅黒い腰が前後し、僕の青白い尻が揺れる。鼻にかかった喘《あえ》ぎ声が、スマホのスピーカーから響く。

あんっ、あ、あ、「気持ちいいか?」、あ、きもちいいです、あん、あ、「感謝しろ」、あ、あ、おかして、くれて、あ、ありがとう、あ、あ、ございます、あ、あんっ、きもちいい、きもちいい――

――なんだ、こいつ。

男のくせに男にケツ掘られて、女みたいな声出して、なにしてんだ。本当は大して気持ちよくないくせに。よがっている自分に、酔っているだけのくせに。

山崎さんは犯されている僕を煽情《せんじよう》的だと思っている。だから「お前はこんなにいやらしいんだぞ」と挑発するため、こういう動画を撮影して送ってくる。そして僕はその度、心臓をデッキブラシで擦《こす》られたような鈍い痛みを覚える。こうやって犯されている自分を客観的に観て最初に湧く感情は、どうしたって拒否感と嫌悪感だ。

『興奮しました……ありがとうございます』

無難な返事を送り、ダイレクトメッセージのボックスを閉じる。そのままタイムラインを覗くと、ぼかしのかかったペニスの写真が『30RTで加工なしあげます』というメッセージつきで流れてきた。お望み通りリツイートして、ついでにいいねも押してやる。実際はいいねなんて少しも思っていない。

　塚森裕太のカミングアウトを紹介するツイートが、タイムラインに現れた。

　タイムラインに出現するということは、フォローしているアカウントがリツイートしたということ。隠れ家に土足で入り込まれたような不快感に顔をしかめながら、ツイートをタップして増えているリプライを読む。読んでいるうちに、僕が昨日つけたリプライが目に飛び込んできた。

『こいつと同じ高校のゲイだけどこういう自分に酔ったカミングアウト本当に迷惑。人生充実してるキラキラマンには話題にされたくないって感覚が分からないのかな。みんなお前みたいに強いわけじゃないんだけど』

　スマホをスウェットのポケットにしまい、ベッドの上に寝転がる。仰向けになり、ぼんやりと光る天井のLED照明に手を伸ばす。白い光が手のひらを照らし、指と指の隙間を通り抜け、眼球を刺激する。

　部屋のドアの向こうから、母さんの声が聞こえた。

「ご飯できたよー」

　起き上がる。部屋を出て、リビングに入る。ハンバーグの香ばしい匂いが鼻に届き、自分の家のはずなのに、なぜだかひどく場違いなところにいる気分になった。

水曜の朝は、誰も教室で塚森裕太の話をしていなかった。

岡田たちも、篠原たちも、自分から半径五〇センチ以内で起きた出来事を語って笑っている。まあ、同学年ですらない男子生徒がゲイだった程度の話なんて、そんなものと言えばそんなものだろう。熱しやすく冷めやすい。高度情報化社会を生きる若者の性質だ。

昼休みも同じ。教室で瀬古口と弁当を食べている間、塚森裕太の話題は耳に飛び込んでこない。右手に箸を、左手にスマホを持ちながら、瀬古口が口を開いた。

「新機体、どこ見てもボロクソだな」

「そりゃ、あんだけ強ければそうなるでしょ」

「やっぱ使わない方がいいかなー」

瀬古口が口に肉そぼろご飯を運ぶ。その間もスマホいじりは止《や》めない。親指の脳が発達してる。こうなれば頭の脳なんて、ほとんど動かさずに生きていけるだろう。

ストローで紙パックのレモンティーを飲みながら、賑やかな昼休みの教室を眺める。笑っているグループはみんな笑っている。真面目な顔をしているグループはみんな真面目な顔をしている。みんな真顔なのに一人だけ笑顔だったり、みんな笑顔なのに一人だけ真顔だったり、そういうやつはいない。要するに、みんなも僕や瀬古口と大差ないのだ。周りの人間に合わせて反射で生きている。僕たちの周りには人がいないから、その相手がスマホになるというだけ。ただ、それでも「一人目」は要る。スマホをいじるためにはスマホが必要なように、場を引っ張る人間がいないと周りに合わせようにも何も始まらない。塚森裕太はきっとそういうやつなのだろう。どこに行っても、誰と一緒にいても、一人目になれる。だから分からないのだ。一人目になれるのは一人だけだという、当たり前のことが。

ピンポンパンポーン。

間の抜けた音が教室に鳴り響き、みんなが雑談を止めた。僕含め、クラス中の視線が教室前方のスピーカーに集まる。前の授業の数式が残っている黒板の表面を、音響機器を通してひび割れた女の声が小さく震わせた。

「お昼休み中に失礼します。こちら、放送委員です」

誰かが「なにこれ」と声を上げた。内心ビビっているホラー映画に、虚勢を張ってツッコミを入れるみたいに。

「本日はある方から皆さんにお伝えしたいことがあり、緊急で放送を流させていただいております。大切な話です。ほんの数分ですので、ぜひ耳を傾けてください。それではよろしくお願いします」

忘れたくても忘れられない、爽やかな笑顔が脳裏に浮かんだ。

聞きたくない。逃げ出したい。だけどもう、どうしようもないぐらいに遅い。時間切れの合図が、スピーカーから無慈悲に放たれる。

「こんにちは」声まで格好いい。「バスケ部の塚森裕太です」

僕は指に力を込め、レモンティーの紙パックを軽く潰した。

本当に、本当にいい加減にしろ。まだ目立ち足りないのか。もう十分だろ。これ以上ないぐらい話題になっただろ。僕の平穏な学校生活を返せ。

「多くの方が既にご存知だと思いますが、先日、僕は自分が同性愛者であることを仲間にカミングアウトしました。そしてそれをSNSに投稿したところ、大きく話題になり、僕を知らない人にまで届く事態になってしまいました。実はメディアからの取材依頼まで来ていて、なかなか、すごいことになっています」

メディアの取材。実に塚森裕太らしい、キラキラした話題だ。イケメンエースがゲイであることをカミングアウトして最後のインハイに臨むなんて、確かにメディアの筋書きとしては最高だろう。そういうエピソードを求めているやつは世の中にごまんといる。

「ただ渦中の僕がこの状況をどう思っているかというと、実はさほど深刻に考えていません。

なぜなら僕は自分が同性愛者であることを、恥ずべきことだと思っていないからです。異性愛者であることが広まって困る異性愛者がいないように、同性愛者である僕は同性愛者であることを広められても何も困りません。だからカミングアウトしたんです。実際、広まったことで増えたのは仲間ばかりです。インターネットの世界ですら、僕のことを悪く言う人はほとんどいません」

だろうな。でもそれはお前がゲイだからじゃない。塚森裕太だからだ。友達にもそう言われたんだろ。理解しろよ。あの言葉は１００パーセント正しい――

「だけど、誰もが僕のような人間ではありません」

声のトーンが下がった。転調。流れが変わる。

「僕と同じ同性愛者だけど、怖くて僕のようにカミングアウトできない。そういう人がこの学校にもたくさんいます。そしてそういう人は、僕がこんな風に話題になってしまったことで、とても居心地の悪い想いをしていると思います。だから、そういう事態を引き起こしてしまった人間として、皆さんにお願いがあります」

今度はトーンが大きく上がった。音楽で言うならサビ。つまりここが、塚森裕太の一番言いたいところ。

「皆さんの友達が、クラスメイトが、同性愛者かもしれない。できるだけそういう意識をもって学校生活を送ってください。僕の悪口は構いません。でも僕をダシにした同性愛の悪口は、それを聞いたカミングアウトしていない当事者を傷つけてしまう可能性がある。それは嫌です。だから、止めてください。そして絶対に、同性愛者探しもしないでください。皆さんを信じていないんじゃなくて、自分が信じられないんです。名乗りたいと思えるまで待ってあげてください。そして名乗らなくても、責めないであげてください」

頭の後ろが冷えていく。血液が下に引っ張られる。身体が、重い。

「これが言いたくて、今回、お時間を取らせていただきました。ただ、これは強制ではありません。僕は皆さんにお願いすることしかできません。あとは僕という人間がどれだけの求心力を持っているか。それだけだと思います」

何なんだ。

何なんだ、お前。

本当に何なんだよ。

「それともう一つ、お願いがあります。今度の土曜と日曜にインターハイの県内予選がありです。決勝リーグの二戦目と最終戦。インターハイ出場が決まる、大事な試合です。場所はH市の総合体育館。土曜は午後三時からで、日曜は午後二時四十五分から。もしお時間ありましたら、観に来ていただけると嬉しいです」

県内予選。決勝リーグ。インターハイ出場が決まる、大事な試合。

「今日はお時間いただき、ありがとうございました。ここから先は、まずは一人のバスケットボールプレイヤーとして、全国優勝目指して頑張りたいと思います。応援のほど、よろしくお願いいします！」

塚森裕太が声を大きく張り、教室にビリビリと震えが走った。軽いノイズの後、声の主が放送委員の女子に戻る。

「それでは緊急放送を終了させていただきます。皆さん、ご清聴いただきありがとうございました。引き続き、楽しいお昼休みをお過ごしください」

音声が切れた。数秒の空白の後、放送がスピーチ前から流れていたクラシック音楽に切り替わる。教室は時が止まったかのように無言。第一声で全てが決まる。そういう雰囲気が、みんなの動きを押しとどめる。

沈黙に、小さな炸裂音が響いた。

パン、パン、パン。小刻みに、規則的に繰り返されるそれは、篠原が両手を叩き合わせる音だった。すぐに周りの女子も篠原と同じ行動を取り、音と音の隙間が埋まる。続けて岡田たちが手を叩き、火から飛び散った火花が新たな火を生んで炎を成すように、教室が拍手の音に埋もれていく。

　パンパンパパンパパパパパンパパパパパパパパパンパパパパパパパパパパパパパパパパパ
パパパ
パパパパパパパパパパパパパパパパパパパパパパパパパ――

「清水」

　燃え盛る炎のイメージが、瀬古口の声で鎮火された。

「なに？」

「いや、なんか意識とんでるから」

「考え事してただけだよ」

　嘘は言っていない。僕は考えていた。本当に、色々なことを。

「試合、観に行こうかな」

「え？」

「どうせ暇だしさ。何なら一緒に行く？」

　そこまで言うなら、見せてみろ。

　心をつかんで放さないプレイを、価値観を変えてしまう生き様を示してみろ。ご自慢の求心力とやらで、僕もそっちに引き寄せてみせろ。お前にそれができるかどうか観に行ってやるよ。できないことを確認するために。

「じゃあ、行こうかな。俺も暇だし」

瀬古口が話に乗った。僕は「試合前にゲーセン遠征しようよ」と笑いかける。拍手の音は、いつの間にか、嘘みたいに止まっていた。

3

木曜と金曜は、心穏やかに過ごすことができた。

塚森裕太の話を聞かなかったわけではない。むしろ至るところで耳にした。だけど聞き流せたのは、試合を観に行くと決めたからだろう。向き合うと決めた。ならば、右往左往することはない。

土曜日は小雨が降っていたので、ビニールの傘を持って家を出た。試合が行われる体育館の最寄り駅で瀬古口と合流した後は、駅前のゲームセンターでいつものゲームをプレイする。「もう犯罪だろこれ」とか言いながら、ぶっ壊れ機体のぶっ壊れ武装をぶっ放しまくった。

やがて試合時間が近づき、僕たちは試合会場の体育館に向かった。体育館は巨大な総合公園にある一施設で、建物はトレーニングルームや道場まで併設するほど大きかった。だけど公園の方が野球場や競技場まで併設するほど大きかったので、相対的には小さく見えた。

傘立てに傘を置き、スリッパに履き替えて中に入る。吹き抜け階段で観覧席のある二階に上がると、背もたれのない休憩用ベンチが両脇に並ぶ、大理石風のタイルが敷かれた通路に出た。左手に見える大きな扉を押し開き、瀬古口と観覧席に入る。

思わず、「うわっ」と声が漏れた。

リーグ戦の二試合を同時に行うため、一階のアリーナは二つに分断されている。目当ての試合が行われるのは左側だ。調べてないけど分かる。左側の観覧席に、馴染みのある制服がずらりと立ち並んでいるから。

高校生の大会の県予選だし、座席には余裕があるだろうと思っていた。ところが立ち見まで発生している。元から人が集まるのか、それとも塚森裕太が過剰に集めたのか。右側との差を見るに、後者の方が正しそうだ。

「応援って、制服で来るのな」

瀬古口が呟く。観覧席には制服の人間が多く、僕と瀬古口は二人とも半袖シャツにデニムという私服だ。学校を休んだ日、通学バスに私用で乗り込むような居心地の悪さを感じながら、観覧席の後ろの空いているスペースに並ぶ。

コートには既に白いユニフォームと青いユニフォームの両チームが揃っていて、自陣のゴールを使ってシュート練習をしていた。白いユニフォームがこっちの高校。瀬古口がアリーナを覗きながら尋ねる。

「どれが塚森って人？」

「あれ。背番号7」

僕は塚森裕太を指さした。改めて見ると、やはり文句なしに格好いい。バスケ部なんて平均的に背が高くて、シルエットがスラッとしていて、外見に気をつかっているやつばかりなのに、その中でもオーラが違う。シベリアンハスキーの群れに一匹だけ純血のオオカミが混ざっているような、そういう雰囲気がある。

「すげえイケメン。ありゃ確かに人気出るわ」

「見たことなかったの？　去年すごかったじゃん」

「気にしてなかった」

塚森裕太がボールを高く掲げ、シュートの体勢に入った。切り立った崖にそびえ立つ灯台のような、美しさと力強さを感じる。やがてボールが塚森裕太の手を離れ、ふわりと中空を舞った。

ガンッ。

ボールがリングに弾かれた。跳ねたボールを追いかける塚森裕太の背中に、僕は小さな違和感を覚える。塚森裕太がバスケットボールを扱っているところを見るのはこれが初めてだ。

なのに「らしくない」と、そう感じてしまう。

——調子悪いのかな。

試合開始のアナウンスが流れた。控えのメンバーがコートの外に出る。ふと横を向くと、瀬古口はコートなんか全く見ないで、黙々と自分のスマホをいじっていた。

両チームのスターティングメンバーが、センターラインを挟んで向き合う。

当然だけど、塚森裕太はスターティングメンバーに含まれていた。僕のクラスの保井もコートに残っている。今年の二年生エースはあいつなのだろうか。ならここから快進撃を進めれば、今度は保井が学校で一躍時の人になるのかもしれない。

審判がホイッスルを吹き、両チームが礼を交わした。それから審判と選手がコート中央付近に集まり、ジャンプボールの準備が整う。跳ぼうとしている白いユニフォームの背番号5に見覚えがあり、少し考えて、カミングアウトの写真で塚森裕太の隣に写っていた男だと気づいた。

ボールが浮かび上がった。背番号5が跳び、伸ばした手がボールに触れる。弾かれたボールはこちらのチームの背番号6に渡り、そいつはすぐ、塚森裕太にパスを出した。

すさまじい声援が、会場を大きく震わせた。

さすがの瀬古口もスマホから顔を上げ、コートを見やった。音はエネルギーだ。多大な声援のエネルギーを背負って、塚森裕太が相手チームの陣地に突っ込む。

青いユニフォームの選手が、走る塚森裕太の前に立ちはだかった。塚森裕太がスピードをわずかに落とす。そして身体をひねり、右側から相手を抜こうとする。

相手の指が、ボールに触れた。

押し出されたボールが別の青いユニフォームに渡る。そいつは勢いのまま前方に走り、一人ついたマークを振り切りながらシュートを撃った。しかしシュートは外れ、リバウンドをこっちの背番号5が取る。

背番号5が保井にボールを回した。保井は少し進んで塚森裕太にパスを出す。激しい攻守交替で選手たちが散り散りになる中、塚森裕太がディフェンスをかいくぐってゴール下に潜り、腕を高く伸ばしてレイアップシュートを放った。

重力に引かれて落ちるボールが、ゴールネットを静かに揺らした。

「つーかもり！　つーかもり！」

観覧席から塚森コールが湧いた。塚森裕太がシュートを決め、観客のボルテージが上がる。

自然な流れだ。だけど――

「今の、塚森って人の手柄なの？」

盛り上がりに、瀬古口が水を差した。同感だ。確かに点は入った。でもそれは相手がカウンターを失敗してくれたからさらにこちらのカウンターが決まっただけで、逆に決められていてもおかしくなかった。そして決められていた場合、戦犯はボールを奪われた塚森裕太になる。

「……ポジショニングとかあるんだろ。素人《しろうと》には分からないけど」

瀬古口が「ふうん」と呟き、ワンプレイ見れば十分とばかりにスマホいじりを再開した。僕は自分の発言に違和感を覚える。なんで擁護してしまったのだろう。塚森裕太の名誉を守りたいなんて、ちっとも思っていなかったはずなのに。

今度は相手のターン。ドリブルしながら突っ込んでくる選手の前に、塚森裕太が立ちはだかる。相手の動きに合わせ、塚森裕太が右に大きく動いた。だけど相手は急激に身体の向きを反転させ、塚森裕太はその動きに追いつけず抜き去られる。

こっちの選手がカバーに入った。しかし、そのせいでフリーになった仲間にパスを送られ、パスを受け取った選手はテンポよくボールをゴールに放る。ボールは綺麗な弧を描いてゴールネットに収まり、相手チームを応援する声が観覧席から上がった。

応援の声量はこちらの方が大きい。それだけに抉《えぐ》られる。こっちの高校が勝って当たり前のような、そういうムードをつきつけられる。

——しっかりしろよ。

お前、塚森裕太なんだろ。全てを持っていて、誰からも愛されていて、だからカミングアウトしたんだろ。僕みたいに身体で男を釣って、ケツ掘られてアンアン喘がないと承認欲求も満たせないような、そういう存在とは違うんだろ。

お前がそのザマじゃ、僕はどうなるんだよ。

お前ですらダメなら、僕なんて、どうすればいいんだよ。

再び、塚森裕太にボールが回った。観客の空気が前のめりになるのに合わせて、塚森裕太も前傾姿勢になる。一歩、二歩——

ホイッスルの音が、騒がしい場内に鋭く響いた。

「トラベリング！」

トラベリング。

僕ですら知っている、バスケットボールの初歩的な反則。もちろん、初歩的だからと言って普通やらないものとは限らない。ギリギリを狙って攻めようとしたら、結構な割合で出てしまうものなのかもしれない。

でも。

もしそうなら、塚森裕太はきっと、あんな夢の中にいるような虚ろな表情はしない。

『こいつと同じ高校のゲイだけどこういう自分に酔ったカミングアウト本当に迷惑』

僕の書いた文章。バズっているツイートにつけたリプライ。

『人生充実してるキラキラマンには話題にされたくないって感覚が分からないのかな』

塚森裕太はあれを読んだのだろうか。読んだとして、どう思ったのだろうか。

『みんなお前みたいに強いわけじゃないんだけど』

スローインから試合が再開された。選手たちが動き出し、床板とバッシュの擦れる音が声援に混ざる。その小鳥の囀《さえず》りのような摩擦音が、なぜか、悲鳴のように聞こえた。


ハーフタイムに入った時、スコアは24―20でこちらの高校が勝っていた。

だけど観客の熱気は、試合が始まった時より明らかに減衰していた。塚森裕太が大して活躍していないからだ。みんなが観に来たのはバスケ部ではなく塚森裕太。チームが負けていても塚森裕太さえ奮戦していれば盛り上がるし、逆ならこうなる。

瀬古口と観覧席を出て、トイレに行く。トイレの後は二階のベンチに座って休憩。僕の高校の制服を着た男子たちが「この後どうする？」と言いながら、すぐ傍の吹き抜け階段を下りて行った。まだ試合は半分も残っているのに。

「なあ。なんか、調子悪ぃ？」

瀬古口が声をかけてきた。僕は素っ気なく答える。

「そんなことないよ」

瀬古口はしばらくこっちを見た後、何も言わずスマホいじりに戻った。僕も親指の脳を目覚めさせようと、自分のスマホを取り出してツイッターを開く。だけど頭の脳がバグったみたいに塚森裕太のプレイをリピート再生し続けて、メインCPUが切り替わらない。

ツイッターに、ダイレクトメッセージが届いた。

送り主は山崎さん。送られたアカウントは「ノボル」の方。そこまでは通知だけで分かる。だけど中身は読まないと分からない。セックスのお誘いか。それとも新しい動画か。

頭の脳が、塚森裕太のプレイと僕のプレイの二画面再生を始めた。バスケットボールが跳ねる音と、バッシュの底が擦れる音と、肉と肉がぶつかる音と、僕の喘ぎ声が、ごちゃ混ぜになって頭蓋骨の中で反響する。音と音は重なり合い、片方が片方を吸収して成長し、やがて最後には、大音量の喘ぎ声だけが残った。

あっ、あんっ、あっ、あっ、あんっ、あっ、あっ、あっ、あんっ、あっ、あっ、あんっ、あんっ、きもち、きもち――

――気持ち悪い。

「なんか」消えろ。「ガッカリだよな」

瀬古口がこっちを向いた。僕はスマホをポケットにしまい、下卑た笑みを浮かべる。

「塚森裕太、全然ダメじゃん。あれで全国優勝とかよく言えるなって感じ」

全国優勝。塚森裕太が高らかに掲げ、人々がすんなりと受け入れた目標。去年ベスト4まで残ったことが、奇跡みたいな扱いだったのも忘れて。

「まあ、仕方ないだろ。色々あったんだから」

「そうだけど、誰かに頼まれてカミングアウトしたわけじゃないだろ。それでダメージ受けるなら、黙ってれば良かったんだよ。パフォーマンス落として、仲間に迷惑かけて、エースの自覚が足りないんじゃない？」

僕のせいじゃない。

塚森裕太のプレイが精彩を欠いているのは、塚森裕太が求心力を失いかけているのは、僕のせいじゃない。全ての人間に好かれるなんて不可能だろ。聖人のような生き方を心がけていても、どうしたってドット欠けみたいに悪意が混ざってくるものだろ。だったらそれぐらい、覚悟していない方が悪い。

「っていうか、なんでカミングアウトなんてしたのかな」

お前は恵まれている。僕とは違う。だから、いいだろ。やっかみなんて無視しろよ。なかったことにして、堂々と前に進め。

「チームに好きな男でもいたりして。だったら――」

「ねえ」

女の声。

顔を上げると、僕の高校の制服を着た少女がすぐ前に立っていた。吊り上がった目からは気の強さがにじみ出ていて、ふんわりしたショートボブとミスマッチを感じる。ネクタイのラインは黄色だから二年生。同学年だ。でも見覚えはない。

誰だろう。何の用だろう。話を聞くために口を開く。

「あの」

少女が、右手を大きく振りかぶった。

4

乾いた音と共に、左頬に鋭い衝撃が走った。

鼓膜がキンと震え、肌がジンジンと熱を持つ。自分が叩かれたことを理解してすぐ、少女が僕のシャツの襟をつかんだ。そしてグイと顔を近づけて、唾がかかりそうな距離から罵声を浴びせてくる。

「ふざけんじゃねえよ！」

甲高い怒鳴り声が、館内に響き渡った。

「お前、塚森先輩のこと、何も知らねえだろ！」

興奮で赤く染まる少女の頬に、うっすらと涙の跡が見えた。怒りと哀しみがぶつかって散った火花が、言葉になって降り注ぐ。

「何も知らねえのに、知ろうとも、考えようともしたことねえだろ！」

何も知らない。知らないくせに、知ろうとも、考えようともしていない。

「そんなやつが、塚森先輩のこと、偉そうに語るんじゃねえよ！」

少女がシャツから手を離し、傍の階段を駆け下りていった。嵐の後に残った静寂の中、瀬古口が階段の方を見てボソリと呟く。

「何あれ」

僕は答えない。分からないから、答えられない。叩かれた頬を手で押さえながら、少女が言い残した言葉を鼓膜の内側でリフレインさせる。

何も知らない。

知らないくせに、知ろうとも、考えようともしていない。

「瀬古口」

「なに？」

「ちょっと行ってくる」

立ち上がり、ふくらはぎにグッと力を込める。

少女の後を追って、勢いよく駆け出す。階段を下り、一階のガラス越しに外を走る少女を見つけ、スニーカーに履き替えて外に出る。空はいつの間にか晴れていた。流れる汗を腕で拭いながら、馬鹿みたいに広い公園を馬鹿みたいに走る。

彼女はどこに行ったのだろう。考えると同時に足が動く。足が勝手に動いているわけではない。頭が足を動かしているわけでもない。足は動きたいし、頭は動かしたい。初めての感覚だ。これを「心で動く」と、そんな風に呼ぶのかもしれない。

進む先に人工の池が見えた。池の周りは灰色の石畳で覆われていて、その上には石を直方体に切り出したベンチがいくつか置いてある。上がったばかりの雨と池の水分を含む湿り気の強い風が、走る僕の頬に当たる。

僕は、足を止めた。

――いた。

運動で上がった息を整えながら、ベンチに座る少女に歩いて近づく。やがて気配を感じ取ったのか、少女がこちらを向いた。思わず立ち止まりそうになり、だけど堪《こら》えて足を踏み出す。気力を振り絞って発した声は、緊張のせいで上ずって、怪しげなものになってしまった。

「さっきは、ごめん」

少女が赤く腫れた目を細めた。涙袋には黒いインクのようなものが散っている。マスカラだろうか。何にせよ、かなり泣いたことは間違いない。

「あれから考えて、君の言う通りだと思った。何も知らないのにひどいことを言った。だから謝りに来たんだ。本当にごめん」

今度は深く頭を下げた。しばらく経ってから、背筋を伸ばして少女を見据える。少女は相変わらずこちらを警戒しており、だけどその警戒の色は、頭を下げる前よりだいぶ薄くなっている気がした。

「君は塚森先輩と、どういう関係なの？」

探るように尋ねる。少女が斜め下に視線を逃がし、唇を尖らせた。

「何だっていいでしょ」

はっきりと拒絶を示される。きっと諦めなくてはいけない場面。だけど、諦めたくない。ここで諦めて去ることができるなら、最初から僕はここに来ていない。

「もし君が、塚森先輩について詳しいなら」一番強い想いを、飾らずに伝える。「塚森先輩のことを、少しでもいいから教えて欲しい」

できうる限りの真剣さを声に込める。少女が再び、僕に視線を向けた。

「どうして？」

「……上手く言えないんだけど」

思考の海から言葉を拾う。材料を集めて、想いの船を組み上げる。

「塚森先輩が何を考えているのか、知りたいんだ。なんでカミングアウトしたのか。なんで全校放送なんて流したのか。カミングアウトも全校放送も大成功だったのに、なんで今日はあんなに調子が悪いのか。そういうの、ちゃんと理解したい。それがすごく、自分にとって大事なことな気がするんだ」

僕もあの人と同じだから。その台詞《せりふ》は言わずに飲み込む。少女が顔を伏せ、石畳に呟きをこぼした。

「わたしだって、分からないよ」声が震えている。「好きな人のこと、分からないから分かりたいって思うし、分かろうとするんでしょ」

――やっぱり。

思った通りだった。この子は塚森裕太のことが好きで、だから塚森裕太をけなしたやつを怒った。見ず知らずの人間を引っぱたいて怒鳴り散らすほど、塚森裕太のことを大切に想っている。

僕は誰かを分かりたいと思ったことはない。何度も身体を重ねている山崎さんだって、別に「山崎さん」でいいと思っている。きっと欠けているのだ。異性が好きとか、同性が好きとか、それ以前の段階で。

「羨ましいな」

素直な感想が、口をついた。少女が怪訝《けげん》そうに僕を見やる。

「何が」

「そこまで分かりたいと思えるほど、好きな人がいるのが」

「あなただって塚森先輩のこと、分かりたかったんでしょ？」

「僕は……そういうのじゃないよ。塚森先輩を通して、自分を分かりたいだけ」

目を逸らす。視界の端っこで少女が鼻を鳴らし、何の気なしに呟いた。

「じゃあ、自分のことが好きなんだ」

生温《なまぬる》い風が、人工池を撫でた。

水面に波が広がるように、心に理屈が広がる。僕は自分を分かりたいと思っている。分かりたいと思うのは好きだから。だから僕は、自分のことが好き。

思えばずっと、僕は自分のことしか考えていなかった。自分が勝つために強い機体を遠慮なく使う。自分の承認欲求を満たすために男を漁って抱かれる。カミングアウトをした仲間の心情を慮《おもんぱか》ることなく、自分のような人間のことを考えろと苛立ちを募らせる。

分かった。僕は自分を認められないから、自分のことが嫌いだったわけではない。自分のことが好きだから。

自分はもっとやれると信じているから。

だから、何もできない自分を認められなかったのだ。

「ねえ」

少女が上目づかいに、僕の顔を覗き込んだ。

「なんで泣いてるの？」

分からない。ただ、悪い涙ではない。そんな気がする。

「あのさ」眼鏡を上げて、涙を拭う。「塚森先輩のこと、まだ好き？」

暗がりの猫みたいに、少女の瞳が大きく膨らんだ。そして顎に手を当て、自分の気持ちを探るように呟く。

「好き……だと思う」

なら、良かった。僕は右の親指を立て、体育館の方を示した。

「そろそろ戻るよ。試合、終わっちゃうから」

君も戻りなよ。そうは言わない。少し工夫して伝える。

「君も戻るなら、トイレで鏡見た方がいいよ。化粧、落ちてるから」

少女が目元を押さえた。僕は含み笑いを浮かべ、塚森裕太がコートでやっていたようにターンを決めて走り出す。回転の勢いを乗せて足を踏み出す感覚が心地よくて、塚森裕太の気持ちがほんの少し、本当にほんの少しだけ、分かったような気がした。

観覧席のドアを開けた瞬間、地鳴りのような歓声が襲いかかってきた。

スコアボードに目をやると、一点差で僕たちの高校が勝っていた。おそらくもう第四クォーターに入っていて、その最後の十分も残りあとわずか。なるほど。この状況で逆点ゴールが決まれば、あれだけの大喝采が湧くのも分かる。

観覧席の後ろをうろつき、瀬古口を見つける。一点差を争う白熱した試合も何のその、瀬古口はコートなんか少しも観ないでスマホをいじっていた。平常運転ではあるけれど、さすがに呆れてしまう。

「試合観ろよ」

「興味ないし」

じゃあなんで来たんだよ。——決まっている。試合には興味ないけど、清水瑛斗には興味があるからだ。だから誘われてついてきた。その興味はきっと一般的に「友情」とか、そういう風に呼ばれる類《たぐい》のものなのだろう。

「そういえば、あれ、緊急修正来たぞ」

「あ、やっぱダメだったんだ」

「当たり前じゃん。やけくそみたいな修正項目でツイッター祭りになってるから、ちょっと見てみ」

瀬古口に促され、自分のスマホを取り出す。画面ロックを解除してすぐ、さっき届いたダイレクトメッセージの通知が目に入った。お誘いか、動画か、別の用件か。まあ——

——なんでもいいか。

ツイッターを開き、アカウントを切り替える。設定画面からアカウント削除を進め、最後にパスワードを入力。さようなら、ノボルくん。君が何もかも間違えていたとは言わないけれど、とりあえず今は必要ない。

コートに目を向ける。残り時間はもう一分を切っていて、スコアは56―57で僕たちの高校の一点負け。緊迫した状況の中、スマホをポケットにしまい、汗まみれになって走る塚森裕太を見やる。

僕は僕。塚森裕太は塚森裕太。

そう線を引いていた僕が、誰よりも塚森裕太に自分を重ねていた。塚森裕太と自分を切り離せていなかった。今なら分かる。あいつと僕は違う人間だ。だから、あいつはあいつにできることをやり、僕は僕にできることをやるしかない。

相手チームの選手がシュートを放った。入れば決定的。だけどリングに弾かれ、浮いたボールをこっちの背番号5が取る。背番号5は少し走った後、すぐ前方に向かって鋭いパスを放った。

受け取ったのは背番号7、塚森裕太。

――やっちまえ。

両手を口の横に添え、メガホンを作る。胸いっぱいに空気を吸い込む。この声は絶対に届けたい。生まれて初めて、そう思った。

第2章　教育者、小山田貴文

1

『はじめまして！　レズビアンの中学生です！　仲良くしてください！　#レズビアンさんと繋がりたい　#ＬＧＢＴさんと繋がりたい　#セクマイさんと繋がりたい』

モニターに映し出された文面をじっと眺める。夜のリビングに暖房の駆動音が響き、吐き出された熱気が首の裏を撫でる。私はかけていた眼鏡を外し、すぐにかけ直して再びモニターを見やった。そうすれば文面が変わるかのように。

『はじめまして！　レズビアンの中学生です！　仲良くしてください！　#レズビアンさん

と繋がりたい　#ＬＧＢＴさんと繋がりたい　#セクマイさんと繋がりたい』

当たり前だが、一文字も変化はなかった。私はツイッターをやらない。だから左上に記されている「固定されたツイート」の意味や、三つの「繋がりたい」の意味は分からない。それでもフェイスブックで紹介されていたツイッターのリンクを開き、誰かのアカウントでログインしていることに気づき、調べて出て来たこれが娘のものであることは、疑う余地もなく分かる。

そして十四歳になる娘、小山田華《おやまだはな》が同性愛者であることも、同じように分かる。最近スマートフォンに没頭していた娘がこれを見ていたことも分かる。今日そのスマートフォンを水没させた娘が代わりに家族共用のノートパソコンを使ってこれを見ていたことも、普段使わないパソコンを使ったからかログアウトを忘れてしまったことも分かる。分からないのはただ一つ。これからどうすべきか。それだけだ。

現役で高校の一クラスを受け持っている教師として、セクシャルマイノリティの子どもとの向き合い方という話題には幾度か触れている。当事者の講師を呼んで行われた学校の研修も受けた。ただ生徒からそうであると明言されたことは一度もない。だから正直なところ、現実のものとして受け止めていなかったし、実際に向き合わねばならない時が来たらどうすべきかなんてことを、真剣に考えてもいなかった。

いつからだ。

いつから、こうなった。

分岐点を探そうと過去に潜る。そして最後に聞いた娘のそれっぽい話が、幼稚園の時に仲の良かった男の子だったことに思い至って途方に暮れる。何十人もの子どもたちの面倒を見なくてはならない職務に追われ、自分の子どもについてはおざなりになる。職員室ではよく聞く笑い話だ。

どこかに落ちている答えを探すようにリビングを見回す。だけどそんなものはどこにもない。テレビ台のデジタル時計が日付の更新を告げていることに気づき、どこか他人事のように「そろそろ寝ないとマズいな」と考えて、探索は終わった。

私はツイッターのアカウントをログアウトさせ、パソコンの電源を切った。それからリビングの暖房と電気を消して寝室に向かう。眼鏡をケースにしまって枕元に置き、ダブルベッドの中に潜り込むと、先に横になっていた妻の葉子《ようこ》が「ん」と小さく呻いた。

「起きてるのか？」

妻が背中を揺すった。起きてはいるけれど、目覚めてはいない。そういう態度。

「……おやすみ」

眠りにつく。下ろしたまぶたをスクリーンにして、娘との思い出を投影する。だけどフィルムはすぐに尽きてしまい、私は深い闇にゆっくり、とっぷりと落ちて行く。

あれが、半年前。

娘が同性愛者だと知ってから半年間、私は、何もしなかった。空に浮かぶ太陽を見上げるように、ただ事実がそこにあることを認めるだけ。「脇目も振らず教師としての責を果たすことに全力を注いできた」と言えば聞こえはいいだろう。だけど、私自身が知っている。私は脇目を振ることを我慢していたわけではない。振るのを嫌がっただけだ。

目を背けたかった。できれば、永久に。触れず、騒がず、そのうち娘が恋人を家に連れてきて、良縁に恵まれて結婚して、子を授かって、私は妻と孫の成長を慈しみながら老いて死んでいく。そういう未来が、何事もなかったかのように訪れることを望んでいた。

塚森裕太が、同性愛者であることをカミングアウトするまでは。

「それ、本当か？」

私の問いに、同僚の梅澤《うめざわ》は煙の出ない電子タバコをくわえながら首を縦に振った。そしてジャージのポケットからスマートフォンを取り出し、しばらく操作して私に渡す。私は吹かしていた紙タバコを左手でつまんで口から離し、老化の進んでいる眼球のピントをモニターに合わせるため、スマートフォンを受け取った右手を伸ばした。

「これは？」

「塚森のインスタグラム。知らないのか？」

「名前は聞いたことある」

「やっとけよ。生徒についていけなくなるぞ」

「そういうのは、お前とフェイスブックやってるだけで手一杯だよ」

友人と肩を並べて笑う塚森裕太の写真を眺める。人目を引く顔立ちだ。スター性がある、とでも言えば良いのだろうか。去年、インターハイで活躍して注目されていた時、「頑張ったのはあいつだけじゃねえんだけどなあ」とボヤいていた梅澤を思い出す。

バスケットボールの試合に勝って、友人にカミングアウトして、受け入れられて、もっと公にすることにした。その一連の流れが記された文章を読み終え、私はスマートフォンを梅澤に返した。そして左手の紙タバコを口に戻し、一服してから尋ねる。

「昨日の試合には、お前もいたんだよな」

「いたに決まってるだろ。監督だぞ」

梅澤が眉をひそめた。さっぱりした短髪と精悍《せいかん》な顔つき。上背は高く、胸板も厚く、学校で普段着にしている群青色のジャージもよく似合っている。こんな見た目だから高校時代にバスケ部だったという理由だけで、前任者の転勤で穴が空いてしまったバスケ部の顧問兼監督に選出されてしまうのだ。結果としてインターハイのベスト4まで行っているのだし、適材適所だったのだろうけれど。

「カミングアウトしようとしている素振りとか、全くなかったのか？」

「ない」

「何かに悩んでいるような様子は？」

「俺は気づかなかった。担任ってわけでもねえしな」

「担任、誰だっけ」

「後藤先生」

「後藤先生も全く知らなかったのか？」

「知るかよ。塚森がカミングアウトしたのは昨日で、俺は今朝、たまたま会ったバスケ部のやつに教えてもらっただけだ。情報なんか集めてない」

梅澤が、どこかうんざりしたように口を開いた。

「ずいぶんグイグイ来るな。興味あるのか？」

——娘がレズビアンっぽくてさ。

教師の喫煙姿を生徒に見せられないという考えから、学校の喫煙所は校舎裏の隅、用事がなければ絶対に訪れないような場所にある。そして今、喫煙所には私と梅澤しかいない。秘密を打ち明けるなら絶好のシチュエーションだ。私は短くなったタバコからニコチンを肺に送り、煙と一緒に言葉を吐き出した。

「別に」

円筒形の灰皿にタバコを押し付ける。これで私の喫煙は終わり。コミュニケーションのために吸っているようなものだから、二本目に行きたいとは思わない。ワイシャツの胸ポケットに忍ばせている箱は取り出さず、しまったままにしておく。

梅澤が電子タバコに口をつけた。煙が出ないせいで、どうしても玩具をくわえているように見えてしまう。私と同じ四十代のいかつい男が、赤ん坊がおしゃぶりをくわえているのと同じ構図に収まっていることが、ひどく可笑《おか》しい。

「これから、どうなるんだろうな」

「なにが」

「塚森くん。お前だって考えなきゃならないだろ」

「……そうだな」

梅澤が長めに息を吐いた。遠い目で晴れた空を見上げ、電子タバコの電源を切ってジャージのポケットにしまう。

「ま、どうにかするよ」

梅澤が背中を丸め、熊のようにのっそりと歩き出した。怠惰な印象を抱かせる姿。だがひとたび校舎に足を踏み入れれば、背筋を伸ばし、張りのある声を轟《とどろ》かせ、導く者としての務めを果たすことを私は知っている。その直截《ちょくせつ》な物言いから職員室では反《そ》りの合わない相手も多いが、生徒からの評判はおおむね良い。それこそ、塚森裕太のカミングアウトを部員から教えられる程度には慕われ、頼りにされている。

梅澤が「どうにかする」と言うのなら、どうにかなるのだろう。そう思える力強さがある。教師として重要な資質だ。梅澤に妻子はいないが、おそらく、親としても。

私は、どうしよう。

どうすればよいのだろう。

天を仰ぐ。濃くなった青色に、本格的な夏の到来を感じる。今年の夏休みは家族旅行に行けるだろうか。そんな取り留めのない考えが、不意に頭をよぎった。

職員室の全体朝礼で、教頭は塚森裕太のことを語らなかった。その後、学年毎に担任と副担任が集まって朝会を行ったが、そちらでも塚森裕太にはノータッチ。まあ、塚森裕太は三年生で私は二年生の担任だから、当然と言えば当然だ。副担任の先生に雑務を任せ、必要な資料を挟んだバインダーを抱えて教室へと向かう。

チャイムが鳴ると同時に教室に入り、教卓の後ろに立って「チャイムが鳴っている間に準備を整えろ」という無言のメッセージを生徒に送る。メッセージを受け取った生徒たちは素直に雑談を止め、自分の席に戻っていった。やがてチャイムの余韻が去った後、日直の男子生徒が声を張り上げ、号令を轟かせる。

「起立！」

生徒たちがガタガタと椅子を後ろへ引いて立ち上がった。それから「礼！」「おはようございます！」「着席！」と続き、朝の挨拶が終わる。教育委員会は生徒一人一人の個性を伸ばすだの何だのと綺麗事を言うが、結局のところ学校は集団生活を学ぶ場だ。だからこうやって儀式めいたことを、何度も何度も、それに違和感を覚えなくなるまでやらされる。

「おはよう。では、出欠を取ります」

バインダーに挟んだ出席簿を眺めながら、生徒たちの苗字を呼んでいく。この行為だって要らない。教室を見渡せば欠席者なんてすぐに分かる。目的は呼ばれた生徒に「はい」と言わせ、その応答によって目上に従順な心を育むこと。長く教師を続けていれば、そういったメカニズムも自然と見えてくる。

ここは加工場。生徒は材料で、教師は職人。バリを取り、やすりをかけ、子どもたちを滑らかな手触りに仕上げるのが私たちの役割だ。それは悪いことではない。ザラザラな表皮のまま社会に飛び出せば、触れた者を傷つけ、そして自分も傷ついてしまう。加工によって失われるものはあるが、得るものの方が大きい。

「井上」

「はい」

「宇部」

「はい」

どれほどの加工が必要かは生徒による。ただ私が高校の教師である以上、私の下《もと》に来た時点で彼らは既に幾ばくか加工されている。それがあまりにも下手《へた》くそで硬い棘《とげ》が生えてしまっているような子もいるが、基本的にそこまで手を煩わされることはない。厄介なことになる時はだいたい、生徒の質《しつ》が悪いのではなく、私の加工が悪い。

「斎藤」

「はい」

「坂田」

「はい」

だけどもちろん、そうではないケースもある。生徒が「変わった」時だ。ついこの間まで滑らかだった表面が、いつの間にか別人のようにデコボコに隆起している。過去と現在が連続していると思えないぐらい変化している。そういうことが、まれに起こる。

「中川」

「はい」

「新田」

「はい」

そうなった時、私はまず変化の原因を探す。それは家庭だったり、友人だったり、恋人だったりする。だけど原因が見つからない時はどうすれば良いのだろう。変わったのではない。本当の姿を隠していただけ。そういうケースに当たった時は。

「前川」

「はい」

「山本」

「はい」

例えば、塚森裕太。

例えば、私の娘。

「渡辺」

「はい」

全員を呼び終え、私はバインダーを閉じた。教卓に手をついて教室を見回す。クラス三十六人、七十二の視線に射抜かれながら、いつものように言葉を発する。

「……では、朝のホームルームを始めます」

声が、少しつっかえた。次の言葉を放つために息を吸う。舌の裏に残っていたタバコの苦みが、呼吸に乗って喉をざらりと撫でた。

午後七時半、私は学校を出た。

結局、校内で梅澤以外から塚森裕太の話を聞く機会はなかった。まだあまり広まっていないのか。あるいは、私が思うほど大したことではないのか。どちらにせよ今日は得るものはなかったな。そんなことをぼんやり考えながら、電車に揺られ、夜の街を歩く。

住まいのマンションのエントランスを抜けて、部屋のポストを確認する。中に入っていたピザ屋と不動産屋のチラシをバッグに収め、エレベーターで五階へ。自室の扉を開け、玄関で革靴を脱ぎながら声を上げる。

「ただいま」

返事はない。リビングに足を踏み入れてようやく、ソファに座ってテレビドラマを観ている妻から「おかえり」と言われた。ラップのかかった夕食が並んでいるテーブルにチラシを置き、寝室でパジャマに着替えて、リビングに戻る。

豚の生姜焼きが載った皿を、リビングと繋がっているキッチンへと持って行く。皿を電子レンジに入れて扉を閉めると、呼応するようにリビングの扉が開いて娘が入ってきた。えんじ色の学校ジャージを着て、髪をあるがままに流した姿は、幼い顔立ちと相まって本当に子どもっぽく見える。性に目覚めているなんて、とても思えないほどに。

娘がキッチンに向かって来た。用があるのは冷蔵庫だろうと、気にせず電子レンジのつまみを回す。しかし洗い場のかごから自分の茶碗を取り出し、ご飯をよそうため炊飯器の蓋を開けたところで、予想外に声をかけられた。

「パパ」

私は固まった。前に声をかけられたのはいつか、思い出せないほどに珍しい。ご飯をよそう行為で心を落ち着かせ、言葉を返す。

「どうした」

「パパの高校に、塚森裕太くんって生徒がいるの知ってる？」

塚森裕太。

放たれた名前を、脳内の情報と結びつける。私の高校の男子生徒。バスケ部のエース。昨日カミングアウトした同性愛者。

娘とは、何の関係もないはずの人間。

「……知ってるよ。去年、バスケットボールで大活躍した子だろ」

「話したことある？」

「ないな」

「見たことは？」

喫煙所で見せられた写真が、私の脳裏に浮かんだ。

「ある」

「どんな人だった？」

「ハンサムな子だったな。女の子の人気もあるみたいだ」

この子もファンなのだろうか。――そんなはずはない。このタイミングで、娘の口から塚森裕太の名が出て来る理由が、そんな平凡でありふれたもののわけがない。

「どうしてお前が塚森くんのことを知ってるんだ？」

娘がわずかに顔を逸らした。子どもっぽく膨らんだ頬が、室内灯に照らされて輝く。

「ツイッターで見た。カミングアウトしたんでしょ。すごい話題になってるよ」

白米の甘い香りが、私の鼻をついた。

動揺はない。情報の入手経緯は分からなかったが、それ以外は想定の範囲内だ。しかし、どう答えればよいのだろう。どこまで踏み込むべきなのだろう。どこまで――

「……カミングアウト？」

娘の瞳に、強い失望の色が浮かんだ。

「そう。明日、学校でも話題になるかもね」

娘がキッチンを離れ、リビングから出て行く。やがて電子レンジが鳴り、私は温まった皿を取り出して、茶碗と一緒に食卓へと運んだ。それから食卓のポットでインスタントのみそ汁を作り、全ての皿のラップをはがし、両手を合わせて呟く。

「いただきます」

生姜焼きを口に運ぶ。たれの甘さを舌で感じながら、私はテレビを観ている妻の後頭部を見やった。つい最近「白髪がひどい」と愚痴っていた長い髪をぼんやりと眺め、共に歩んできたこれまでの生活を思い返す。

妻と二人で暮らしていた頃は、ほとんど一緒に食事をとっていた。私の帰宅が早かったわけではなく、妻が待っていてくれたからだ。だけど娘が生まれて以降、その機会はめっきりと減った。食事時間の決め手が私から娘に移り、その早さについていけない私が弾かれるようになった。

食事だけではない。今や全ての生活の軸は娘にあり、合わせられない私は一人別軸で生きている。私だけが描かれた透明なフィルムと、妻と娘が一緒に描かれた別のフィルムを重ね合わせ、一枚の「家族」という画《え》を作り上げているようなものだ。このままではいけないのは分かっている。妻と娘をこちら側に寄せるのは不可能だから、私の方から寄らなくてはならないということも。だけど突破口が見えず、これまで先延ばしにしてきた。

その突破口が、わずかながら見えた。

娘は塚森裕太に興味を持っている。私がしらばっくれなければ、話はまだ続いただろう。娘が自らの性を打ち明けるような展開だってあったかもしれない。あの子も悩んでいるのだ。

そして私はその力になれる。

――ま、どうにかするよ。

私もどうにかしなくてはならない。どうにかしよう。私は豚肉を飲み込み、妻に気づかれないよう、蚊の鳴くような声で「よし」と呟いた。

2

翌朝の全体朝礼で、教頭は塚森裕太のことに触れた。

話の要旨は大まかに四つ。「塚森裕太が同性愛者であることをSNSでカミングアウトした」「そのカミングアウトが別のSNSで紹介されて爆発的に広がった」「教職員は基本、生徒から話を振られても知らないふりをすること」「生徒の前で決して同性愛に否定的な発言をしないこと」。知らないふりをするのはやや過剰に感じたけれど、おおむね適切な言及だと思った。

火曜朝のホームルームをまとめるのは副担任の仕事だ。私は職員室に残り、次の授業の準備を始める。とはいえプリントの印刷などは既に済ませているから、やることはおさらい程度しかない。担当科目である数学の参考書を開き、授業をイメージしながら読み進めていると、梅澤が声をかけてきた。

「小山田」

「なんだ」

「これ、どういうつもりだ？」

梅澤が自分のスマートフォンを私につきつけた。画面に映っているものはフェイスブックの投稿だ。投稿時間は昨夜。そして投稿者は、私。

『ＬＧＢＴについて勉強したいのですが、何から手をつければよいでしょうか。いい本を知っている人がいたら教えて欲しいです』

なんてことはない投稿だ。私がフェイスブックで繋がっている相手は主に教職員仲間だから、場違いというわけでもない。ただそれは第三者的に読んだ時の話。塚森裕太のことを私に教えた梅澤にとっては、特別な意味を持つ。

まあ、ちょうどいい。私も今朝、梅澤が教頭に呼び出されて不在だと知り、話せなくてガッカリしたクチだ。おそらく塚森裕太の件での呼び出しだったのだろうが、私にも同じように話したいことがある。

「もうすぐ授業だから、昼休みにでも話すよ」

私は首を伸ばして職員室を見渡した。「人がいるから話しづらい」と仕草で伝える。梅澤が「ああ」と納得したように頷いた。

「分かった。じゃあ、後でな」

梅澤が私から離れる。私は自分のスマートフォンを手に取り、フェイスブックを開いた。直に会ったことはない、福岡に住む若い女性教員から、既にお勧めの本が紹介されている。日本全国どこの学校でも、このトピックが今のトレンドであることがうかがえる。

彼女は私の投稿をどう読んだのだろう。そういう生徒を受け持つことになったと考えているのだろうか。あるいはもっと具体的に、彼女も塚森裕太のことを知っていて、私がその担任だと予想しているかもしれない。何にせよ娘が同性愛者で、そのために動いているとは思わないだろう。

だけど塚森裕太も、この高校の生徒である以前に、誰かの子どもだ。

チャイムが鳴った。一時間目の予鈴。私は教材を詰めたクリアケースを小脇に抱え、教室に向かって歩き出した。


昼休み、私と梅澤は人気《ひとけ》のない場所を求め、生徒との面談などに使われる小さな会議室に向かった。

　会議室は蛍光灯が切れかけており、狭さと暗さが相まって不気味な雰囲気を醸し出していた。備品も長方形のテーブルとパイプ椅子だけで、気を紛らわせるようなものは何もない。ここに連れてこられた生徒はさぞ居心地が悪いことだろう。もっとも教師としては、そちらの方が話を引き出しやすくて好都合かもしれない。

　向かい合って座るなり、梅澤がテーブルに片ひじをついて「で、どういう事情なんだ？」とぶっきらぼうに尋ねてきた。強気な態度に気圧《けお》され、つい無意味にはぐらかしを入れてしまう。

「塚森くんのことがあって勉強する気になった……じゃあダメかな」

「別にいい。ただ、わざわざこんな場まで作るってことは、違うんだろ」

「ああ」

　私は背筋を伸ばし、喉を細めて声を絞った。

「娘が、同性愛者かもしれないんだ」

　梅澤のまぶたが、大きく上がった。

「本人に聞いたわけじゃないから確証はない。ツイッターでそういうアカウントを持っているのをたまたま見つけただけだ。それからずっと放置してたんだけど、昨日、塚森くんのカミングアウトをツイッターで知った娘から話を聞かれてさ。これを機会に真剣に見つめ直してみようかと……」

「待て、待て、待て」

梅澤が私を制した。そして眉をひそめて口を開く。

「お前、『アウティング』って知ってるか？」

「アウティング？」

「他人の性的指向を無許可で別の人間に暴露することだよ。要するに、今お前がやってるやつだ。学校の研修でやっただろ」

「……覚えてない」

「……ったく」

梅澤が軽く舌打ちをした。私は肩をすくめて縮こまる。

「もう手遅れだから仕方ないけれど、セクシャルマイノリティと関わる上で絶対にやっちゃいけないことの一つだ。今度は忘れないようにしっかり覚えとけ」

「分かった。すまない。お前なら信頼できると思ったんだ」

「まあ、それはいいけどよ。何がきっかけで俺とお前が仲違《なかたが》いして、俺がお前の娘のことを暴露するか分かったもんじゃないだろ。そういう可能性は考えとけよ」

「そうか……確かに、それはそうだな」

出足から思慮の浅さを露呈してしまった。恥ずかしさに、頬が熱くなる。

「お前は、よく考えてるんだな」

「そりゃあ、塚森のことがあるからな。勉強するさ」

そうだろうか。学校でＬＧＢＴの研修が行われたのはもう一年近く前だ。「研修でやっただろ」は、日頃からアンテナを張っていないと出てこない。同僚の思わぬ細やかな一面を前に、私は改めて自らを恥じ入る。

「話はそれで終わりか？」

終わりではない。これで終わりなら、こんな話なんてしない。梅澤だって分かっているだろう。その上で話しやすいように聞いてくれている。

「頼みがあるんだ」

「なんだよ」

「塚森くんと話す機会をくれないか」

私はたどたどしく、言葉を繋いだ。

「若い当事者の、生の声を聞きたいんだ。本を読んで勉強することはできる。知識はいくらでも手に入る。だけどそんな知識をいくら積み重ねても、娘に届く気がしない。生きている人間の、生きている声が聞きたい」

「つまり、自分が娘と上手くやるためのコツを、塚森から聞きたいってことか？」

「そうだ」

言い訳はしない。私は教師として褒められたものではない、エゴイスティックなことをしようとしている。その事実から目を逸らす気はないし、逸らしてはいけない。

「危ういと思ったらすぐに止めてくれて構わない。だから、頼む」

頭を下げる。梅澤がテーブルから身を離し、パイプ椅子に深く腰かけた。狭い部屋に金属の軋《きし》む音が響き、だけどその音はすぐ、梅澤の声にかき消される。

「分かった」

梅澤の仏頂面が、ほんの少し、優しく緩んだ。

「お前が同性愛者の知り合いとの接し方に困ってるとか言って、塚森に頼んでみる。それでいいか？」

「構わない。ありがとう」

「いいよ。お前、どっか抜けてるからさ。つい心配しちまうんだよな」

「なんだよ。いい年した男同士で、気持ち悪いな」

笑いながら軽口を叩く。だけど梅澤は笑っていなかった。眉間に深く皺《しわ》を寄せ、低い声をさらに低くして告げる。

「今みたいなの、塚森の前では絶対にやるなよ」

――しまった。口を押さえる私に、梅澤が呆れたように呟いた。

「前途多難だな」

帰り際、地元の図書館に寄り、フェイスブックで勧められた本を探した。

あまり大きい図書館ではないけれど、本はちゃんと置いてあった。タイトルに堂々と「LGBT」と記された本を手にしていることがどうにも居心地が悪く、借りた本はすぐ鞄の奥深くにしまった。きっとこの居心地の悪さを娘は日常的に感じているのだろう。そう考えると勉強への意欲が高まった。

夜、夫婦の寝室でベッドの縁に腰かけ、借りた本を読み進める。本当はリビングのソファで読み進めたいところだが、娘の目につく可能性があるから止めた。自分の親がそんな本を読んでいるところを目撃してしまったら、それこそ居心地が悪くてたまらないはずだ。それはまだ早い。話すのはきちんと、準備を整えてから。

本を四分の一ほど読み進めたところで、部屋のドアが開いた。濡れ髪にバスタオルを巻きつけた風呂上がりの妻が声をかけてくる。

「お風呂、空いたよ」

「分かった」

私は本を閉じ、下着類を詰めた衣装ケースの上に置いた。そしてケースから換えの下着を取り出して部屋から出て行く。すれ違うように部屋に入った妻が、背後で声を上げた。

「LGBT？」

足を止め、振り返る。

本を手に取り、怪訝そうにこちらを見やる妻と視線がぶつかった。失敗した。聞こえなかったふりをして風呂に行けば良かった。しかしもう、後の祭りだ。

「性的少数者の総称だよ。レズビアン、ゲイ、バイセクシャル、トランスジェンダー。知らないか？」

「それは知ってるけれど……」

妻が手元の本をちらりと見やった。知っているけれど、どうしてその本を持っているのか。言いたいことを察し、先回りして答える。

「教育現場では今、ちょっとしたブームでさ。いや、ブームっていうのも当事者の子たちに失礼なんだけど、とにかくちゃんと意識しようって話になってるんだ。うちの学校でもついこの間カミングアウトした子がいて、話題になってる」

「塚森裕太くん？」

一足飛びに核心に触れられ、私の心臓が跳ねた。妻が本をパラパラとめくる。

「華から聞いた。バスケ部のエースなんだってね」

「……ああ」

「でも、貴方のクラスの生徒じゃないんでしょう。ならそんなに焦って勉強しなくてもいいんじゃない？」

「そうも行かないさ。いつ自分のことになるか分からないんだから」

遅すぎるぐらいだよ。胸中でそう付け足し、私はそそくさと風呂場に向かった。脱衣所で身に着けているものを全て外し、髪と身体を洗って湯船に身を沈める。温水の心地よさに息を吐きながら、巡りの良くなった血を脳に送り、想像を働かせる。

――華から聞いた。

私だけではなく、妻にも話をしていた。何を期待して、何を分かって欲しくて、娘は私たちに塚森裕太の話を振ったのか。そして妻は、それにどう答えたのか。

私は一度、逃げてしまった。まだ間に合うだろうか。誰も本当の自分を分かってくれないと、孤独の中で声を上げているあの子を、私は受け止めることができるのだろうか。

いや、違う。

受け止めることができるのだろうか、ではない。

受け止めなくてはならないのだ。

「よし」

昨日も呟いた言葉を、昨日より強く言い放つ。口から放たれた声が、浴室に反響して耳に戻って来る。ぼんやりとした決意が、はっきりと形になった気がした。

3

水曜の朝、いつものように梅澤に喫煙所に誘われた。

喫煙所には一人だけ他の男性教師がいて、その教師は私たちと入れ替わるように去って行った。数年前まではもう少し喫煙者がいた気がするが、今ではこんなものだ。今は発言力の強い教師に喫煙者が目立つから残っているが、そのうち喫煙所自体がなくなるだろう。困りはしないけれど、寂しさは拭えない。

梅澤が電子タバコを吹かす。薄い雲の張った、鉛色の空を見上げる目に生気がない。やがて紙タバコを吹かしながら梅澤の様子を見守る私に、望み通りの言葉が届いた。

「塚森、話してくれるそうだ」

どこか投げやりな言い方。乗り気ではないのが、ひしひしと伝わる。

「金曜は次の日の試合のために練習を早めに切り上げる予定だから、その後に時間を取った。あまり長引かせるなよ。練習を早く上げる意味がなくなるからな」

「……面白くなさそうだな」

「まあな。お前には悪いが、俺は今の塚森に、余計なことを考えさせたくない」

「塚森くん、そんなにまいってるのか？」

「まいってるっつうか……」

梅澤が左手で頭の後ろをかいた。

「今日の昼、全校放送をするそうだ」

「全校放送？」

「ああ。自分のせいで変な形で同性愛が話題になって、辛い思いをしている当事者を救いたいそうだ。だから改めて全校放送で、自分の言葉を届けたいんだと」

「立派な心がけじゃないか」

「立派すぎんだよ」

梅澤の唇が歪《ゆが》んだ。その歪みをごまかすように、電子タバコをくわえる。私も自分のタバコをくわえ、留めた言葉を煙に紛れさせた。

――じゃあ、止めるか?

有害物質を肺に取り込みながら、教師の自分と親の自分を戦わせる。教師として塚森裕太のことを考えるのならば、私は己のエゴをこの場で引っ込めるべきだ。しかし親として娘のことを思う私がそれを許さない。灰皿にタバコを押し付け、火と迷いを揉み消す。

「そうかもな」

話はそれで終わった。校舎に戻り、何事もなかったかのように職務に就く。授業中は昼に行われる塚森裕太の全校放送に思いを馳せて上の空だったが、それでも二十年を超える教員人生で培った経験は、私に大きなミスをさせなかった。

昼休みの放送は、職員室で弁当を食べながら聞いた。内容も話し方も高校生とは思えないほど素晴らしいスピーチだと感じた。他の教員も同じだったのだろう。スピーチが終わるや否や職員室に拍手が巻き起こり、さらにその後は担任の後藤先生を中心として、塚森裕太を褒め讃える声があちこちから聞こえた。

――立派すぎんだよ。

あいつはどういう顔でスピーチを聞いていたのだろう。食堂にいるはずの梅澤を思いながら、弁当のプチトマトを頬張る。トマトは青みが残っていて、口の中で潰れた実は、舌が痺れるほどに苦かった。

木曜の夜、私は図書館で借りた本を読み通し、紹介してくれた福岡の教員にフェイスブックで感謝の言葉を告げた。彼女は「勉強になったなら良かったです」と返信し、「次はこういう本はどうでしょう」と別の本を紹介してくれた。どうして彼女はそれほどまでにこのトピックに興味を覚えているのか。気になったけれど、聞くのは止めておいた。

金曜は読んだ本を鞄に入れて、学校に持って行った。図書館に返すためではない。一日の授業が終わってから塚森裕太がフリーになるまでの間、読んで復習するためだ。塚森裕太と話した後に梅澤と酒を飲む約束を入れたから、そもそも図書館の閉館時間前に帰れることはないだろう。もっとも用事なんて何もなかったとしても、図書館の閉館時間に間に合わないことなんてザラだが。

放課後の職員室でＬＧＢＴの本を読み返し、バスケ部の活動が終わるのを待つ。全二百ページの中でＬとＧ、即ち同性愛について書かれた部分はおよそ三割といったところだ。残りはほとんどがT、トランスジェンダー。世間ではLGBTと一緒くたにされているがどうやらTは他と比べて段違いに複雑で、大きく紙幅を割く必要があるらしい。Bについてはロクな解説がなく、LとGのオマケという印象だった。

しかし私の目を最も強く引いたコンテンツはそのどれでもなく、参考程度に載せられていた、セクシャルマイノリティの子を持つ親の体験談だった。

我が子がそうであることを知り、戸惑い、悩みながら受け入れた。その心の動きが記された文章に、私はいたく共感した。当然ながら受け入れられなかった体験談はなく、綺麗事じみた面もありはしたけれど、それは気にならなかった。私は娘を受け入れると決めていたからだ。そこに関して悩みはない。本による勉強や塚森裕太との対話は、私にとって行き先を決めるためのものではなく、背中を押すためのものだった。

やがて職員室の扉が開き、梅澤が現れた。

手招きと共に声をかけられ、私は梅澤の元に向かった。廊下に出ると、扉のすぐ傍にバスケットボールの練習着を着た少年が立っていた。半袖シャツと短パンから伸びた手足はすらりと長く、きめ細かな肌や凹凸のはっきりした顔立ちと相まって、得も言われぬ美しさを醸し出している。大理石で創られたギリシャ彫刻の青年像のイメージが、私の頭に自然と浮かび上がった。

「塚森裕太です。よろしくお願いします」

少年――塚森裕太が私に向かってお辞儀をした。綺麗なお辞儀だ。面会を頼まれた側が礼を示す違和感を吹き飛ばすほどに整っている。

「小山田貴文《たかふみ》です。今日は付き合わせてすまないね」

「いえ。どうせバスケ以外にやることなんて、ありませんから」

塚森裕太が朗らかに笑った。入道雲のように白い歯が眩しい。この年になると生徒はただ生徒というだけで眩しく見えるものだが、やはり他の生徒とは一線を画しているように感じる。世間が彼を無視してくれない理由が、直に会ってよく分かった。

「んじゃ、行くか」

梅澤が私たちを先導して歩き出した。火曜の昼休み、私と梅澤で話をした会議室に塚森裕太を連れて行く。入ってすぐ、塚森裕太が扉に近い下座の椅子に腰かけたので、私はテーブルを挟んだ上座に着いた。そして梅澤は塚森裕太の斜め後ろにパイプ椅子を置き、私たちを傍観する態勢を取る。

「塚森くん」ひと呼吸。「君は今日呼ばれた理由を、梅澤先生からどう聞いてるかな」

塚森裕太が背筋をピンと伸ばし、薄い唇を開いた。

「小山田先生の知り合いに同性愛者の方がいて、その方との接し方を知りたくて、当事者の僕から生の声を聞きたいとうかがいました」

「うん。それで、大丈夫かな？」

「というと？」

「それ以上の情報は要らないかってことだよ。どういう知り合いなのか、とか」

「必要ないです。というより、あまり言わない方がいいと思います。アウティングに繋がってしまうかもしれませんから」

明瞭な声。鋭い視線。私が何も言わなくても、何もかも察しているのではないだろうか。

そんな妄想に襲われる。

「ありがとう。それじゃあ早速、聞かせてもらえるかな」

「はい」

「君は同性愛者として、周りの人間にはどう接してもらえれば嬉しい？」

「どうもしなくていいです」

素早い返事に、私は面食らった。明らかに質問を予測し、回答を用意していた早さだ。

「僕は同性愛者である前に一人の人間です。同性愛者であるというのは、頭がいいとか、足が速いとか、そういう特徴と変わらない。だから、特にこれと言ったことは考えないで接してもらえると嬉しく思います」

「じゃあ逆に、どういうことをされると困る？」

「さっきの逆ですから、考えすぎは困りますね」

「例えば？」

「実際にそういうことがあったわけではないですが、気をつかって彼女の話をしなくなるとか。あと誰かにいじめられたら言えって色々な人から言われるんですけど、それも少し大げさで困るかもしれません。心配してくれるのは嬉しいんですけど」

「色々な人？」

「梅澤先生とか」

塚森裕太が梅澤の方を向いて、悪戯《いたずら》っぽい笑みを浮かべた。梅澤は腕を組み、憮然とした態度で黙る。なかなか、いい師弟関係を築けているようだ。

「それじゃあ――」

質問。回答。質問。回答。

私が何を尋ねても、塚森裕太は五秒以上悩まずに答えを返した。時には冗談を交え、時には真剣な態度で。あの二百ページある本にも書いていない、同性愛に関する社会の動きに触れることもあった。私が「よく調べているね」と褒めると、塚森裕太は「当事者ですから」と照れくさそうにはにかんでみせた。

「カミングアウトしていない時にやられてイヤだったことはある？」

「同性愛を面白おかしくネタにされるのはイヤでしたね。実際はほとんどありませんでしたし、だからカミングアウトできたんですけど」

「いい友人に恵まれたね」

「そうですね。本当、僕にはもったいないぐらいだと思います」

「ご家族も、そうなのかな」

梅澤がむっと顔をしかめた。踏み込みすぎへの警告。しかし当の塚森裕太は、顔色一つ変えず質問に答える。

「そうですね。家族もみんな、僕が同性愛者であることを自然に受け入れてくれました」

「驚いてもいなかったのかな」

「どうでしょう。前から勘づいていた、というようなことは言っていませんでしたが」

「もし、カミングアウトする前に親から『知ってるよ』って言われていたら、塚森くんはどう思ったかな」

澱みなく続いていた返答が、初めて途切れた。

顎に手を当て、塚森裕太が考え込む。梅澤が「これ以上黙るならお前から話を切れ」と視線でメッセージをよこした。私は小さく頷き、了解の意志を伝える。

「嬉しかった――と思います」

今までにない、探るような言い方で、塚森裕太がゆっくりと語り出した。

「僕をちゃんと見て、ちゃんと考えてくれたこと。それを伝えてくれたことを嬉しく感じたと思います。自分では言えないことを察してくれて、すごく助かったかと」

私はテーブルの下で、両の拳を強く握りしめた。

分かっている。彼は塚森裕太だ。小山田貴文の娘、小山田華ではない。それでも一つの答えを得た感触が確かにあった。彼と話をして良かった。そう思える何かが。

「小山田」

塚森裕太の後ろから、梅澤が声をかけてきた。

「そろそろいいか？　明日は試合なんだ。うちのエースを疲弊させないでくれ」

「ああ、分かった」

私は立ち上がった。そして塚森裕太に歩み寄り、眼前に右手を差し出す。

「付き合ってくれてありがとう。色々、参考になった。明日は試合を観に行くよ」

塚森裕太が私の手を取った。肌を通して体温が伝わる。機械みたいに出来すぎな子だったけれど、ちゃんと人間だったんだな。そんなことを今さらながらに思う。

「どういたしまして」

私と梅澤が校舎から出た時、外は雨が降っていた。

雨は持っていた折り畳み傘では心もとないぐらいに強く、駅前の大衆居酒屋に着く頃にはワイシャツがだいぶ濡れてしまった。小さな個室に案内され、梅澤が生ビールの中ジョッキを二杯頼む。すぐにジョッキが届き、私たちは乾杯を交わした。

黄金色の液体を喉に送り、内臓を撫でる炭酸の刺激に身悶える。適当に頼んだつまみを食べながら言葉を交わす。電子タバコを指に挟んだ梅澤が、テーブルに置いてある灰皿と私を交互に見やった。

「お前、本当に学校以外では吸わないよな」

「便利だから吸ってるだけだから」

「便利ねえ。ま、確かに休憩は取りやすいわな」

梅澤が電子タバコに口をつけ、上を向いてふーっと息を吐いた。やはり煙が出ないせいでどこか滑稽に見える。タバコなんて大人ぶって格好つけるために吸い始めることがほとんどだろうに。実に本末転倒だ。

昔は梅澤も紙のタバコを吸っていた。電子タバコに替えた理由は、バスケットボール部の顧問をやるようになったから。依存しているタバコを止められず、しかし運動部顧問の規範として全身に強いタバコの臭いが染みつく生活を続けるわけにもいかず、苦肉の策として選択したものが電子タバコだったのだろう。もっとも本人はそうは言っておらず、健康面に配慮したと嘯《うそぶ》いている。私は梅澤のそういうところを好ましく思う。

「ところで、明日の試合は勝てそうなのか？」

「勝負は時の運。ただ、実績で言えばこっちが格上だな」

「インハイベスト4に実績で勝てるチームはそうはいないだろ」

「そういうことじゃねえよ。他にも色々、総合的に考えての話だ。いつも通りにやれれば負ける相手じゃない」

梅澤がビールをあおった。そして目線を横に流し、意味深に呟く。

「いつも通りやれれば、な」

皆まで言わずとも、言いたいことは伝わった。私はつまみの枝豆に手を伸ばし、さらりと答える。

「大丈夫だろ。塚森くん、平気そうだったし」

枝豆のさやを押す。飛び出した艶やかな実を、口の中に放り込む。

「最近の子は強いよ。落ち着いているっていうか、視野が広いっていうか。これだけインターネットが発達すると、昔とは手に入る情報の質と量が違うんだろうな。クラスの子たちを見ていても思うけど、今日は特にそれを感じた」

ビールを飲む。呼吸を整え、アルコールが血液に乗って巡る感覚を楽しむ。

「こっちが知らないこと、当たり前のように知ってたもんな。まあ塚森くんが特別にできる子ってのはあるんだろうけど、それにしてもカルチャーショックだった。ああいう風に世界を俯瞰できる子が増えてるなら、カミングアウトなんてもしかして、本当に大したことないのかも――」

「そうか？」

かすれた声が、私の言葉を断ち切った。

梅澤が頬杖をついて私を見やる。目を細め、唇を歪め、明らかに不機嫌な顔つきだ。私と決定的に意見を違えていることが、聞くまでもなく分かる。

「俺は、塚森に『いじめられたら言え』なんて言ってねえんだよ」

梅澤が左手の電子タバコを、テーブルの上に置いた。

「『辛いことがあったら言え』って言ったんだ。それがすり替わってた。俺はそこに危うさを感じる」

「どうして。言ってることはあまり変わらないだろ」

「……変わらない？」

「ああ。確かに『いじめられたら』ってのはちょっと大げさかもしれないけれど、今の塚森くんにとっての『辛いこと』は『他人に認めてもらえないこと』だろ。それを少しアレンジして話したんだとしたら、そこまで気にすることじゃないと思うよ」

お前は考えすぎなんだよ。そう告げるように、私は明るく笑ってみせた。

「心配するばかりが教師の役割じゃないだろ。塚森くんの強さを信じてやれよ。お前は目の前の塚森くんを、ありのまま認めてやればいいんだ」

ワイワイ、ガヤガヤ。擬音語で表現すればそうなるであろう店の喧騒が、私たちの間に流れる沈黙を埋める。梅澤が自分のジョッキに手を伸ばし、ぐいっと勢いよく中身を喉に流し込んだ。太い首に浮かぶ大きな喉仏が、生き物のように上下する。

ジョッキをテーブルに置いた梅澤が、今度は電子タバコに手を伸ばした。細長い棒をくわえて離し、細く長く息を吐く。そしてビールが半分ほど残っているジョッキを眠たそうに眺めながら、声のトーンを下げて呟いた。

「お前、娘のこと、どうするつもりだ？」

話が急に変わった。私は戸惑いながら答える。

「まずは妻に話そうと思ってる」

「なんて」

「娘が同性愛者かもしれないことを教えて、それを受け入れてやっていきたいことを伝える。それで上手く話がまとまったら、二人で娘と話す。あの子は塚森くんに興味を覚えているみたいだったから、一緒に試合を観に行けたりしたら面白いかもな」

「やめとけ」

一言。

矢のように鋭く尖った言葉が、私の胸につき刺さった。あまりにも鮮やかで、私は自分が射抜かれたことに気づけなかった。呆ける私に向かって、梅澤が二の矢を放つ。

「しばらく黙ってろ。お前にはまだ早い」

今度の矢は、しっかりと痛みを感じた。頭にカッと血が上る。

「どういう意味だよ」

「そのままだよ。お前は動かない方がいい」

「なんでそんなことが分かるんだ」

「分かるさ。話を聞いていれば、分かる」

「なんだそれ。お前だって専門家でも何でもないだろ」

声を尖らせる。梅澤は何の反論もせずジョッキに口をつけた。話にならない。そういう意志の伝わる態度が、苛立ちをさらに煽《あお》る。

「お前――」

「ご注文の品、お持ちしましたー」

若い男性店員の能天気な声が、言葉を止めた。固まる私をよそに、男性店員が頼んだ食べ物をテーブルに並べていく。やがて店員が去り、気まずい空気が流れる中、梅澤がぼそりと呟いた。

「食おうぜ」

梅澤が漬物に箸を伸ばした。私は自分の近くにあったお好み焼きを口に運ぶ。安居酒屋にありがちな濃いソースの味が、なぜだか無性に心地よかった。

居酒屋を出る頃には、雨はすっかり止んでいた。

梅澤と別れて家路に就く。酔いと暑気で火照《ほて》る身体を冷ますためにネクタイを緩めると、変に気が大きくなって今なら何をやっても上手くいきそうな気分になった。自分が変われば世界は変わるのだ。アルコールはインスタントにそれを教えてくれる。

マンションの扉を開け、「ただいま」といつもより大きな声で告げる。いつも通りに返事がないことを、パターンの決まっているお笑いのように楽しむ。だけどリビングに入っても誰もおらず、点《つ》けっぱなしのテレビに出迎えられて少し戸惑った。寝室に足を踏み入れ、化粧台の前で化粧水を顔に塗っている妻の背中を見て、ほっと安心する。

「ただいま」

「おかえり」

鏡越しに返事が届いた。バッグを床に置き、ベッドの縁に腰かける。

「華は？」

「リビングにいないなら、部屋じゃない？」

「もう寝てるかな」

「さあ」

言葉を交わしながら、残念な会話だなと思う。いくらでも話を膨らませられる種はあるのに、そこに水が与えられない。やはりこのやり方ではダメだ。果実を得たいなら、木を植える必要がある。

「なあ」

「なに？」

「お前、華がレズビアンだって知ってたか？」

妻の手が止まった。

酒臭い息に次の言葉を潜ませ、妻が振り向くのを待つ。だけどいつまで経っても振り向かない。それどころか化粧水を顔に打つ作業を再開し、平易な声で言葉を返した。

「それで？」

信じられない反応に、髪がぶわっと逆立った。私は語気を強める。

「冗談言ってるんじゃない。本気だぞ」

ぴたぴた。化粧水の跳ねる音が夜に溶ける。

「半年前、華がスマホを水没させて壊したことがあっただろ。あの時、華は家のノートパソコンを使ってツイッターをやっていて、次に使った俺がその形跡を見つけたんだ。そこで華は自分のことを、レズビアンだって紹介してた」

ぴたぴた、ぴたぴた。

「それから半年間、俺は何もしなかった。向き合うのが怖かったんだ。だけど最近、俺の学校でゲイをカミングアウトした男の子が出て来て、考えを変えた。お前も知ってるだろ。塚森裕太くん。実は、今日もその子と話して来たんだ。同性愛者として周りにどう対応して欲しいか、周りはどうすればいいのか、そういうことを聞いて来た」

ぴたぴた、ぴたぴた、ぴたぴた。

「他にも、フェイスブックの教師仲間にお勧めのＬＧＢＴの本を聞いたり、図書館でその本を借りて読んだりもした。この前のあの本だよ。俺は華のことを認めてやりたい。お前のことを認めてるぞって伝えて、一人ぼっちで苦しんでる華を救ってやりたいんだ」

ぴたぴた、ぴたぴた、ぴたぴた。

「塚森くん、明日試合なんだよ。俺は応援しに行く。それで提案なんだけど、華とちゃんと話をして、明日は家族で試合を観に行かないか。華は塚森くんに興味があるみたいだ。俺はバスケ部の監督と仲がいいから、話したりもできるかもしれない」

ぴたぴた、ぴたぴた、ぴたぴた、ぴたぴた、ぴたぴた。

「……聞いてんのかよ」

「ねえ」

カツン。

妻が化粧水の容器の蓋を閉め、台の上に置いた。そして振り返る。メイクの落ちたのっぺりした顔に、ぞっとするほど感情のこもっていない目が浮かんでいて、残っていた酔いが静かに引いていくのが分かった。

「この前の本、もう読んだの？」

「読んだよ」

「じゃあ、アウティングって知ってる？」

「知ってるよ。他人の性的指向を許可なく別の人間に暴露することだろ。ＬＧＢＴについて勉強する中で、一番やっちゃいけないことだって学んだ」

「その一番やっちゃいけないことを、今、自分がやってることには気づいてる？」

地雷を踏んだ。

違う。ずっと踏んでいて、今それに気づかされた。一歩でも動けば爆発し、全身が粉々になる。妻から見て私はずっとその状態で、だから振り向かなかったし、振り向いて送ってきたものは冷ややかな視線だったのだ。

だけど――

「そうは言うけどさ、俺たちは夫婦で、華の親なんだぞ」

そうだ。教科書に書いてある行儀のいいことが必ずしも正解ではない。だからこそ、教科書だけで子どもは育たないからこそ、私のような教育者が必要なのだ。

「二人で華にぶつかっていく必要があるだろ。そのために情報を共有するのは、必ずしも悪いことじゃない。アウティングって言葉の定義からすればそれは確かにそうだけど、もっと臨機応変に状況を考えてくれよ」

「でも、私は言わなかった」

冷徹な声が、私の鼓膜を貫いた。

「華に『パパには言わないで』って言われたから言わなかったのもある。でも言うことはできた。相談して、まずは事実を伝えて、あとは華が心を開いてくれるのを待つ。そういうやり方もあった。でもやらなかったの。私の考えで」

顔に空いた穴のように空虚だった妻の瞳に、いつの間にか強い意志が込められていた。私は妻からかけられた言葉を脳で咀嚼《そしゃく》し、得た結論を確かめるように尋ねる。

「知っていたのか」

妻は、イエスもノーも返さなかった。ただ私を見つめるだけ。どんな言葉や仕草よりも雄弁な答えが、私の胸に刺さる。

一度は引いた酔いが返って来たかのように、身体が内側から熱を帯びた。だけど今この内臓を焼いているものは、アルコールではない。

「ふざけるな」

私は声に、ありったけの怒気を込めた。

「俺たちは三人で一つの家族だろ。運命共同体だろ。少なくとも俺はそう思ってたよ。だから今日お前に話したんだ。なのに、何だよ。お前たち二人でとっくに話がついていて、俺だけが蚊帳《かや》の外なんて、こんな仕打ちないだろ」

「怒ってるの？」

「怒るに決まってるだろ！　華が俺には言わないでくれって言ったなら、それは分かったよ。言わなくていい。だけど、お前は言いたいと思っていてくれよ！　家族三人で向かい合いたかったけど、華に止められたから仕方なかったって、そう言ってくれよ！　アウティングなんて分かったような言葉で――」

「どうして喜ばないの？」

喜ぶ。

会話に突然、異国の言語を混ぜられたような感覚があった。こんなことをされて、こんな扱いを受けて、私がなぜ喜ばなくてはならないのか。困惑する私に向かって、妻が無表情のまま口を開く。

「一人ぼっちで苦しんでいたと思っていた華が、実はそうではなかったと分かったのに、華を救いたい貴方はどうして喜ばないの？」

脳に、ガンと強い衝撃が走った。

「私が貴方より早く華を理解して、華の支えとなっていたことに、貴方はどうして感謝してくれないの？　貴方は華の幸せを願っていたんじゃないの？　貴方が一番に叶えたい願いは、いったい何なの？」

頭が痛い。身体が震える。世界が、ひっくり返る。

今度こそ分かった。分からされた。異国の言語を話していたのは私だ。言葉の定義に拘《こだわ》っていたのは私だ。臨機応変に考えられていなかったのは私だ。

大切なものを見失っていたのは――私だ。

「華を認めてやりたいなんて、都合のいい嘘を言わないで。貴方は自分が華に認められたいだけ。だから貴方は華と話す前に、インターネットに悩みを流したり、図書館でＬＧＢＴの本を借りたり、学校の生徒に相談したり、私に話を持ちかけたりするの。失敗したくないから。今は華から嫌われても、本当にどうしようもなくなった時に頼る先として、どっしり構えて見守る。そういうことは考えてないから」

妻が立ち上がった。私はベッドの縁に座ったまま動けない。妻を見上げ、しかし妻に焦点は合わせず、妻の言葉を脳内でかみ砕く。

私は娘のことなんてどうでもいい。自分が認められたいだけ。仲良くしたい相手の秘密を知り、それを武器にどうにか近寄れないかと思案している。

弱みを握った。

身も蓋もない言い方をすると、そういうこと。

「生徒が相手ならそれでいいんでしょうね。期間限定で預かっている人様の子だもの。でもね、さっき貴方が言った通り、華は私たちの子どもなの。一生付き合って行かなくちゃならない、大切な娘なの」

冷たい視線。飼えない捨て犬を見るような、諦観と無念の入り混じった目つき。

「華、明日いないよ」

「……いない？」

「友達と遊びに行くの。コンサート。だから試合を観に行くなんて最初から無理。何度も話していたでしょう。貴方のいるところでも」

妻が歩き出し、私はびくりと肩を震わせた。しかし妻は私を一瞥《いちべつ》もすることなく、すれ違いざまに言い捨てる。

「どうせ聞いてなかったんでしょうけど」

妻が寝室から出て行った。私は身体の力を抜き、背中からベッドに倒れ込む。とにかく今は何もしたくないし、何も考えたくなかった。

4

土曜日、私は娘と一緒に家を出た。

家族三人で昼食を食べている時、妻が私にそうするよう促した。同じような時間に出かけるなら駅まで送ってやってくれ、と。そこに込められたメッセージを読み取れないほど、私も愚鈍ではない。娘はイヤそうな顔をしていたが、私は「分かった」と頷いた。

チノパンと半袖のポロシャツを身に着けて外に出ると、しとしとと小雨が降っていた。私と娘、二人で折り畳みの傘をさして、マンションから最寄り駅までの道を歩く。時間にしておよそ五分。交わせる言葉は限られている。だけど、どう声をかければ良いのか分からず、私たちは無言の行進を続けた。

駅前の交差点で赤信号に引っかかった。電車に乗って向かう先は逆だから、ここを過ぎたらもう別れるだけ。意を決し、娘に声をかける。

「なあ」

赤信号をにらんだまま、娘が「なに」と短く答えた。私は娘が着ている、骸骨やらギターやらパンクな意匠を凝らした黒シャツを指さす。

「そのシャツ、カッコイイな。どこで買ったんだ？」

「下北」

「へえ。そんなところまで行ってるのか」

「ライブハウスとかあるから」

「そうか。パパも昔はそういうシャツを着ていたよ。ロックTシャツっていうのかな。お前がそういうシャツ好きなら、言ってくれれば――」

「あのさ」

信号が青に変わった。娘がこちらを向き、うんざりしたように言い放つ。

「このシャツ、もう買って一年経つから」

話しかけるな。言外の意図を読み取って私は口を閉じた。娘が交差点を渡り、私はそれについていく。導く者と導かれる者が逆転した構図に情けなさを覚えながら、それでも黙って娘に付き従う。

駅に着いた。改札を抜けて、娘が「じゃあ」とだけ言って私から離れようとする。このままでは成果ゼロだ。どうにかしなくては。どうにか。

「待て」

呼びかけに応え、娘が足を止めて振り返った。妻によく似た形の瞳が、昨夜の記憶を引きずり出す。私は娘に認められたいだけ。

――お前、レズビアンなのか？

「コンサートに行くんだろ」

「うん」

「おこづかいをやるから、持って行きなさい。ママには内緒だぞ」

私は肩かけのナイロンバッグから財布を取り出し、五千円札を抜いて娘に渡した。娘はきょとんとした顔で金を受け取り、バツが悪そうに呟く。

「ありがとう」

「あまり遅くなるなよ」

「うん。じゃあね」

声色が、だいぶ明るくなった。娘が階段を下りるのを見届けてから、逆側のホームへと続く階段を下りる。空いているベンチを見つけて腰を落ち着け、向かいのホームをぼんやりと眺め、スマートフォンをいじりながら電車を待っている娘を見つける。

さっき、私は何を言おうとした？

あんな場面であんな言葉を投げかけるなんて、どんな本も、どんな人間も間違いなく推奨しない、最低最悪の選択肢だ。なのに、その言葉しか思い浮かばなかった。そしてどうにか軌道修正して出したものが、金。刹那的で即物的なご機嫌取り。

向かいのホームに電車が到着した。娘の姿が見えなくなり、それに安堵している自分に気づく。私はガムのへばりついた足元のコンクリートを見やり、その上に「くそっ」と悪態を吐き捨てた。


体育館に着いた私は、梅澤の元には寄らず真っ直ぐ二階の観覧席に向かった。

観覧席は見知った制服であふれかえっていた。私のクラスの生徒もちらほらと見かける。家族連れで来ていたら目立っただろうな。一人で良かった。そんな風に結果論で己の不甲斐なさを擁護し、その擁護の醜さに辟易する。

席に座ってしばらく待つと、コートに選手たちが入ってきてウォームアップを始めた。塚森裕太は背番号7。やはり他の選手たちと比べて、一際輝いているように見える。そこにいるだけで目を離せない。そういう引力がある。

コートの横にはパイプ椅子を並べた控えの待機席が設けられており、梅澤はその端に座っていた。腕を組み、仏頂面で、いかにも不機嫌そうだ。実際に不機嫌なのか、相手を威嚇するために不機嫌なポーズを取っているのか、それは分からない。

やがて、試合が始まった。私たちの学校がジャンプボールを取り、パスを経てボールが塚森裕太に渡る。瞬間、場内が歓声に包まれた。俺たちはお前を観に来たんだ。そういうメッセージが熱気に乗って伝わる。

だけど塚森裕太は、あっさりと敵にボールを奪われてしまう。

おや、と私は梅澤を見やった。まるで拷問に耐えているかのように、唇を真一文字に結んでコートをにらんでいる。相手チームがシュートを外し、チームがカウンターで先制点を決めても、ぴくりとも表情を変えない。会場は盛り上がり、周りの控えメンバーも応援の声を上げているのに。

私はバスケットボールを知らない。塚森裕太がどれだけの選手かも、今日の相手がどれほどのチームなのかも分からない。ただ、梅澤についてはよく知っている。あれは正真正銘の不機嫌顔。そしてあの男が不機嫌になるのはいつも、自分が苦しんでいる時ではなく、他人の苦しみを感じ取った時だ。

まだワンプレイ。私は自分にそう言い聞かせる。しかし塚森裕太の動きは精彩を欠き続け、梅澤の表情も変わらない。そして――

「トラベリング！」

ホイッスルが鳴り、塚森裕太が足を止めた。トラベリング。バスケットボールの基礎的な反則。それを、インターハイベスト4チームのエースが取られた。

——俺は今の塚森に、余計なことを考えさせたくない。

水曜の朝、梅澤から言われた言葉を思い出す。あの時、梅澤は塚森裕太の様子に良くないものを感じていた。そして私はそれを無視した。娘に近づくため、娘の秘密を武器にしたように、彼を道具にした。

ゲームが続いても、塚森裕太の動きは一向に良くならない。第一クォーターが終わり、二分間の休憩を挟んだ後も変化なし。塚森裕太にボールが渡るたびに上がっていた歓声が、回を重ねるごとにどんどん小さくなっていく。

塚森裕太が手で額の汗を拭った。大きな瞳は焦点が合っておらず、どこを見ているのか分からない。私と言葉を交わした時の人懐っこさは、まるっきり失われてしまっている。

——いや。

そもそもあの人懐っこさは、彼本来のものだったのだろうか。

あの時だって私は、不自然に出来すぎていると思った。最後に握った手が温かくて、人間だったんだなと安心する程度には。だけど私は見ないふりをしたのだ。親として娘を救うのだと愚かな勘違いをしていた、自分の足を止めないために。

私は彼に無理をさせた。彼の心を踏みにじった。もしそれが彼を傷つけたのだとしたら。化膿した傷口が痛んで、彼の動きに悪影響を与えているとしたら。

そして——

もし今日、負けてしまったら。

多くの観客を集め、期待を一身に背負い、その果てに敗北してしまったら。

彼は——どうなる？

ブザーが鳴った。第二クォーターが終わり、ハーフタイムに入る。私は「24—20」というスコアをしばらく眺めた後、席から立ち上がり、観覧席の出入り口に向かった。

観覧席を出た私は一階に下り、まずは館内図を確認した。

控え室のある場所を調べ、そこに向かう。やがて右手に窓が、左手に貼り紙のされた扉が四つ並ぶ狭い廊下にたどり着いた。うちの高校の控え室はどれだろうと、それぞれの扉に目をやり、そして気づく。

奥から二番目の扉が、開いている。

「武井《たけい》！」

聞き覚えのある叫び声の後、扉の開いている部屋から、うちの高校のユニフォームを着た少年が飛び出してきた。少年はそのまま私に向かって走って来る。試合に出ていた子ではない。控えの一人だ。

「小山田！　止めてくれ！」

少年の後ろから、梅澤が声を張り上げる。だけどその指示を認識した頃、少年はもう私の目の前にいた。私は慌てて手を伸ばすが、少年はするりとそれを抜け、後方に走り去ってしまう。

梅澤が自分の髪をクシャッとつかんだ。そして控え室に「お前たちは中にいろ」と告げ、扉を閉める。どうすれば良いか分からず立ちすくむ私に、梅澤がツカツカと歩み寄って声をかけてきた。

「何しに来た」

「……塚森くんに謝りたくて」

「はあ？」

「彼、調子悪いだろ。昨日のインタビューのせいかと思ってさ。だから彼の調子を取り戻すため、何かできないかって考えたんだ」

「ああ……気にすんな。お前のせいじゃねえよ。少しは影響あるかもしれねえけど、たぶん一番は違う」

梅澤が自分たちの控え室の方を向いた。そして皮肉っぽく唇を歪める。

「いや、結局はそういう小さい影響の積み重ねなんだろうな。だとしたら俺も含めた、みんなのせいだ」

意味深な言葉を吐き、梅澤が私に向き直った。いつになく弱々しい、頼りない声で話しかけてくる。

「なあ。一つ頼まれていいか？」

「なんだ？」

「今そこから出て行ったやつ、探して、見つけたら連れ戻して来てくれないか。塚森と揉めて、他の部員から責められて、逃げ出しちまったんだ。こっちが落ち着いたら俺がどうにかするから、それまででいい。だから、頼む」

梅澤が頭を下げた。髪のあちこちに白いものが見える。いつも猛々しい、ライオンのような男の鬣《たてがみ》に混ざった、隠しきれない老いの証。

「分かった。任せろ」

首を縦に振る。梅澤が上体を起こし、疲れと喜びの入り混じった笑みを浮かべた。

「ありがとう」

梅澤が踵《きびす》を返し、控え室に戻った。お互い、大人は大変だよな。そんな言葉を胸中で投げかけ、私は少年を探すべく、来た道を引き返した。

5

「その子なら、外に出て行きましたね」

「出て行った後、どちらに行ったか分かりますか？」

「すぐ左に曲がりました」

「分かりました。ありがとうございました」

受付の職員に頭を下げ、私は体育館の外に出た。道中で人を捕まえては「バスケットのユニフォームを着た子を見ませんでしたか？」と尋ね、行き先を把握しながら公園を走る。ユニフォーム姿で全力疾走する少年はやはり目立っており、特に分岐路で迷うこともなく足を進めることができた。

やがて道が開け、人工池のある広場が現れた。広場から伸びる道は多岐にわたっており、勘で進むのは心もとない。誰かいないかと辺りを見回し、人工池のほとりにある石造りのべンチに、私の高校の制服を着た女子生徒が座っているのを見つける。

「君！」

少女が私の方を向いた。知らない顔だ。少なくとも私のクラスの子ではない。警戒心を与えないよう、ゆっくりと歩み寄る。

「ここに、バスケのユニフォームを着た男の子が来なかったか？」

「来ました」

「どっちに行った？」

「あっちです」

少女が野球場に続く道を指さす。私は「ありがとう」と礼を言い、少女が示した先に向かった。また誰か来たら話を聞こうと周囲に目を配りながら、野球場の外周を走る。

ジャージを着て首にタオルをかけた白髪の男性が、手足をリズミカルに振りながら走ってきた。私は男性を呼び止め、ここまで何度もしてきた質問を同じように投げる。男性は「あ

あ」と頷くと、タオルで汗を拭い、自分が走ってきた道を指さした。

「その子なら、すぐそこのストリートコートにいたよ」

「ストリートコート？」

「バスケットのゴールとちょっとしたスペースがあるだけで、そんな立派なもんじゃないけ

どね」

「ありがとうございます。助かります」

頭を下げ、先に進む。言われた通り、すぐにハーフコートとバスケゴールがセットになったストリートコートが現れ、私は足を止めて少年の姿を探した。コートの近くにはいないようだ。進んでも進んでも追い付かない徒労感に肩を落とし、すぐ傍の野球場を見やる。

野球場の外階段の最下段に腰かけ、大きくうな垂れているユニフォーム姿の少年が目に映った。

少年に歩み寄る。足音を潜めているわけでもないのに、手を伸ばせば届きそうなほどに近寄っても、少年が私に気づく様子はなかった。自分の世界に沈みきっている少年に、頭の上から声をかける。

「君」

少年が勢いよく顔を上げた。額の大きく出た髪型と、丸みの取れきっていない輪郭に幼い印象を抱く。一年生だろうか。

「ちょっといいかな」

隣に座る。雨に濡れたコンクリートがチノパンの尻を濡らし、冷たさに背筋が伸びた。泣き腫らした後だと分かる、充血した目をこちらに向ける少年に、なるたけ優しく声をかける。

「はじめまして。僕は君の学校の教師だ。二年四組の担任、小山田貴文。知ってるかな」

「……すいません。分からないです」

「そうか。まあ、いいよ。僕は教師として君を指導したいわけじゃない。梅澤先生に頼まれて、君を連れ戻しに来ただけだ」

語っているうちに、無意識にナイロンバッグに手が伸びた。タバコを探している自分に気づき、その情けなさに呆れる。生徒の前だぞ。煙に頼るな。

「塚森くんと、揉めたそうだね」

少年の背中が上下した。足の間で組んだ自分の手を見つめ、不安と怯えを隠さない細い声で答える。

「揉めたって言うか……」

言いかけて、止める。わずかに突き出た下唇は、語りたい想いがすぐそこまで来ている証拠だ。教師として生徒と関わってきた経験からそれが分かる。すぐそこまで来ている想いを表に引き出すのは容易ではなく、ここからが大変だということも。

この先は私の領分ではない。頼まれたのは少年を連れ戻すこと。少年の指導者である梅澤に少年を預ける。それ以外のことは考えなくていい。いいのに。

「僕もね」自嘲気味に呟く。「昨日、人と揉めたんだ」

じっと俯いていた少年が、こちらに顔を向けた。逆に私は少年から顔を逸らし、晴れ晴れとした空を見上げる。

「でもそれは爆発したのが昨日というだけ。火薬はぎゅうぎゅうに詰められていて、あとは導火線に火をつけるだけだった。何を間違えたんだろう。どこで間違えたんだろう。繰り返し考えて、気づいたんだ。僕は間違えたわけではない。ただ、何も選ばなかっただけだということに」

青空に娘の顔を思い浮かべる。赤ん坊、幼児、小学生、そして今。紙芝居が切り替わるように顔が切り替わるのは、私の中で娘の成長が連続していないからだ。点のまま線にならない思い出が、ところどころに生まれる空白期間が、至らぬ過去として私を責める。

「何もしなかったから、なるようになった。それだけなんだよ。人と人は放っておいたら離れるものなんだ。だから繋がりたい人とは、必死になって繋がらなくちゃならない。僕はそれに気づいていなかった」

親子という関係に甘えていた。家族という入れ物が壊れない限り、繋がりが続くと思っていた。でもそんなことはない。入れ物の中で断絶が起こるだけだ。

「もし君が、まだ塚森くんと繋がりたいと思っているなら、必死にならないといけないよ。

流れに任せてもなるようにしかならない。教師としてではなく、同じ失敗をした人間として忠告する」

視線で威圧感を与えないよう、私はハーフコートを見つめてしばらく黙った。しかし少年から返事はない。まあ、そんなものだ。届かなければ届かないで別に構わない。

私は少年の方を向いた。「もう行こう」。そう言って、体育館に戻るために。

「……どうした？」

まぶたを押し上げ、大粒の涙をこぼす少年の顔が、私のすぐ目の前にあった。

涙の真意を問う。少年は答えず、逆に問いを返した。

「間に合いますか」

少年が右腕で涙を拭った。だけど意味はない。すぐに新しい涙があふれる。

「先生はまだ、間に合うと思いますか」

答えを求めている。生徒としてではなく、一人の迷える人間として。

「おれ、塚森先輩に、本当にひどいことを言ったんです。塚森先輩が塚森先輩じゃなくなるぐらい、ひどいことを。それでも間に合いますか。人間一人を壊すぐらいのことをやってしまっても、取り返しはつくものなんですか」

正しい答えは、「分からない」だ。

少年と塚森裕太の関係も、少年が塚森裕太に何を言ったかも知らない私に、そんなこと分かるわけがない。無責任なことを言って失敗してしまったら、少年は傷つき、私への不信感を募らせる。少年の話に理解を示し、しかし結論は言わず、塚森裕太との関係修復が成功しても失敗しても私との関係にはプラスが残るように仕向ける。私は今までずっと、そうやって指導者としての役割を果たしてきた。

今までは。

「間に合うよ」

私は少年の身体を抱き寄せた。思っていたよりもしっかりした身体が腕の中に収まる。最後に娘をこうやって抱いたのはいつだったか。思い出せない思い出を探しながら、泣きじゃくる少年の頭を胸に押し付け、背中を優しく撫でる。

間に合うと思わなければ、絶対に間に合わない。ならば私はこの子がそう思えるように動こう。この子が私と同じ過ちを犯さないように。大切な一歩を踏み出せるように。

私自身が、この子と同じことを強く願えるように。

「きっと、間に合う」

少年を落ち着かせた後、私は梅澤に連絡を入れてから体育館に戻った。

連絡を受けた梅澤は、一階のエントランスホールで私たちを待ち構えていた。少年を梅澤のところまで連れて行き、私は身を引く。梅澤が少年を見下ろし、硬い声を放った。

「何か言うことはないか」

少年の肩が上がった。そしてすぐに背中が前に倒れる。

「すいませんでした！」

梅澤は動かない。少年も頭を下げたまま固まる。緊迫した雰囲気の中、アリーナの方から巨大な歓声が聞こえたのを契機に、梅澤の唇が開いた。

「よし。戻れ。迷惑かけたみんなに謝って、応援して来い」

「はい！」

少年が駆け出した。その姿が細い通路に消えて見えなくなった後、また大きな声の塊が体育館の壁と床を震わせる。すごい盛り上がりだ。体感では前半戦よりも激しい。

「試合、盛り上がってるな」

たのに。


「ああ。シーソーゲームなんだ。逆転したりされたりを繰り返してる」

シーソーゲーム。昨日、梅澤は「いつも通りにやれれば負ける相手じゃない」と言ってい

「塚森くん、大丈夫なのか？」

揉めた後輩が不在のまま試合が始まる。そのプレッシャーは相当なものだろう。前半の時点で悪かった調子をさらに落としていることは、想像に難くない。

「話はしたんだろ。どうにもならなかったのか？　それとも、今は試合に出てなかったりするのか？」

「小山田」

梅澤がジャージのポケットに手を突っ込み、肩をいからせてこちらを見やった。

「お前、俺の顔、どう見える？」

「顔？」

「教師の顔に見えるか？」

私はまばたきを繰り返した。見える見えない以前に、意味が分からない。どういうことだと聞くより早く、梅澤が自らの言葉を撤回した。

「……悪い。忘れてくれ」

覇気がない。ハーフタイムに話した時より、ずっと。

「試合が終わったら話そう。俺も色々、分かったことがある。分からないことも」

少年が走り去った通路に向かって、梅澤がふらふらと歩き出した。そして一言、私の耳に届いたのが奇跡のような小さな呟きを、足音に紛れさせる。

「負けちまえばいいんだ」

梅澤が通路に消えた。またアリーナが騒がしくなり、私も観覧席に向かって歩き出す。どんな顔をしていたって、私たちは進まなければならない。不惑と呼ばれる年を過ぎ、まだまだ分からないことだらけだけど、それだけは確かだった。

観覧席に着いた時、スコアボードは『56—55』を示していた。

こちらが一点差で優勢だと思っていたら、すぐに逆転ゴールを決められて『56—57』になった。試合時間はもうほとんど残っていない。手に汗握る展開を前に、コートにも観覧席にも熱が満ちる。

私は観覧席の後方に立ち、コートと座席を同時に見下ろした。汗だくで動き回る選手、チームを応援する控えメンバー、指導者として彼らを見守る監督、一段高いところから試合を眺める観客。全員に人生があり、戦いがある。だけど私の戦いは、私にしかない。

つまるところ、私が分かっていなかったのはそれなのだろう。私は私の戦いを私のものだと思っていなかった。他人の戦いを手助けするつもりでいた。そうではない。これは私の戦いだ。小山田華が戦っているように、小山田貴文も戦わなくてはならない。指導者ではなく、一人の人間として。

相手チームがシュートを外した。リングに弾かれたボールがこちらに渡る。もうほとんど時間がない。その焦りを反映したような速度のあるパスが、相手チームのコートに向かって放たれる。

塚森裕太に、ボールが渡った。

——勝ってくれ。

私は今日、娘に試合を観に行ったことを話す。その中で君のことを語る。その時、笑って話すために、勝ってくれ。誰のためでもない。私のために。自分勝手な私の、自分勝手な願いのために。

息を吸う。肺が膨らむ。呼吸に気を取られ思考が薄くなる中、遠い昔、娘が生まれた日のことを、なぜだかふと思い出した。

第3章　ファン、内藤まゆ

1

まさかわたしが塚森先輩のインスタを見て、「は？」とマヌケな声を上げる日が来るとは思わなかった。
わたしは世界で一番――たぶん、塚森先輩本人より――塚森先輩のインスタをチェックしている人間だ。わたしのアカウントとはもちろん相互フォローだし、全ての投稿にいいねをつけているし、二十四時間で消えるストーリーもくまなくチェックしている。あと全投稿のスクショを撮って、スマホの「塚森先輩」フォルダに保存もしている。塚森先輩はそんなにインスタを投稿しないから大した量ではないけれど、大事なのは割合だ。１００パーセント把握していることに意義がある。

そこまでのフリークになると、どういう時にどういう投稿がアップされるのか、何となく読めるようになる。今日のようにバスケ部の公式試合があった後は、必ず試合の振り返りを投稿するので特に簡単だ。いつも通り応援に行って、試合の結果も知っているので、何なら文面までぼんやり読める。それぐらい、わたしは塚森先輩のことを理解している。

なのに投稿されたのは、突然のカミングアウト。

わたしはベッドに寝そべっていた身体を起こし、部屋の隅で洋服置き場と化している勉机に向かった。椅子に座り、乱れたショートボブを手で整え、両手でスマホを支えて投稿を読み直す。ちゃんと向き合わないといけない。そう思った。

何度読み直してもカミングアウトだ。はっきり『男だけど男しか愛せない』と書いてある。

さて、どうしよう。とりあえずいいねをつけて、自分の取るべき道を考える。

実のところ、一番気になるのは内容より写真だ。キャプテンの阿部《あべ》先輩はいいとして、マネージャーの佐伯《さえき》先輩も写っているのは腑に落ちない。いや、塚森先輩と佐伯先輩の仲がいいのはよく知っているし、理解できるかできないかで言うと理解できるけれど、納得できるかできないかで言うと納得できない。

まあ、でも、写真では笑っている佐伯先輩もショックだったのかもしれない。もしかしたらこの人は塚森先輩のことを好きなんじゃないか。そう感じる瞬間が何度もあった。だとしたらかわいそうな話だ。自分の想いは絶対に叶わない。それを知ってなお、こうやって笑わなければならなかったのだから。

わたしは——

胸に手を当てる。鼓動は平常通り。うん、大丈夫。わたし、内藤《ないとう》まゆは、塚森先輩のファンであって恋人志望ではない。塚森先輩が誰のことを好きでも応援できる。

だったら、やることは一つ。

『感動しました！　塚森先輩がどんな人でも、わたしは塚森先輩を支え続けます！』

マッハでコメントを打つ。わたしのコメントだけがついている投稿を見て、満足感を味わう。次はスクショでこの状態を保存だ。今回の投稿はコメントが多くつきそうだから、ぼんやりしていられない。

一枚では全体が収まらないので、何枚かに分けてスクショを撮る。撮ったスクショはすぐ塚森先輩フォルダに移動。移した後はちゃんとコレクションされているかどうか、確認のためにフォルダを開く。

過去のスクショがバッと画面に並んだ。塚森先輩は自分の写真——セルフィーをほとんど撮らないから、今回のスクショはフォルダの中でかなり浮いている。他のスクショと雰囲気がぜんぜん違う、笑顔を浮かべる塚森先輩が写ったサムネイルを見て、わたしの中に奇妙な感覚が生まれた。

――なんか、別人みたい。

インスタに戻る。塚森先輩の投稿にはもう二件目のコメントがついている。わたしは「セーフ」と呟いてベッドに飛び込み、うっとりと目をつむって勝利の余韻に浸った。

去年の夏、インターハイ準決勝の試合を観て、わたしは塚森先輩を知った。言ってしまえばミーハーだ。それより前はバスケットボールに興味がないどころか、運動部の活動自体どうでも良かった。インターハイの準決勝だって、友達に誘われなければ絶対に行かなかっただろう。誘ってくれた友達には感謝している。二年生になってクラスが別れてから、一度も会っていないけれど。

試合会場はプロの試合も開催されている大きな体育館で、二階に観戦用の席があった。友達が試合時間を早く間違えて、座った席は最前列。そして試合中、わたしはひたすら塚森先輩を目で追いかけていた。顔が好みだったのが関係ないとは言わない。むしろある。でもそれ以上に、まるで重力から解き放たれたように動く塚森先輩の姿が、あまりにも美しくて目が離せなかった。

やがて、ハーフタイムに入った。点数は負けているのに、わたしの中では塚森先輩がずっと無双していた感覚だった。わたしは控え室に向かう塚森先輩に熱い視線を送り、それに気づいたのか、塚森先輩が顔を上げてわたしの方を見やった。

塚森先輩は、笑いながらわたしに手を振ってくれた。

やられた。やられるという言葉がこれほどバッチリくるシチュエーションはないと言い切れるぐらい、どうしようもなくやられた。それからわたしは塚森先輩を追いかけるようになり、今では試合前に差し入れを持って行ったりできるぐらい、塚森先輩に近づくことに成功した。

今、わたしのスマホのスケジュールアプリには、バスケ部の試合予定が分かる範囲で全て入っている。仲の良い友達から遊びに誘われても試合を優先するし、それで怒られることもない。「好きなアーティストのライブに行く予定があって、その日に遊ぼうって言われたら断るでしょ」と説明したら、それで納得してくれた。

だけどその代わり試合後は必ず、ファン活動の結果と感想を聞かれる。

「じゃあ、今年もインターハイ行けるんだ」

栗色のくせっ毛をいじりながら、陽菜《ひな》が甘い声で呟いた。月曜の朝はみんな久しぶりに友達と会ってテンションが高いから、教室はすごくうるさい。そんな中でも不思議と、陽菜の声はよく通る。

「次の土曜で負けたら分からないよ。逆にそれ勝てば、ほとんど確定だけど」

「え？　昨日が決勝だって言ってなかった？」

「決勝じゃなくて、決勝リーグ。四チームでリーグ戦をやって上位二チームがインハイ出場。昨日はその一試合目で、次の土日に二試合目と三試合目があるの」

「へー。でも日曜あるなら、土曜じゃ決まらなくない？」

「二勝すればたぶん通るよ。とりあえず三位以下にはならないんだし」

「なんで？」

「なんでって……」

「二勝の上は三戦全勝しかないけど、総当たりのリーグ戦で二チームが全勝するのは不可能だから。直接当たった試合で必ずどっちか負けるでしょ」

沙織《さおり》が口を挟んだ。陽菜が「そっかあ」とすっとぼけ、沙織が「常識でしょーが」とツッコミを入れる。いつも通りの役割分担が心地よい。また新しい一週間が始まったぞ、という気持ちになれる。

二年生になって友達と軒並みクラスが別れ、これはヤバイと思っていたところに新しくできた友達が陽菜と沙織だ。仲良くなった理由は、シンプルに席が近かったから。女の子は女の子ってだけで仲良くなれるから便利だなと思う時と、女の子ってだけで仲良くしなきゃいけないから面倒だなと思う時があるけれど、陽菜と沙織は間違いなく前者だ。二人ともわたしとそんなに趣味が合うわけでもないから、わたしたちが男の子だったら友達になれなかったと思う。

「それで」陽菜が、声のトーンと口の端を吊り上げた。「肝心の塚森先輩はどうだったの？」

塚森先輩。

どうしよう。あれ、言っちゃっていいんだろうか。SNSでカミングアウトしているのだから、広められて困るということはないだろう。実際これから広まっていくはずだし、黙っていたら「なんで黙ってたの？」という話になりかねない。よし、言おう。

「超活躍してた。得点の八割は塚森先輩かも」

――あれ？

「八割は大げさでしょー」

「本当だって。何なら試合時間の半分ぐらい跳んでたし」

「あんたの中の塚森先輩怖くない？　サイヤ人？」

いつも通りの会話、いつも通りの時間。だけど違和感がある。陽菜も沙織もいつも通りだけど、わたしがいつも通りじゃない。言えなかった言葉がトゲになって、喉をチクチクと刺してくる。

「まゆは本当に、塚森先輩のことが好きだよね」

陽菜がしみじみと呟く。好きだけど、そういうのじゃないよ。聞かれていないことに答えそうになったのをごまかすように、わたしは必要以上に声を張った。

「当たり前じゃん」

放課後、わたしはバスケ部が練習している体育館に向かった。

建前は、昨日の試合前に差し入れたはちみつレモンのタッパーを回収するため。本音は、塚森先輩が練習している姿を見るため。いくらわたしでも練習に出張っていくのはちょっと気が引けるのだ。どんなに好きなアーティストだって、レコーディングまでは聴きに行かないだろう。

体育館に入り、邪魔にならないよう端っこで練習を眺める。コートの端から端までをダッシュしたり、三人一斉にゴールに向かってパスを投げ合いながら走って最後にはシュートを決めたり、練習中の部員は基本的に走っている。バスケットボールは走るスポーツなのだ。試合より練習の方が、それがよく伝わる。

足音に、ボールの跳ねる音に、バスケットシューズの摩擦音。ドンドン、ダンダン、キュッキュと、色とりどりの音が重なって、バラバラのまま一つになる。わたしは塚森先輩が好きだけど、この音を聞くのも好きだ。何かに一生懸命な人が立てる音は、聞いていてとても気持ちがいい。

ワンオンワンの練習が始まった。塚森先輩の相手は阿部先輩。キャプテンだけあって阿部先輩も上手いけれど、やっぱり塚森先輩には敵わない。オフェンス側の塚森先輩は阿部先輩のディフェンスをするりと抜けて、お手本みたいに綺麗なフォームでシュートを放った。放たれたボールはゴールに吸い込まれ、ネットを揺らす小気味よい音がパシッと――

パシッ。

わたしの頭のてっぺんから聞こえた音が、ゴールの音をかき消した。振り向いた先にいたのは予想通り、ジャージ姿の三年生女子マネージャー、佐伯先輩。

「これだけ近づくまで気づかないとか、すごい集中力だね」

佐伯先輩が、わたしを叩いたバインダーを持っている右手を下げた。そして代わりに、プラスチックのタッパーを持っている左手を挙げる。

「はい、これ。いつも差し入れありがとう」

「どういたしまして」

わたしはタッパーを受け取り、スクールバッグにしまった。しかし用件は済んだのに、佐伯先輩はわたしの傍から動かない。さっさと帰れというプレッシャーを与えているのだろうか。疑うわたしに、佐伯先輩が尋ねる。

「ちょっと聞きたいんだけど」

「なんですか？」

「裕太の今日の動き、どう？」

佐伯先輩が後頭部に手を回し、髪をまとめているヘアゴムを撫でた。

「カミングアウト、まゆちゃんも知ってるでしょ。コメントしてたし。あれで裕太、まいったりしてないかなと思って」

「そういうのをケアするのが、マネージャーの仕事なんじゃないですか？」

「裕太に関しては、私よりまゆちゃんの方がよく見てるから」

——当然だ。わたしより塚森先輩を見ている人間なんて、この世に存在しない。

「別に、いつもと変わったところはないと思いますよ」

「本当？」

「本当です」

「そっか。良かった」

佐伯先輩が小さく笑う。その仕草一つで、まいっているのは塚森先輩ではなく佐伯先輩の方だと分かった。塚森先輩も罪な人だ。インスタの写真を思い返して、ほんの少し、同情心が芽生える。

コートではまた、塚森先輩と阿部先輩のワンオンワンが始まっていた。今度はディフェンス側に回った塚森先輩が、水鳥が泳ぐ魚をくちばしでつかむように、長い手を伸ばして阿部先輩のボールを捕らえる。本当にすごい。他の人と動きがまるで違う。バスケットボールなんて授業でしかやったことのないわたしにすらそれが伝わるのだから、ちゃんと分かっている人が見たら目玉が飛び出るほどすごいのだろう。

「上手いなあ」

ちゃんと分かっている佐伯先輩が、感嘆の言葉を口にした。わたしは佐伯先輩を横目で見ながら、独り言のように呟く。

「佐伯先輩はショックですよね」わたしの声に、体育館の鳴き声が重なった。「塚森先輩のこと、好きだったのに」

ドンドン、ダンダン、キュッキュ。激しい運動の立てるたくさんの音が、わたしと佐伯先輩の間の沈黙を埋める。音は早く喋れと急かしているようにも、しばらく黙っていていいよと宥《なだ》めているようにも聞こえた。佐伯先輩はどっちに聞こえているのだろう。どっちにしろ、答えは変わらないだろうけれど。

「……まあね」

認めた。佐伯先輩が右の人さし指を伸ばし、白いうなじを掻く。

「ただ、あまりショックはないんだよね。反則すぎて何も言えないっていうか……」

「反則？」

「うん。例えば『裕太がまゆちゃんと恋人になって失恋した』みたいな話だったら、私は悔しかったし、悲しかったと思うの。でも、あれでしょ。なんか、空から隕石落ちてきてゲームオーバーみたいな死に方したから、これはどうしようもないなって諦めついちゃってる感じ」

佐伯先輩の視線が動いた。何を追っているか。確認するまでもない。

「裕太は、私が裕太のこと好きなの、気づいてたと思うんだよね。困っただろうなあ。悪いことしちゃった」

かもしれない。カミングアウトしたからフラれたのではなく、フるためにカミングアウトした可能性もある。好きになれない人から好かれるってどういう気分なんだろう。モテた経験がないから、いまいちピンとこない。

　塚森先輩、騙しててごめんみたいなこと言ってたっけ。思い出そうとして、思い出せなくて、わたしはスマホを取り出して塚森先輩のインスタを開いた。隣の佐伯先輩が笑顔で写っている写真をタップし、カミングアウトの投稿を映す。

　わたしの眉が、思いきり内側に寄った。

「佐伯先輩」

「なに？」

「これ、おかしくないですか？」

　わたしは自分のスマホを佐伯先輩につきつけた。画面を見て、佐伯先輩もわたしと同じように眉をきゅっと寄せる。当然だ。明らかにおかしい。

　こんな大量のコメントがついた投稿、今まで見たことない。

「なにこれ。裕太ってこんなにフォロワーいた？」

「増えてるみたいですね……コメントだけしてる人もいると思いますけど」

「バズってるってこと？　インスタってバズるの？」

「どこかで紹介されてるんじゃないんですか？　ツイッターとか」

「それ、調べられる？」

「やってみます」

ツイッターを開く。それっぽい言葉で検索にかけると、犯人はあっさりと見つかった。塚森先輩のカミングアウトを紹介するツイートに、すごい数のリツイートといいねがついている。

「ありました」

「どれ？」

佐伯先輩がわたしのスマホを覗き込んだ。そうしている間にもリツイートといいねがどんどん増えていく。最初から全世界に公開しているのだから、どれだけ広まっても問題はないのかもしれない。でも、どうしても反応の数が多すぎて、目の前で大変なことが起きている感覚は拭えない。

「まゆちゃん」佐伯先輩が、いやに真剣な眼差しをわたしに向けた。「この話、とりあえず黙っててくれる？　友達とかに言わないで。まず私が裕太と話してみるから」

露骨に蚊帳の外に置かれ、反発を覚えた。でもしょうがない。わたしは誰よりも塚森先輩を見ているけれど、塚森先輩はそうではないのだ。

「分かりました」

「ありがとう。よろしくね」

佐伯先輩が練習中のコートに向かって駆け出した。だけど数メートル離れたところで足を止め、くるりと振り返る。振り返った佐伯先輩は、朗らかに笑っていた。

「これからも裕太のこと、応援してあげてね」

――言われなくたって、応援しますよ。

スクールバッグを担ぎ、体育館を出る。歩きながら改めて、スマホで塚森先輩のカミングアウトを見る。知らない人から「応援しています」というコメントがたくさんついていて、何の関係もないくせに具体的に何をするのか、思わず聞いてやりたくなった。

2

火曜の朝、教室の扉を開けてすぐ、奢《おご》ってもらったご飯がクソマズかった時のような顔をしている陽菜と沙織が目に入って、わたしは現状を察した。

二人に「おはよう」と声をかけて、空いている椅子に座る。返ってきた「おはよー」に分かりやすく元気がない。陽菜が顎を引き、おずおずとわたしに尋ねた。

「あのさ。塚森先輩のあれ、知ってる？」

あれ。カミングアウトとバズり、どっちのことだろう。どっちでも一緒か。

「知ってるに決まってるじゃん。ファンなんだから」

ファンという言葉に力を込める。だけど伝わらなかった。陽菜が「そっかあ」と呟き、わたしから目を逸らす。

「なんていうか、しょうがないよね。これぱっかりは」

思った通り、勘違いをしているようだ。わたしは大げさにため息をついた。

「あのね、わたしは塚森先輩のことをファンとして好きなだけなの。別に付き合いたいとか思ってないから」

「本当に？」

「陽菜だってBTSのジョングクのファンだけど、ジョングクと付き合いたいと思ってるわけじゃないでしょ？」

「付き合えるなら付き合いたいけど」

「……ジョングクと付き合えると思ってるわけじゃないでしょ？」

「でもジョングクと塚森先輩は違うじゃん」

「陽菜がジョングクを想う気持ちと、わたしが塚森先輩を想う気持ちは一緒なの」

「でも、ジョングクだよ？」

しつこい。ジョングクは陽菜が好きだから例に出しただけで、そこで食い下がられても困る。陽菜が沙織みたいに誰も知らない若手お笑い芸人のファンなら、もっと話がスムーズに伝わったのに。

「沙織はわたしの言ってること、分かるよね？」

陽菜と話していても埒《らち》が明かないので、沙織に話を振る。沙織は「んー」と唸り、考え込むように腕を組んだ。

「でもさあ、じゃあなんで昨日は塚森先輩のこと黙ってたの？」

喉が痛かったから。

思い浮かんだ答えを引っ込める。あの喉にトゲが刺さったような感覚は、他人にそう簡単に伝わるものではないだろう。第一わたしだって、あれが何なのかよく分かっていない。

「……人にペラペラ言うことじゃないし」

「本人がインスタに上げてるんだからいいでしょ」

「それでも言いたくなかったの」

沙織がじっとりと湿っぽい視線を送ってくる。明らかに信じていない。やがて、わたしが陽菜とのやりとりを諦めて沙織に話を振ったように、沙織もわたしのやりとりを諦めて陽菜に話を振った。

「まあ、いいか」机に頬杖をつき、陽菜に目をやる。「今日、カラオケ行こ。モヤモヤは歌って発散。それでいいでしょ？」

「いいね！　賛成！」

陽菜が勢いよく右手を挙げた。わたしはよくない。カラオケに行くのはいいけど、そもそもモヤモヤしていないことを理解して欲しい。だけどこの流れでそれを理解してもらうのがどれほど難しいか、分からないわけじゃない。

わたしは肩を落とし、せめてもの抵抗を示しながら、首を小さく縦に振った。

「分かった」


制服のまま繁華街に出て、友達と「女子高生」をやっていると、ちょっとした無敵感がある。ありとあらゆるものがわたしたちのために用意されているように思えて、まるでテーマパークに来たみたいな気分になれる。流行とは、人々がわたしたちを喜ばせようとした結果なのだ。決してわたしたちが流行に踊らされているわけではない。支配者はあくまで、わたしたちの方。

そして支配者は、気まぐれで単純だ。カラオケで二時間も歌えば、たいがいの悩み事は忘れて「よきにはからえ」という気分になる。世界は自分を中心に回っているのだから、深く考えなくても事態はよくなると思えるようになる。ドラッグってきっと、この万能感を何倍にも増幅したような効果があるのだろう。依存症になるのも分かる。

カラオケの後はスタバへ行って、フラペチーノを頼んだ。わたしはマンゴー、陽菜はストロベリー、沙織は抹茶。オレンジとレッドとグリーンの液体が収まった容器はかわいらしく、テーブルに並べられたそれは飲むためではなく写真を撮るために存在しているように見えた。わたしたちはテーマパークの運営を「よくやった」とねぎらうように、望み通り写真を撮ってインスタに上げてやる。

『信号機♡　#赤　#黄　#青　#青っていうか緑　#信号機　#スタバ　#スターバックス　#シュワッとイチゴフラペチーノ　#マンゴーパッションティーフラペチーノ　#抹茶クリームフラペチーノ　#わたしはマンゴー』

短い本文と、その何倍ものハッシュタグ。陽菜と沙織が上げたやつも似たような感じ。同じものの写真を撮って、似たような文章をくっつけてSNSに上げて、それに何か意味があるのかと言われたら、たぶんない。でもいいのだ。意味のあることばかりやっていても、人生は面白くない。

「今日は歌ったねー」

四人がけテーブルの向かいで、陽菜が屈託なく笑った。わたしの隣の沙織がいつもよりハスキーな声で「もう喉ガラガラ」と答える。そしてフラペチーノのストローに口をつけながらこっちを向き、切れ長な目を細めた。

「少しはすっきりした？」

カラオケドラッグの効果が、あっという間に消えてなくなった。わたしたちは気まぐれで単純だ。忘れるのも、思い出すのも早い。

「だから、元から何ともないってば」

「ふうん。まあ、いいけど、あんまり無理しない方がいいと思うよ」

沙織が髪を軽くかきあげた。艶やかな長い黒髪がふわりとなびく。陽菜がテーブルに腕を乗せ、身を乗り出して来た。

「まゆ、彼氏作ろうよ。ショータの友達に彼女欲しがってる子がいて、誰か紹介できないかって頼まれてるの」

「それなら私もケースケに同じこと頼まれてる」

「それは早いもの勝ちでしょー」

「いやいや、選ぶのまゆだから」

ショータ、ケースケ。わたしも名前と顔だけは知っている彼氏の話を口にしつつ、二人が揃ってわたしの方を向いた。わたしは塚森先輩の彼女になりたいわけではない。だから塚森先輩はダメだったし、別の人に行こうとはならない。それをどう説明すれば理解してもらえるか、フラペチーノの糖分を脳に送りながら考える。

実際、世界はわたしを中心に回っていない。

陽菜と沙織と一緒に何かをしている時は、世界は「わたしたち」を中心に回っていると思える。だけどバラバラになった時、世界は「わたし」を中心に回っているとは思えない。だから陽菜や沙織みたいに「やっぱＪＫにはカレシっしょ」という勢いで彼氏を作る気にはなれないのだ。自分が女子高生であることを満喫しているのではなく、周りに女子高生であることを強要されているような、そんな気分になってしまう。

陽菜と沙織は違うのだろう。二人とも、自分一人でも自分が世界の中心だと思い込める。その自惚《うぬぼ》れは羨ましい。皮肉ではなく、心の底から。

「彼氏とか、別に欲しくないし」

ふてくされたように言い切る。陽菜と沙織がわがままな子どもを見るような目でわたしを見る。「そんな目で見ないでよ」。その台詞はやっぱり喉のトゲが邪魔をして、上手く声にならなかった。

3

二年生になってから、メイクを始めた。

理由は陽菜と沙織がやっていて、わたしもやらなきゃと思ったから。「やりたい」ではなく「やらなきゃ」だから、あまりいい影響の受け方ではないかもしれない。ただ軽く目の周りを整えるだけで印象が全然違うのは確かだし、それ自体は楽しい。

メイクが上手くできた日は何をやっても上手くいく。逆に失敗した日は何をやっても上手くいかない。まあ、精神状態で良いこと悪いことのどちらが目に付くか変わるというだけなんだろうけど、少なくとも主観ではそれぐらい差がある。

水曜の朝は、最悪だった。

昨日、スタバを出た後にプチプラアイテム巡りをして、新しいマスカラを買ったのが良くなかった。初めての買い換えだから、新品のつきのよさを意識できていなかったのだ。おかげで先生に怒られるんじゃないかというレベルで、マスカラがこんもり乗ってしまった。

家を出てから学校の最寄り駅に着くまでは、他の生徒にあまり会わないからテンションが少し低いぐらい。だけど駅のロータリーに出ると学校に向かうバスに乗る生徒たちがわんさかいて、憂鬱さが激増した。到着したバスに乗り、つり革につかまって、出発を待つ。

「まゆちゃん？」

振り向くかどうか、少しだけ悩んだ。

だけどさすがに、無視はできない。わたしは声の聞こえた方を向き、佐伯先輩に「おはようございます」と挨拶をした。佐伯先輩が「おはよう」と挨拶を返すと同時にバスが出発して、わたしたちの身体が少し揺れる。

「いつもこの時間に乗ってるの？」

「はい。佐伯先輩は違いますよね」

「うん。寝坊しちゃって」

佐伯先輩が照れくさそうにはにかんだ。細い眉にも、長いまつ毛にも、パッチリ開いた目にも、ふくよかな唇にも、メイクの気配は全くない。マネージャーとはいえ運動部だから当然かもしれないけれど、今のわたしは「わたしと違って素材がいいからメイクの必要がない」と卑屈に捉えてしまう。

わたしは佐伯先輩から顔を逸らし、正面を向いた。身体の力を抜いて、バスの揺れに身を委ねる。乗客はわたしたちの高校の生徒が九割以上だ。そこここから聞こえてくる話し声の中には、聞き覚えのある単語がいくつも混ざっている。

わたしの背後で、知らない声の女の子たちが調子よく語り出した。

「ねえ。うちの学校に、ゲイの先輩がいるの知ってる?」

会話に耳をそばだてる。女の子たちは塚森先輩のインスタを見ているらしく、「芸能人みたい」とか「イケメン」とか見た目に関する評価が次々と聞こえて来た。去年の塚森先輩の活躍を知らない口ぶりだから、どうやら一年生の女子のようだ。

わたしは佐伯先輩の方を向いた。佐伯先輩もわたしの方を向いていて、視線と視線がぶつかる。気まずさに負けて先に口を開いたのは、わたしだった。

「塚森先輩、今どんな感じなんですか」

なんてことはない、簡単に答えられる質問をしたつもりだった。だけど佐伯先輩はしばらく口を閉じ、やがて弱々しい声で答える。

「分からない」

分からないわけがない。佐伯先輩は今も塚森先輩と会っているはずだ。

「部活に来ていないんですか?」

「そうじゃないよ。ちゃんと会って話してる。でも会って話をすれば相手のことが分かるかって言ったら、そんなことはないでしょ」

「だいたいは分かるじゃないですか」

「本当に?」

バスがカーブを曲がり、車体とわたしたちの身体が大きく揺れた。

「裕太が自分から言うまで、私たち、裕太のこと何も分かってなかったんだよ?」

さっきと全く違う、力強い声。雑音とわたしの心臓が抑えつけられる。

「私たちきっと、裕太のことを何も見てなかったんだよ。自分勝手に、ちゃんと見ているつもりになって、自惚れてただけ。これからどうなるにしても、どうするにしても、まずそれを認めないといけない。私は、そう思う」

わたしも佐伯先輩も、塚森先輩が女の子を好きになれないことに気づいていなかった。だから塚森先輩をちゃんと見ていなかった。わたしたちはそれを認めないと、この先のスタートラインにも立てない。

――そんなことはない。

佐伯先輩はそうかもしれない。でも、わたしは違う。わたしは塚森先輩のことをちゃんと見てきた。ゲイであることに気づかなかったのは、単に気にしていなかったからだ。わたしは塚森先輩と付き合いたいわけではないから、塚森先輩が誰のことを好きでもよかった。自分を好きになって欲しかった佐伯先輩とはそもそもポジションが違う。

言わなくちゃいけない。わたしは塚森先輩のファンであること。これまでもこれからもそれは変わらないこと。だから、何かを認めて変わる必要なんてないこと。それら全てを、佐伯先輩に伝えなくてはならない。

「わたしは――」

唇を開く。佐伯先輩が後悔を口にした、それと同じ強度で言葉を放とうと、肺に深く息を吸い込む。

チクリ。

「――佐伯先輩は、塚森先輩のこと、ちゃんと見てたと思いますけど」

喉の痛みが、声のトーンを落とした。そのまま視線も落とし、わたしは佐伯先輩から注意を外す。佐伯先輩の優しい声が、乗客の雑多な話し声に混ざって、わたしの鼓膜をとんと揺らした。

「ありがとう」

お昼休み、わたしはいつも陽菜と沙織と一緒に食堂に行く。

わたしと陽菜は家からお弁当を持ってきているけれど、沙織はそうではないので、自然と沙織に合わせて食堂に集まるようになった。沙織的にパンを買うのはカロリーが高いからイヤらしい。気持ちは分かる。美味しそうなパンほどカロリー表示を見るとおぞましい数値が書いてあって、しばしば恐怖を覚える。

わたしと陽菜がお弁当を食べている席に、沙織が温かいお蕎麦《そば》を載せたトレーを持って合流した。わたしの隣に座った沙織に陽菜が話しかけ、わたしと陽菜の二人だった時とは比べものにならないほど会話が盛り上がる。やがて二人が次の休みにどこに行くか話し始め、ふと思い出したように陽菜がわたしに話を振ってきた。

「まゆは、今度の土曜も日曜もダメなんだよね？」

「うん。どっちも試合だから」

「何時からなの？」

「土曜は午後三時、日曜は午後二時四十五分。でももっと早く行くよ。差し入れするし、一番前の席取らなきゃならないし」

「いつ聞いても、芸能人の追っかけだよねえ」

沙織から茶々が入った。わたしは強気に言い返す。

「だからそういうものだって何度も――」

ピンポンパンポーン。

天井のスピーカーから、やたら間延びした音が食堂中に鳴り響いた。わたしは口を閉じてスピーカーを見やる。すぐに陽菜も、沙織も、食堂にいる他の人たちもみんな、同じように首を傾け始めた。

「お昼休み中に失礼します。こちら、放送委員です」

声が硬い。これは、真面目な放送だ。

「本日はある方から皆さんにお伝えしたいことがあり、緊急で放送を流させていただいております。大切な話です。ほんの数分ですので、ぜひ耳を傾けてください。それではよろしくお願いします」

沙織が「誰だろ」と呟いた。わたしも正体を考える。だけどわたしが頭のテスト用紙に答えを書くより早く、答え合わせが始まってしまった。

「こんにちは」三文字で分かった。「バスケ部の塚森裕太です」

――は？

カミングアウトのインスタを見た時に出た言葉が、同じように口から飛び出しそうになった。どうにか堪えて、肺に押し戻す。だけど頭の中は混乱しっぱなしで、聞こえてくるスピーチを上手く処理できない。

「多くの方が既にご存知だと思いますが、先日、僕は自分が同性愛者であることを仲間にカミングアウトしました。そして――」

　みんなが上を向く中、わたしは横を向いて放送を聞くみんなを観察する。塚森先輩の言葉がみんなにどうやって届いているかは分からない。ただ、真剣だ。わたしが塚森先輩の試合を応援している時と同じ目を、ところどころ塗装の剝げた、黒くて四角いスピーカーボックスに向けている。

　このスピーチが終われば、きっと塚森先輩のファンは増えるだろう。たくさんの人が応援してくれるようになる。今年もインターハイに出場できれば、去年以上に盛り上がること間違いなしだ。それは塚森先輩にとって紛れもないプラスで、塚森先輩のファンであるわたしにとって、そのプラスはとても喜ばしいことである。

　なのに、なんでだろう。

　ちっとも嬉しくない。

「――今日はお時間いただき、ありがとうございました。ここから先は、まずは一人のバスケットボールプレイヤーとして、全国優勝目指して頑張りたいと思います。応援のほど、よろしくお願いします！」

　スピーチが終わった。最初に話した放送委員が締めて放送は切れ、そのすぐ後、どこからか拍手が起こる。拍手はあっという間に食堂中に広がった。両手を叩き合わせる陽菜と沙織に合わせて、私もメトロノームみたいに、ひたすら同じ調子で手を叩く。

拍手が止んだ。陽菜が興奮したように口を開き、沙織がそれに同調する。

「塚森先輩、すごいね！」

「うん。ここまでやられたら、本当に立派だって認めるしかないわ」

二人にも塚森先輩のすごさが伝わった。わたしがどれだけ言葉を尽くしてもピンと来ていなかったのに、塚森先輩がすごさを見せつけてくれた。

「そうだ」陽菜が顔の前で、開いた手をパチンと合わせた。「次の試合、三人で応援に行こうよ！」

三人。わたしと、陽菜と、沙織。

「塚森先輩のこと、気になってきちゃった。沙織はどう？」

「私はいいよ。まゆがいいなら、だけど」

陽菜と沙織がわたしを見る。喉が痛い。深々と刺さっている実体のないトゲが、綺麗なものと汚いものを分ける濾過《か》装置みたいに、吐き出す言葉を選別する。

「いいよ」

わたしは、笑った。

「みんなで行こう。わたしも二人に塚森先輩の試合を見せたい。見たら二人とも、絶対ファンになるから」

陽菜が「じゃあ決まりね」とスマホを取り出して予定を入れ始めた。わたしも同じようにスマホのスケジュールアプリを開く。だけど試合の予定は改めて入れるまでもなく、何も知らなかった頃のわたしの手によって、とっくに入れられていた。


水曜の放課後は、教室に残っている生徒が多い。

週の折り返し地点だから、部活とか塾とか色々なものが休みで暇なのだろう。わたしのお父さんも水曜はノー残業デーだと言っていた。まあ曜日毎にどの程度の生徒が残っているか感覚的に分かるぐらい、毎日暇で残っているわたしにはあまり関係のない話だ。同じように残っている陽菜や沙織にも、当然。

「メディアの取材って何かな」

「テレビじゃない？　最近ＬＧＢＴとか流行ってるし」

「だったらヤバイよね。芸能人になるパターンじゃん」

教室の隅でわたしたちとは交流のない女子グループが、塚森先輩の話題で盛り上がっている。普段、教室でわたし以外が塚森先輩の話をしていることなんてないから、何だか居心地が悪い。陽菜が女子グループを見つめ、小さく鼻を鳴らした。

「みんなミーハーだねえ」

「あんたにだけは言われたくないと思うよ」

沙織に冷たくあしらわれ、陽菜がむうと軽く頬を膨らませた。だけどすぐ機嫌を戻し、唐突に思いつきを口にする。

「そうだ。これから体育館行こうよ」

陽菜が話題と表情をコロコロと変えるのはいつものことだけど、さすがについていけなかった。ぽかんとするわたしと沙織の前で、陽菜がはしゃぐ。

「バスケ部の練習やってるでしょ。塚森先輩、見てみたい」

「あー、そういうこと。でも練習って見に行っていいの？」

沙織がちらりとわたしを見た。練習の見学。できるけれど——

「行ってもいいけど、あんまりおススメはできないな。気が散ると思うから」

「ちょっとなら大丈夫でしょ。ニワカに差をつけないと」

「だから、あんたもニワカだっつーの」

陽菜はすっかり乗り気のようだ。沙織もまんざらでもなさそう。こうなると断るのは難しい。二人はわたしがたまに練習を見に行っているのを知っているから、なおさら。

「じゃあ、行こうか。でも少しだけだよ」

「りょーかい！　行こ行こ！」

話している時間がもったいないとばかりに、陽菜がスクールバッグを持って教室を出て行った。沙織がその後についていく。出遅れたわたしは最後になり、わたしが案内するのになんでわたしが最後尾なんだろうと、ちょっとした違和感を覚える。

一階に下り、体育館に続く渡り廊下に出る。先頭の陽菜が渡り廊下を抜け、体育館に足を踏み入れるなり「おおっ！」と驚きの声を上げた。何があったのだろうか。少し遅れてわたしと沙織も追いつき、その意味を理解する。

練習中のコートを取り囲む、大量のギャラリー。

ギャラリーの数の方が、明らかに部員の数より多い。少し間違えたらボールが飛んで来そうなところにいたり、コートに向かってスマホを掲げていたり、見学マナーもめちゃくちゃでカオスだ。こんな光景、インハイで準優勝した後だってなかった。

一年生の男の子がパスボールを受け損ねた。ボールを取りに行き、キャプテンの阿部先輩に何か言われている男の子を、わたしは不憫に思う。試合経験のない一年生がこんな環境に放り込まれて、無様なプレイを晒《さら》してしまうのはどんな気分だろう。あの子、試合に出たことはないけれど、下手な子じゃないのに。

塚森先輩が、体育館の隅にいる阿部先輩たちに気づいた。そして二人に歩み寄り、何か言葉を交わした後、体育館の中央へ向かう。練習に戻らない塚森先輩にギャラリーが疑問を抱き始め、雑談の音が少しずつ小さくなっていく。

塚森先輩が足を止め、ゆっくりとギャラリー全員を見渡した。わたしともほんの一瞬だけ目が合う。そして最後には誰とも目を合わせることなく、視線を中空に固定し、芯の通った声を響かせた。

「すいません！」

誰もが塚森先輩に注目している。今日の食堂と同じだ。語るカリスマと聞く大衆という関係が、塚森先輩の存在力によって作り上げられた。

「僕の言葉が足りませんでした！　試合は、応援に来てくれたら嬉しいです！　でも練習は勘弁してください！　部員が練習に集中できなくなってしまうし、見ている人もボールが飛んで行って怪我するかもしれない！」

塚森先輩が両手両足を真っ直ぐに揃えた。軍隊の兵士みたいな立ち姿から、身体が大きく前に傾く。

「気持ちは本当に嬉しいです！　でもその気持ちは、試合の応援にぶつけてください！　よろしくお願いします！」

　お手本のように綺麗なお辞儀を前に、ギャラリーが固まった。わたしも固まり、語られた言葉を解釈する。丁寧な言葉、丁寧な態度。だけどその丁寧さを取り払えば、言いたいことはこうなる。

　邪魔だから帰れ。

　ギャラリーの一人が動いた。一人動けば、後は芋づる式だ。みんなぞろぞろと連なって体育館から出て行く。でもわたしは動けない。動きたくない。わたしはずっと塚森先輩を追いかけて来た。今日だって、塚森先輩を見守る権利がある。

　両手を握り、両足を踏ん張って、塚森先輩にこっちを見てと訴えかける。やがて塚森先輩がわたしの方を向き、視線がはっきりとぶつかった。「内藤さんは残っていいよ」。形のいい唇からそんな言葉がこぼれることを期待して、わたしは塚森先輩を見つめ続ける。

　沙織が、わたしの右肩をポンと叩いた。

「まゆ、行こ」

　勝手に行きなよ。わたしは残るの。残っていいの。

「……うん」

　わたしは頷き、塚森先輩から目を逸らした。そのまま陽菜や沙織より早く体育館を出て、二人を先導するように昇降口に向かう。塚森先輩に近づく時はわたしが最後尾だったのに、離れる時はわたしが先頭。泣けてくる。だけどそれ以上に、笑えてくる。

「塚森先輩、カッコよかったねー」

わたしの少し後ろで、陽菜が明るく沙織に話しかけた。

「顔だけじゃなくて、やることもカッコいいしさ。ショータより全然いい」

「それはショータくんがかわいそうでしょ」

「でも沙織だって、ケースケくんよりカッコいいと思わなかった？」

「……思った」

「ほら」

「いや、でもあれはもう芸能人枠でしょ。そういうのじゃないって」

沙織が顔の前でひらひらと手を横に振った。そして笑いながらこっちを向く。

「まゆの言ってたこと、やっと分かったよ。そういう『好き』じゃないんだね」

くるんと綺麗に上向いた沙織のまつ毛が、やけに、わたしの目についた。

「だから言ったじゃん」

間違いない。

やっぱりメイクが最悪な日は、何をやっても最悪だ。

4

土曜日のメイクも、びっくりするぐらいに最悪だった。

学校に行くわけじゃないから少し強めでもいいかと思っていたら、制服と合わせた時の見栄えがケバかった。弟にも「目元ケバッ！」と言われ、ムカついて背中を蹴り飛ばしてしまった。外に出ると小雨が降っていて、気分が晴れていないのだから天気ぐらい晴れていて欲しかったと、神さまを呪いたい気分になった。

電車に乗り、陽菜と沙織と待ち合わせた試合会場の最寄り駅に向かう。待ち合わせ時間ほぼぴったりにわたしが着いた時、沙織は先に改札の前で待っていた。スマホをいじっている沙織に声をかけ、隣に並ぶ。

「陽菜は？」

「まだ来てない。大丈夫なの？」

「何が？」

「最前列取らなきゃいけないんでしょ。陽菜、いつも通り十分は遅刻すると思うよ」

「大丈夫。集合時間を予定の十五分前にしたから」

「なるほど」

沙織が感心したように頷く。それから十分待って来ないのでLINEに連絡を入れ、もう十分待ってやっと陽菜が「ごめーん」と姿を現した。すぐロータリーからバスに乗り、巨大な総合公園近くのバス停で降りて、公園の中にある体育館を目指す。

体育館は土足禁止だった。玄関口でローファーからスリッパに履き替えて中に入り、二階に上がってアリーナを取り囲む観覧席に足を踏み入れる。まだ観客はほとんど来ておらず、左からわたし、沙織、陽菜の順番で最前列の席を確保することができた。スクールバッグを開いてプラスチックのタッパーに入ったはちみつレモンを取り出し、座る二人に声をかける。

「差し入れしてくるから、場所取り任せていい？」

「いいよ」

「行ってらっしゃーい」

二人に見送られ、わたしは観覧席を離れて一階に向かった。外が雨なせいで館内も薄暗くて湿っぽい。だいぶ前から漬けてあるタッパーの中身が心配になる。はちみつは保存食にも使えるし、大丈夫だとは思うけれど。

じめじめした雰囲気の狭い廊下を進み、わたしの高校の名前が紙に書かれて貼り出されている小部屋を見つけた。軽くノックをするとすぐにドアは開き、中からひょっこりと塚森先輩――ではなく、佐伯先輩が現れる。

「来てくれたんだ」

佐伯先輩がわたしの持っているタッパーを見やり、小部屋の中に声をかけた。

「裕太、まゆちゃん来たよ」

「おー、分かった」

塚森先輩の声が聞こえた。耳から熱が広がり、体温が上がる。水曜日に食堂や体育館で聞いた時と全然違うのはなぜだろう。塚森先輩が違うのか、わたしが違うのか、あるいはその両方なのか。

ユニフォーム姿の塚森先輩が、小部屋から廊下に出てきた。佐伯先輩が中からドアを閉める。わたしはタッパーを両手で持ち、塚森先輩におずおずと差し出した。

「これ、いつものです」

「ありがとう。助かるよ」

塚森先輩がタッパーに手を伸ばした。タッパーを渡す時、塚森先輩の指先がわたしの指に触れ、全身に電流が走る。やっぱり生の圧力はすごい。塚森先輩について、難しいことをたくさん考えていたはずなのに、全て忘れてしまった。

「あの」声が上ずる。「水曜のスピーチ、感動しました。すごく良かったです」

ロクに聞いてなかったくせに、塚森先輩の前でいいカッコしたい一心で嘘をつく。塚森先輩の口元が柔らかくほころんだ。

「ありがとう。内藤さんはインスタにも一番にコメントくれたよね。嬉しかったよ」

血液が沸騰したみたいに、全身がカッと熱くなった。意識してくれていた。わたしがちゃんと塚森先輩を見ていることを、他の誰でもなく、塚森先輩が分かってくれていた。

「そういえば、練習の見学にも来てくれてたよね」

「はい。今日はあの時一緒にいた友達も応援に連れて来ました」

「そっか。じゃあ、今日はより頑張らないと」

塚森先輩が右の肩を軽く回した。そしてわたしを見下ろし、尋ねる。

「ねえ。あの時、内藤さんはどう思った？」

「あの時？」

「練習の見学に来た人たち、追い返しちゃったよね。あれ、内藤さんにはどういう風に見えてたかなと思って」

わたしは考える。思い出すのではなく、考える。塚森先輩はなぜこんな質問をしているのだろう。追い返したことを気にしているのだろうか。だったら——

「素敵だと思いました」

褒めよう。塚森先輩は間違っていないと、一番のファンのわたしから言ってあげよう。

「見学の人たち、マナーあんまりよくなかったし、追い返されてもしょうがないと思います。大事なのはファンより部員ですから。それをちゃんと態度で示せた塚森先輩は、いつも通り立派で、カッコよかったです」

ほんの一瞬。

パラパラ漫画に一枚おかしな絵が混ざったみたいに、塚森先輩の表情がほんの一瞬だけ歪んだ。まばたきよりも短い時間の変化が、わたしの網膜に強烈に焼き付く。だけど目の前の塚森先輩は笑っていて、わたしは確かに見たのに、覚えているのに、幻を見たんじゃないかと自分自身が信じられなくなる。

「そっか。なら良かった」

塚森先輩が小部屋のドアを開いた。部屋と廊下の境界に立ち、去り際に一言告げる。

「差し入れ、本当にありがとう。それじゃあ」

ドアが閉まった。薄いドアの向こうから部員の話し声が聞こえる。今、塚森先輩はどんな顔をしてるんだろう。気になったけれどドアを開けられるわけもなく、わたしは観覧席に戻るためその場を離れた。

試合が近づくにつれて、観覧席はどんどんと混雑していった。

混雑していくにつれて、ついでに陽菜のテンションが上がっていった。立ち見が出始めた頃からはもう「ヤバイ」しか言わない。つまり人混みが好きなんだなと、わたしは普段の立ち振る舞いも合わせて納得する。

やがて一階のコートにお互いのチームメンバーが入ってきて、ウォームアップのシュート練習を始めた。塚森先輩の動きに注目するわたしに、沙織が声をかけてくる。

「写真撮ったりしないの？」

「ライブ中は写真撮らないでライブ聞くでしょ」

「そういうものなの？」

「そういうものなの」

ばっさりと言い切り、わたしは視線をコートに戻した。ちょうど塚森先輩がシュートを放っていて、だけどボールの軌跡からゴールには入らないだろうと予測する。思った通りボールはバックボードに弾かれ、わたしはまあ塚森先輩だってシュートを外すことぐらいあるよねと思いつつ、ふと違和感に気づいた。

――あんなに大きく外すこと、あったかな。

試合中ならともかく、別に誰にマークされているわけでもないのに、ボールが飛んでいる最中に入らないと分かるぐらい外れる。そんなことが今まであっただろうか。塚森先輩のシュート練習はもう何百本も見ているけれど、少なくともわたしの記憶にはない。

それからも塚森先輩はシュートを何度も外した。別に数えているわけではないけれど、いつもより成功率が低い気がする。やがて試合開始のアナウンスが流れ、すぐにジャンプボールの準備が整った。

「始まるよ」

沙織が緊張したように呟いた。ジャンプボールが上がり、阿部先輩が跳んでボールを弾く。弾かれたボールはこっちのチームに渡り、パスを経て、塚森先輩の手に収まった。

観覧席の至るところから声援が上がる。勢いに負けないよう、わたしも力いっぱい声を張り上げた。わたしはずっと塚森先輩を追いかけて来たのだ。今日初めて試合を観に来たような人たちに、熱量でひけを取るわけにはいかない。

走る塚森先輩の前に、相手チームの選手が立ちはだかった。わたしはマッチアップの相手を華麗に抜き去り、先制点を決める塚森先輩をイメージする。そのイメージをなぞるように塚森先輩が前方につっ込み、大きく身体をひねった。

相手チームの選手が、塚森先輩の手元にあるボールを弾いた。

ボールが吹き飛び、わたしのイメージと現実が大きくずれる。飛んでいったボールは相手チームに渡り、流れるようにシュートまでいかれた。だけどシュートは外れ、リバウンドを阿部先輩が取り、逆にこっちのカウンターが始まる。

塚森先輩にパスが回った。そのまま敵陣に潜り込み、レイアップシュートを決めて先制点を取る。観覧席から盛大な歓声が巻き起こり、だけどわたしは、その盛り上がりに乗り切れない。

別に塚森先輩だって、絶対に抜かれないわけではない。一年近く追いかけて、抜かれる場面だって何度も見ている。だけどあんなにもあっさり取られるのは、わたしのイメージとあそこまで食い違うのは、そうはなかった。

相手のボールから、試合が再び始まる。走る相手選手の前に塚森先輩が立ちはだかり、わたしは再び、塚森先輩がボールを奪うイメージをコートに投影した。そうすればそれが現実になると信じるみたいに。

だけど塚森先輩は簡単に抜かれ、イメージは煙のように消え去る。

塚森先輩を抜いた選手がパスを出し、パスを受けた選手がそのまま得点を決めた。ずっと追いかけてきたわたしは知っている。うちのチームは塚森先輩が抜いたり止めたりすることを前提に動いているから、塚森先輩が抜かれたり止められなかったりすると脆いのだ。そんな戦略でも勝てているのは、塚森先輩が圧倒的だったから。

「さすがにインハイ直前まで来ると、相手も強いね」

沙織が独り言をこぼした。今日まで試合を観たことのない、バスケットボールなんて何も知らない沙織が、相手チームを強いと判断した。なぜか。わたしがあれだけ推していた塚森先輩が、相手に通用していないから。

「――違うから」

沙織がわたしの方を向いた。わたしは必死に語りかける。

「あれ、いつもの塚森先輩じゃないから。勘違いしないで」

「どういうこと？」

「だから、めちゃくちゃ調子悪いの。いつもはあんなボールの取られ方しないし、抜かれ方もしない」

「そんなに？」

「うん。本当、別人じゃないかってぐらい――」

ホイッスルの音が、わたしの声と歓声を引き裂いた。

「トラベリング！」

審判の声が、脳で悪寒に変換される。

一年近く塚森先輩を追いかけて、バスケ部を応援してきて、トラベリングなんて初歩的な反則を目にしたことは数えるほどしかない。もちろん塚森先輩がやっている場面なんて、練習ですら見たことがない。だから違う。この悪寒は外れる。

ゆっくりとコートを見やる。スローインのため、ボールを持ってコートの外に向かっているのは相手チームだ。つまり反則をしたのはこっちのチームで、もうボールは相手に渡っているから、誰が反則したかは分からない。

塚森先輩は、生気のない目でぼんやりと中空を見つめている。

「塚森先輩もトラベリングとかするんだね」

陽菜が意外そうに呟いた。試合が再開され、塚森先輩がのろのろと動き出す。声援のために息を吸ったわたしの喉に、またチクリと鋭い痛みが走った。


第二クォーター、残り一秒。

阿部先輩がドッジボールをしているみたいに、ボールをゴールに向かって勢いよくぶん投げた。入れば儲けものぐらいの適当なシュートは当たり前のように外れ、阿部先輩が体育館の床に足を叩きつける。宝くじを一枚だけ買って、一等が当たらなかったから怒っている。それぐらい理不尽な怒りを前にして、背筋が震えた。

「とりあえず勝ってるけど、油断はできないね」

陽菜がスコアボードに目をやる。確かにスコアは24─20でリードしているけれど、わたしは今「勝っている」とは思えない。インハイの準決勝と正反対だ。あの時は負けた。だけど塚森先輩しか見ていなかったわたしには、勝っているように思えた。

「これ負けても、次があるんだっけ？」

陽菜がわたしに問いを投げた。わたしは淡々と答える。

「あるけど、これ負けると厳しい」

「どうして？」

「今日はリーグ二戦目だけど、一戦目で今日の相手に勝ったチームが、日曜の最終戦の敵なの。だから今日の相手に負けてたら、普通は勝てない」

「そっか。じゃあ、気合入れて応援しないとね」

陽菜が胸の前でグッと両方の拳を握った。応援。そうだ、応援しないと。わたしはそのためにここにいるんだから。そのためにずっと、塚森先輩を追いかけてきたんだから。

――私たちきっと、裕太のことを何も見てなかったんだよ。

違う。

――自分勝手に、ちゃんと見ているつもりになって、自惚れてただけ。

違う。絶対に違う。

わたしの高校のチームが、全員連なってぞろぞろと歩き出した。試合場の外に出る扉はわたしたちの席の下辺りにあるから、こちらに向かってくる形になる。わたしは祈るように両手を組み合わせ、汗だくの塚森先輩を見つめた。

不意に、塚森先輩が顔を上げた。一階と二階の間で視線が衝突し、わたしは去年のインハイの準決勝を思い出す。あの時は塚森先輩が手を振ってくれた。今度はわたしだ。そういう想いで笑みを浮かべ、ひらひらと手を振る。

塚森先輩が、ぷいと頭を下げた。

瞳が消え、つむじが映る。やがてそれも視界から消えて、チームの全員がいなくなり、がらんどうのコートが残った。滑らかな床板が天井の照明を反射し、リップを塗ったばかりの唇みたいにキラキラと輝く。

――そっか。

何を勘違いしていたのだろう。大事なのはわたしがどう思うかではない。塚森先輩がどう思うかだ。佐伯先輩は自分の想いが塚森先輩に迷惑をかけたと思っていたけれど、わたしだって同じ。どうしたって好きになれない相手に好意を向けられて、差し入れなんか贈られて、さぞ鬱陶しかっただろう。だってわたしが逆の立場なら、きっと鬱陶しい。

バカだなあ、わたし。塚森先輩のことを誰よりも見ているつもりで、なんにも見ていなかった。塚森先輩の気持ちを分かっていなかった。

自分の気持ちも。

「……まゆ？」

沙織がわたしの顔を覗き込んだ。わたしは両手で顔を覆ってその視線を拒絶する。止まらない涙を手のひらで受けとめ、動物みたいにうーうーと唸りながら、ずっと目を逸らしていた想いと向き合う。

ああ、本当にバカだ。

好きじゃん。

わたし、塚森先輩のこと、めちゃくちゃ好きじゃん。

「どうしたの？　なんで泣いてるの？」

陽菜が心配そうに声をかけてきた。わたしは手で顔を覆い隠したまま、首をぶんぶんと横に振る。そして涙を拭いながら手を下ろし、陽菜と沙織に背を向けて立ち上がった。

「トイレ行って来る」

声がかすれた。陽菜が「まゆ！」と呼び止めるのを無視して、わたしは早足で席から離れる。観覧席の外に出て、出てすぐの通路脇にある背もたれのないベンチに座り、胸に手を当てて息を整える。

吸って、吐いて、吸って、吐いて。呼吸を繰り返すうちに涙は引き、気持ちも落ち着いてきた。勢いで飛び出してしまったけれど、どうやって戻ろう。そういうことを考える余裕が生まれる。

「なんか、ガッカリだよな」

若い男の声が、わたしの耳に飛び込んできた。

「塚森裕太、全然ダメじゃん。あれで全国優勝とかよく言えるなって感じ」

「まあ、仕方ないだろ。色々あったんだから」

話しているのは、隣のベンチに座っている男の子二人組。両方とも眼鏡をかけていて、服装はシャツとデニム。片方は小太りで、片方は痩せている。髪型にも服装にもあまりこだわりが見られない、高校生ぐらいのオタクっぽい男の子たち。

「そうだけど、誰かに頼まれてカミングアウトしたわけじゃないだろ。それでダメージ受けるなら、黙ってれば良かったんだよ。パフォーマンス落として、仲間に迷惑かけて、エースの自覚が足りないいんじゃない？」

　痩せている方の男の子が、塚森先輩の悪口を語る。たぶん、わたしと同じ学校の生徒なのだろう。何年何組の誰なのかは分からない。だけど一つ、これだけは間違いないと確信できるものがある。

　あの男の子は、塚森先輩のことを何も知らない。

「っていうか、なんでカミングアウトなんてしたのかな」

　わたしはベンチから立ち上がった。そして男の子に向かって、歩みを進める。

「チームに好きな男でもいたりして。だったら――」

「ねえ」

　声をかける。男の子が顔を上げた。笑っちゃいそうなぐらい朴訥《ぼくとつ》とした、悪意とは縁の薄そうな顔が、わたしの視界に収まる。

　男の子が口を開いた。

「あの」

　わたしは右の手を開き、男の子の頬に勢いよく振り下ろした。

弟以外の人間を叩いたのは初めてだ。

我慢していたというより、人を叩くのが好きではなかった。弟だって叩いていたのは小学生の頃の話。手足が伸び切ってから他人の頬を思い切り張ったのは本当に人生初で、思っていた以上に盛大な音が出て、正直少しびっくりした。

男の子が呆けた顔でわたしを見上げた。どうして叩かれたのか何も分かっていないマヌケな表情が、わたしの衝動に再び火をつける。わたしは男の子のシャツの襟をつかみ、顔を近づけて叫んだ。

「ふざけんじゃねえよ！」

男の子の瞳に映るわたしに向かって、わたしは大声で喚く。

「お前、塚森先輩のこと、何も知らねえだろ！　何も知らねえのに、知ろうとも、考えようともしたことねえだろ！」

知ることから逃げていた。考えることを放棄していた。自分を傷つけないために。

「そんなやつが、塚森先輩のこと、偉そうに語るんじゃねえよ！」

わたしは男の子のシャツから手を離した。わけも分からず走り出し、近くの吹き抜け階段から一階に下りる。玄関口でスリッパからローファーに履き替えている間に冷静になりかけたけれど、外に出るとまた無性に走りたくなって、雨上がりの濡れたコンクリートを蹴って公園をがむしゃらに駆けた。

やがて体力が尽き、息が切れてきた。脳に酸素が回らないことで機能が低下し、暴走しっぱなしだった思考が落ち着きを取り戻してくる。わたしはマラソン大会の終わり際みたいなふらふら走りで休める場所を探し、大きめの人工池のほとりに置かれた石のベンチに座って息を吐いた。

首を後ろに曲げ、一面に広がる青空を見上げる。ちょっと前まで雨だったくせに、ずっと晴れてましたけど何かみたいな顔をして、面の皮の厚い天気だ。眩しくて、憎らしい。

——どうしよう。

財布やスマホの入ったスクールバッグは観覧席に置きっぱなしだし、どうしたっていつかは戻らなくてはいけない。だけど戻る気が起きない。宿題を広げ、やらなくちゃと思いながらぼうっと見つめるように、自分が走ってきた道を眺める。

道の奥から、うちの高校のバスケユニフォームを着た男の子が駆け出して来た。水曜日の練習中、阿部先輩に怒られていた子だ。どうしてこんなところにいるのだろう。

試合中、控えの部員はコート脇で応援だし、前半はあの子もそうしていたのに。

男の子はそのまま足を止めず、公園のさらに奥へと消えた。いきなりの出来事に呆気に取られているうちに、今度は眼鏡をかけたポロシャツ姿の男性が道から出てくる。またしても見覚えがあり、そして今度は名前も分かった。二年四組の担任、小山田先生。

「君！」

小山田先生がわたしに声をかけ、ゆっくりと歩み寄ってきた。

「ここに、バスケのユニフォームを着た男の子が来なかったか？」

さっきの子と繋がっていた。でも、なぜだろう。試合中に部員が外を走っているのも、それをバスケ部と関係のない小山田先生が追いかけているのも、さっぱり分からない。

「来ました」

「どっちに行った？」

「あっちです」

男の子が走って行った道を指さす。小山田先生は「ありがとう」とお礼を言い、男の子を追いかけて同じ道に消えた。何だったんだろう。まあ、いい。何にせよ、わたしには関係ない。

湿り気の強い風が、わたしの頬を撫でた。揺れる池の水面を眺めながら、今日一日のことを思い返す。出来事と感情を追いかけて、自分自身の気持ちを探る。

ザリッ。

石畳を削る足音が聞こえ、わたしは斜め後ろを向いた。そしてこれでもかというぐらい眉間にしわを寄せる。わたしが体育館で叩いた男の子が、わたしに鋭くにらまれて足を止め、だけどすぐにまた歩き出した。

「さっきは、ごめん」

男の子がわたしの目の前まで来た。そして両手を脇に揃え、語りながら上半身を前に傾ける。

「あれから考えて、君の言う通りだと思った。何も知らないのにひどいことを言った。だから謝りに来たんだ。本当にごめん」

何も知らない。わたしの発した言葉が、わたし自身に返ってくる。別にわざわざ謝りに来なくてもいいのに。お互い様なんだから。

「君は塚森先輩と、どういう関係なの？」

――どういう関係だろうね。わたしにもよく分からない。

「何だっていいでしょ」

目を逸らし、話したくないと態度で示す。男の子が少し黙ったから、おそらくそれは伝わったのだろう。だけど、退かなかった。

「もし君が、塚森先輩について詳しいなら」声色から、強い意志を感じる。「塚森先輩のことを、少しでもいいから教えて欲しい」

　塚森先輩を知りたい。わたしが抱くべきだったのに抱けなかった想いを、男の子がはっきりと口にした。何だか悔しくて、絶対に教えてやるもんかという気分になる。

「どうして？」

「……上手く言えないんだけど」

　考えながら話している。そう分かる喋り方で、男の子がぎこちなく語り出した。

「塚森先輩が何を考えているのか、知りたいんだ。なんでカミングアウトしたのか。なんで全校放送なんて流したのか。カミングアウトも全校放送も大成功だったのに、なんで今日はあんなに調子が悪いのか。そういうの、ちゃんと理解したい。それがすごく、自分にとって大事なことな気がするんだ」

　わたしは石畳に視線を落とし、ギリッと唇を噛んだ。

　そんなことを言われても、困る。わたしは塚森先輩を理解しようとしなかった。カミングアウトの時も、全校放送の時も、わたしはわたしのことばかり考えていた。調子が悪いのを目の当たりにした時だってそうだ。「いつもはあんなんじゃない」と現実を否定し、「わたしが応援しなきゃ」と自惚れ、塚森先輩のことなんて欠片《かけら》も考えていなかった。

　だからわたしは、塚森先輩を好きではない。わたしが好きなのはわたしだ。わたしは塚森先輩を好きなわたしのことが好きで、そういうわたしを崩したくなくて、ずっと塚森先輩から逃げ続けていた。

「わたしだって、分からないよ」声が震える。「好きな人のこと、分からないから分かりたいって思うし、分かろうとするんでしょ」

分かろうとしなかった自分を蔑む。伏せた顔の下で醜く笑う。男の子がしみじみと、噛みしめるように呟いた。

「羨ましいな」

顔を上げる。羨ましいものか。こっちはこんなに苦しんでいるのに。ムカつく。

「何が」

「そこまで分かりたいと思えるほど、好きな人がいるのが」

「あなただって塚森先輩のこと、分かりたかったんでしょ」

「僕は……そういうのじゃないよ。塚森先輩を通して、自分を分かりたいだけ」

――なんだ。わたしと同じじゃないか。自覚があるだけ、わたしよりずっとマシだけど。

「じゃあ、自分のことが好きなんだ」

わたしは皮肉を吐き捨てた。目を細め、唇を歪め、皮肉だと分かるように。だけどすぐその表情は、まぶたを押し上げ、口を半開きにした、正反対のものに変わる。

男の子が眼鏡の奥の両目から、ポロポロと涙をこぼし始めた。

泣いているだけで、悲しそうではない。ぼんやりとしたまま、顔を水で洗う機能が作動したみたいに、涙を頬に伝わらせている。人がこんな風に泣いているところを初めて見た。ちょっと、綺麗かもしれない。

「ねえ」上目づかいに、男の子の顔を覗く。「なんで泣いてるの？」

男の子が眼鏡を上げ、涙を拭った。そしてさっきまで泣いていたとは思えない、穏やかな顔をわたしに向ける。

「あのさ。塚森先輩のこと、まだ好き？」

まだ。

これまでの話ではなく、これからの話。わたしのために塚森先輩を好きだったわたしが、それに気づいた今、塚森先輩をどう思っているか。

言われてみれば、ずっと過去の自分を恥じるばかりで、これからどうしようなんて考えていなかった。どうすればいいのだろう。とりあえず陽菜と沙織のところに戻って、それから先、明日とか明後日とか、一週間後とか一か月後とか、どうやっていけばいいのだろう。

塚森先輩は試合中かな。それとも、もう終わっちゃったかな。試合中なら調子は戻ったかな。試合が終わったなら、勝ったかな。

勝っていて欲しい。

「好き……だと思う」

男の子が小さく笑った。それから右の親指で、体育館の方を示す。

「そろそろ戻るよ。試合、終わっちゃうから」

戻る。そうか、わたしも戻らなきゃ。早く戻って応援しないと——

「君も戻るなら、トイレで鏡見た方がいいよ。化粧、落ちてるから」

失敗したアイメイクを意識して、とっさに目元に手が伸びた。男の子がくるっとターンを決め、体育館の方に走っていく。なんてイヤな捨て台詞だ。一発引っぱたいておいて正解だったかもしれない。

わたしは立ち上がり、スカートを払った。それから大きく伸びをして、身体をほぐしてから駆け出す。わたしは今どんな顔をしているのだろう。マスカラが落ちてパンダ目になっている自分を想像すると、走りながら笑えてきて、悪い気分ではなかった。

メイクを整えるのは試合が終わってからでいいと、体育館に着いたわたしは真っ直ぐ二階に向かった。

観覧席に入って真っ先にスコアボードを見る。残り試合時間はあとわずかで、わたしたちの高校が一点差で負けていた。わたしは急いで座っていた席に戻り、そして自分のスマホをコートに向かって掲げている陽菜を見て、思わず声をかける。

「何してんの？」

沙織と陽菜が同時に振り返った。沙織が驚いたように口を大きく開く。だけどすぐに閉じて、たぶん、言いかけた言葉とは別の言葉を放った。

「試合の動画撮ってる。あとで陽菜から貰って」

「途中からだし、上手く撮れてるか分からないけどねー」

陽菜が頬にえくぼを浮かべて笑う。わたしは「ありがとう」と笑い返した。詮索しないでくれてありがとうという気持ちも込めたつもりだったけれど、伝わったかどうかは分からない。まあ別に、伝わってなくてもいい。

自分の席に座り、コートに目を向ける。試合は一点差を追うシーソーゲーム。選手たちは疲れ切って汗だくで、だけどみんな目はギラギラしていた。例外はただ一人。塚森先輩だけが、どこに焦点を合わせているか分からない、虚ろな表情でコートに立っている。

塚森先輩にパスが飛んだ。ボールを受け取った塚森先輩の瞳にほんの少し生気が宿る。心に微かな火が点いたのが、ずっと塚森先輩を追いかけてきたわたしには読み取れる。

　つまりわたしは、フラれたのだ。

　佐伯先輩と同じように、空から隕石が落ちてきて死んだ。だけどわたしは佐伯先輩よりアホだから、頭に隕石を突き刺しながら「なんか頭痛いな」と動き回っていた。そりゃ沙織や陽菜から見れば滑稽に見える。「あんた死んでるよ？」ぐらいのこと、言いたくもなるだろう。

　この恋はゲームオーバー。だから次を始めよう。わたしはそれで構わない。次のゲームならきっと、わたしは誰よりも強くなれる。

　今までは、わたしのため。

　今からは、あなたのため。

　お腹に力を入れる。カラオケで鍛えた腹式呼吸を見せてやろうと、背筋を伸ばして鼻からゆっくり息を吸う。喉に刺さっていた見えないトゲが、ぽろりと胃の中に落ちて、溶けてなくなったのが分かった。

第4章　後輩、武井進

1

神さまがいると思った。

第一志望にしている高校のバスケ部がインハイに出るらしい。おれもバスケ部員だし、高校に行ってもバスケはやるつもりだし、ちょっくら観に行ってみよう。そんな軽い気持ちで訪れた場所で、おれは神さまに出会った。

華麗なユーロステップで揺さぶり、強烈なドライブで抜き去り、お手本のようなレイアップで決める。全国から集った強豪に通用する精度で行われるその流れの美しさに、おれは虜《とりこ》になった。無料の動画投稿サイトにＮＢＡのスーパープレイ集がいくつも上がっている時代だ。今まで見た中で一番に上手いプレイヤーではない。だけど間違いなく、今まで見た中で一番に目が離せないプレイヤーだった。

試合後、おれは神さまの正体を探った。塚森裕太という名前で、学年はおれの二つ上だということはすぐに分かった。それ以上のことは分からなかったけれど、問題はなかった。おれが高校に入学した時、神さまはまだ卒業していない。武井進《すすむ》と塚森裕太は同じチームで一緒にプレイできる。それ以外の情報なんて、何も必要なかった。

やがて高校に合格したおれは、バスケ部に入部届を出し、そこで神さまと対面した。おれは神さまにインハイの試合を観たことを話した。試合を観る前から第一志望だったのに、あなたがいるからこの高校を選んだと話を盛った。おれと同じ制服を着た神さまは嬉しそうにはにかみ、「うちに来てくれてありがとう」と優しい言葉を返してくれた。

神さまは気さくで、優しくて、後輩思いで、バスケにストイックだった。それは嬉しかったけれど、そうでなくてもおれは良かった。おれは神さまのプレイに惚れたのだ。バスケの上手さを鼻にかけた高慢ちきな性格をしていても、美少女フィギュアを集めて下からパンツ覗きまくるキモい趣味を持っていても、おれの苦手な納豆を毎日食べていて身体からそこはかとなく納豆の香りがしても、おれは神さまを受け入れる自信があった。コートの外でどんな人間でも、コートの中で神さまならば問題ない。そう思っていた。

思っていたのに。

『塚森先輩のインスタ見た？』

日曜の夜、バスケ部一年生のＬＩＮＥグループに坂上《さかがみ》がそのメッセージを投稿した時、おれは自分の部屋の机で数学の宿題を解いていた。正確には解いていたというより、解けないので眺めていた。いい気分転換を見つけたとばかりにＬＩＮＥを開くやいなや、大滝《おおたき》が坂上のメッセージに反応する。

『何かあったの？』

『いいから見て来い』

坂上が何かのリンクを貼った。リンクをタップすると、ほとんど使ったことのないインスタグラムのアプリが開く。おれはいったい何があったのだろうと親指を動かし、そしてすぐに、坂上の言いたかったことを理解した。

写真は、塚森先輩と阿部先輩と佐伯先輩のスリーショット。

文章は、塚森先輩の同性愛カミングアウト。

「……え？」

声が漏れた。出したのではなく、本当に漏れた。ＬＩＮＥのグループトークに戻り、混乱をそのまま文字にする。

『これマジ？』

『知るかよ』

坂上から冷たい反応が返って来た。当たりが強くて言葉が雑なのはいつものことだけど、どこかイラッとくる感じのアニメキャラアイコンと相まって腹が立つ。言い返す言葉を考えているうちに、中野《なかの》から戸惑いを感じるメッセージが届いた。

『俺ら、どうすればいいかな』

『どうもしなくていいんじゃない？』

おおらかな大滝らしいシンプルな答え。中野と坂上がすぐに乗っかる。

『だな』

『バスケ関係ないもんな』

みんなの返信の早さに、おれは慌てた。ここまでのメッセージについている既読数は「３」。つまり今この場にいるのはおれ含めて四人で、そのうち三人がもう、結論めいたものを出してしまっている。

『気になりはするけど、それだけだよな』

急いでメッセージを送る。すぐに「既読３」の表示がついた。そして他の三人から、立て続けに返信が入る。

『気になるか？』

『いや、全然』

『どうでもいい』

――マジで？

好きな食べ物の話じゃないぞ。性別だぞ。男が好きだって言ってるんだぞ。それって、そんなに軽いことか？　おれら、塚森先輩と一緒に部室で着替えたりしてるじゃん。そういうの、お前ら気にならないのか？

ぐるぐると考えているうちに、メッセージの既読数が「４」に変わった。五人いる一年生の最後の一人、新妻《にいづま》がメッセージを読んだ。おれと同じクラスで、おれと一番仲のいい新妻がどういう風に話に入ってくるか、固唾《かたず》を呑んで見守る。

『俺もどうでもいい』

おれ以外、全員の見解が一致した。おれは『まあ、そうだな』とメッセージを送り、スマホを机に置いて宿題に戻る。ちらちら画面を見ても新しいメッセージの投稿通知は現れない。本当にもう、誰も何も言うことはないらしい。

塚森先輩がゲイだった。

確かに、おれには関係のないことだ。おれと塚森先輩を繋いでいるものはバスケだけ。そして塚森先輩の好きな相手が女だろうが男だろうがバスケには何の関係もない。塚森先輩がおれのことを好きだったりしたら別だけど、たぶんそんなことはないだろう。仮にそうだったとしても、それが分かった時に考えればいい。

例えるならば、スマホの保護シートに入り込んだ気泡だ。おれは保護シートを貼るのが下手くそだから、今のスマホもシートの下に少し気泡が入ってしまっている。でもスマホは問題なく使えるし、使っていて気になることもない。そういうものとして受け入れてしまえば何の問題もない。

でも、
できれば、ない方がいい。

おれはスマホを手に取った。そしてユーチューブのアプリを開き、何回も繰り返し観ているレブロン・ジェームズのスーパープレイ集を観る。スマホの右下にある、画面に少しもかぶっていない気泡が、その時ばかりは気になって仕方がなかった。

うちのバスケ部には朝練がない。昔はあったけれど、今の顧問である梅澤先生の方針でなくなったそうだ。なくした理由は、部活で早起きして授業中に眠って成績が下がったりしたらたまったもんじゃないから。四月の最初の活動日に一年全員に向かって「部活に熱中して赤点を取るぐらいなら辞めて欲しい」と言い切った梅澤先生らしい。

だけど自主的な朝練まで止められてはいない。だから月曜、おれはいつも新妻と一緒に朝練をする。一年は試合には出られないし、練習もほとんど走ってばかりだから消化不良なのだ。朝練というより、バスケで遊んでいると言った方が正しい。

午前七時過ぎ、門が開いたばかりの学校に着いた。教室で新妻と合流し、校舎と渡り廊下で繋がっている部室棟に向かう。平屋の棟の奥から二番目、あちこちへこんだロッカーと背もたれのないベンチぐらいしかない狭い部屋が、バスケ部に与えられた部室だ。

部室のロッカーは数が足りないから、一年生は二人で一つのロッカーを共有している。おれは新妻と共用。脱いだシャツとズボンをロッカーにしまいながら、下着姿の新妻がおれに話しかけてきた。

「俺らもロッカー分けて欲しいよな」

「そう？　別におれは困んないけど」

練習着の短パンを穿《は》きながら答える。新妻が「えー」と不満そうに声を上げた。

「なんかイヤじゃん。お前の臭い移りそう」

「は？　こっちの台詞だし」

「俺は臭くないから」

「おれだって臭くねえよ」

「どれどれ」

新妻がおれの裸の上半身に顔を寄せた。それから鼻をつまみ、眉をひそめる。

「腐った牛乳の臭いがする」

「するわけねえだろ！」

おれがそう叫んだ瞬間、部室の扉が開いた。入ってきたのは女子マネの佐伯先輩。半裸のおれと下着姿の新妻は縮こまり、だけど佐伯先輩は気にせず中に足を踏み入れる。

「朝練？」

新妻が「はい」と言いながらおれの後ろに隠れた。おれも急いで練習着の半袖シャツに袖を通す。佐伯先輩はそんなおれたちに目もくれず、部屋の隅の掃除用具入れを開けて、中からバケツと雑巾を取り出した。

「掃除っすか？」

「うん。そろそろ臭いもキツイから。腐った牛乳の臭いはしないけど」

聞かれていた。新妻は目を泳がせ、話題を変える。

「この部室って、しばらくこのままなんすかね」

「どういうこと？」

「ロッカーとか足りてないし、インハイベスト４にしてはショボいなと思って」

「これからの君たちの頑張り次第でしょ」

「俺らより塚森先輩じゃないっすか？　俺らまだベンチですし」

「裕太が頑張ってるうちは裕太の力だから学校も動かないの。裕太がいなくなった後、君たちが活躍すれば変わるよ。頑張ってね」

「うっす！　頑張ります！」

大げさに応え、新妻がバッシュを手に部室から出て行った。おれも佐伯先輩に会釈をして小走りに新妻を追う。おれが追いつくなり、新妻が部室の方をちらりと見て呟いた。

「佐伯先輩って、いい女だよな」

同感だ。かわいいし、スタイルも性格もいい。「理想の彼女」って感じ。

「彼氏いんのかな」

「聞けばいいじゃん。っていうか、告れば？」

「無理っしょ。彼氏いなくても好きなやつぐらいいるって。塚森先輩とか」

「それならチャンスだろ」

「なんで？」

――え？

「だって塚森先輩、ゲイじゃん」

「あー、そっか。忘れてた」

――嘘だろ？

言葉を飲み込む。嘘ではない。新妻は友達の誕生日や血液型を忘れるように、塚森先輩がゲイであることを忘れていた。ＬＩＮＥで言っていたように『どうでもいい』から。

「でも付き合わないにしても、塚森先輩と比較される時点でキツイじゃん」

「……まあな」

「完璧超人だもんな。弱点とかないのかな」

ゲイであること。それは弱点ではない。少なくとも、新妻にとっては。

「バスケぐらいは追いつきたいよなー」

お前だって――

「バスケぐらいって」

お前だって、男二人でロッカーを使うのを嫌がるぐらいには、苦手なくせに。

「それが一番難しいだろ」

「うるせー」

新妻がおれの頭をはたいた。おれは「痛えよ」と文句をつける。向かいから野球部らしき坊主頭の男がやってきて、はしゃぐおれたちをすれ違いざまに軽くにらんできた。

楽しいことばかりじゃないけれど楽しくなければそもそもやろうと思わないし、まあどちらかといえば楽しくて放課後になればテンションは上がるぐらいのスタンスで、中学からずっとおれは部活動としてのバスケットボールに取り組んできた。

だけど、今日はイマイチ乗り切れない。放課後になって、練習着に着替えて、体育館に足を踏み入れた時に感じるヒヤリとした真剣味、身体の芯がバスケモードに切り替わるあの感じがない。理由は分かっている。新妻とペアでストレッチをしながら、その理由が現れるのを待つ。

塚森先輩が、体育館に入ってきた。

場の空気が変わ――らない。みんなマイペースに練習前のジョギングやストレッチを続けている。もちろんそれは塚森先輩も同じだ。体育館を何周かした後、いつも通り阿部先輩と組んでストレッチを始めた。

阿部先輩が塚森先輩を、塚森先輩が阿部先輩をべたべたと触る。ストレッチだから当たり前なのに、余計な情報が入っているせいで特殊な意味を帯びて見える。阿部先輩は今、どういう気持ちで塚森先輩のストレッチをしているのだろう。塚森先輩は今まで、どういう気持ちで阿部先輩にストレッチの相手をさせていたのだろう。考えなくてもいいのに、考えない方がいいのに、つい考えてしまう。

「集合！」

顧問の梅澤先生が号令をかけた。部員全員が梅澤先生のところに集まり、ミーティングが始まる。いつも通りの眠たいんだか、怒ってるんだか分からない仏頂面で、梅澤先生が声高に語り始めた。

「みんな、昨日の試合はよくやった。昨日のクロージングでも言ったが、うちの持ち味を最大に出せたいい試合だった。リーグ一戦目を勝利で終えて、気持ち良く眠れたんじゃないか。

おれは眠れたぞ。おかげで今日は遅刻しそうになった」

小さな笑い声が上がった。梅澤先生が喉を鳴らし、雰囲気を変える。

「だけどな、そんな終わった試合のことは今すぐに忘れろ。決勝リーグの先、インターハイのことも考えるな。次の試合に全力を尽くせ。阿部、そのためにはどうすればいい？」

「いつも通りのことを、いつも通りにやり続ける！」

阿部先輩の野太い声が、体育館中に響き渡った。梅澤先生が深く頷く。

「そうだ。まぐれだろうと何だろうと、俺たちにはインハイベスト４の実績がある。俺は今のチームが、あの時と比べて劣っているとは思わない。つまり俺たちにはそれぐらいの実力があるということだ」

梅澤先生が右手を顎の辺りまで上げ、グッと握り拳を作った。

「実力以上のものを出そうと思うな。実力を出し切れ。練習はそのためにある。じゃあ、いつも通りの練習をいつも通りに始めるぞ！　準備はいいな！」

「「はい！」」

声が束になる。すぐに練習一本目、シャトルランの指示が出た。シャトルランのスタート地点に向かうみんなに混ざりながら、おれは一人、バスケとはまるで関係のないことに考えを巡らせる。

全員、知っているのか。

塚森先輩のカミングアウトは、この中のどこまで知れ渡っているのか。

確実に知っているのは一年生全員と阿部先輩と佐伯先輩だ。あとインスタにコメントしていた先輩。それ以外の先輩と梅澤先生は分からない。何となく全員知ってそうな気はするけれど、特に根拠があるわけでもない。

中学の頃、クラスの中心人物同士が付き合った後に別れ、それを知っているやつと知らないやつの混ざった教室が微妙な雰囲気になったことを思い出す。塚森先輩は平気なのだろうか。誰が自分の正体を知っているか分からない。そんな中で普通にバスケができるのだろうか。

梅澤先生がホイッスルを吹いた。音に合わせて、シャトルランの第一陣が走り出す。その中に混ざっている塚森先輩は、いつも通り並んで走る他の誰よりも速くて、そのまま無限に速度を上げ、どこかに消え去ってしまいそうな気さえした。

練習が終わった。ストレッチの後、解散の合図が出て部活は終了。ぞろぞろとみんなが体育館から出て行く中、佐伯先輩が塚森先輩を呼び止めた。

「裕太。ちょっといい？」

塚森先輩と佐伯先輩が体育館の奥に向かう。気になるけれど、追いかけるわけにもいかず素直に体育館を出た。一年生同士で部室に向かう中、丸顔低身長というガキっぽい見た目通りのガキっぽい声で、中野が話しかけてくる。

「進。今日、調子悪かったな」

確かに、今日は塚森先輩を意識しすぎて動きが良くなかった。おれが「ああ」とはぐらかすと、大滝がさらに口を挟んでくる。

「なんかあったの？」

あったよ。お前らにだってあるだろ。すぐそこにさ。

「朝練で疲れたんだよ」

返事がぶっきらぼうになった。大滝は心が広いから怒らないけれど、短気な坂上だったら喧嘩になっていたかもしれない。前を行く坂上のツンツンした髪を見やり、言い争いになった時のめんどくささを想像して、気持ちを落ち着かせる。

やがて部室に着き、みんなが話を止めた。先頭にいた新妻が扉に手をかける。年季の入った扉が年季の入った音を立てて開き、ぞろぞろと一年生たちが中に足を踏み入れる。

強い違和感が、おれの背中をピシッと叩いた。

阿部先輩が奥の壁にもたれて腕を組み、周りを囲むように二年生と三年生が床やベンチに座っている。そして誰も練習着のまま着替えていない。ミーティングの雰囲気だ。誰に言われるわけでもなく、一年生全員が床に腰を下ろす。

「全員来たな」

阿部先輩が壁から身を起こした。そして部室をぐるりと見回し、威圧感のある声で告げる。

「この中で、裕太のインスタのことを知らないやつがいたら手を挙げろ」

おれは、ごくりと唾を飲んだ。

鋭い眼光がおれたちを射抜く。手を挙げる部員は誰もいなかった。阿部先輩は「分かった」と頷き、続きを語る。

「じゃあ、全員カミングアウトのことは知ってる前提で話すぞ。今、あのカミングアウトがツイッターで紹介されてバズってる」

——なんだって？

場が少しざわついた。阿部先輩がさっきと同じように、部室を見回して全員に尋ねる。

「この中でツイッターをやってるやつはいるか？」

今度は何人かが手を挙げた。阿部先輩はその中から、次期キャプテンと言われている二年の保井先輩に声をかける。

「保井」

「はい」

「ツイッターでバズると、何が起こるか教えてくれ」

「単純にツイッターで有名になる以外だと、まとめサイトに載ったりしますね」

「取材の話が来ることもあると聞いたが、本当か？」

「ネタによってはあります」

「分かった。ありがとう」

阿部先輩が保井先輩との話を打ち切った。それからまた、全員に向かって話す。

「つまり、そういうことだ」

分かるだろ。阿部先輩のその訴えに、部員は誰も何も言わない。分かるからだ。塚森先輩のカミングアウトが、どこまで広がるか分からないということが。

「これからどうなるか予想はつかない。明日になれば学校中の噂になっているかもしれないし、特に何も起きないかもしれない。ただ俺は少なくとも、学校には広まると思ってる。あいつはうちの高校では有名人だからな。それで――」

阿部先輩が喉を鳴らし、声を整えた。本題の気配が部室に漂う。

「俺が言いたいのは、お前らにはあいつの味方をしてやって欲しいことだ。誰かにあいつのことを聞かれたら褒めて欲しい。バカにするやつがいたら止めて欲しい。あいつがすごいプレイヤーで、すごいいいやつなんだって、そう伝えて欲しいんだ。俺はあいつがそう言われるだけのことをやってきたと思ってる。お前たちだってそうだろ。あいつのこと、少なくとも嫌いではないだろ」

隣の新妻が首を縦に振った。他にも何人かの頭が揺れている。おれは、動けない。

「俺はキャプテンだ。このチームを背負う人間としてはっきり言う。塚森裕太を認められないなら、この部には要らない」

要らない。塚森先輩を認めないと、この部活にはいられない。

「あいつはずっと苦しんでいた。誰にも言えずに苦しみながら、エースとしてチームを引っ張って来てくれたんだ。今度は俺たちがあいつを引っ張ってやろう。頼む」

阿部先輩が頭を下げ、そのまま固まった。おれたちにつむじを見せつけながら、電池が切れてしまったみたいに動かず、誰かが反応してくれるのを待つ。

「キャプテンに言われなくたって」保井先輩。「俺たちは塚森先輩の味方をしますよ。当たり前でしょう」

阿部先輩が身体を起こした。張り詰めていた頬が、柔らかく緩んでいる。

「今どき、気にするようなことでもないですしね」

「むしろ悟志《さとし》は気にしすぎ。お前ならともかく、塚森だぞ」

「俺ならともかくって、どういうことだよ」

「でも確かに阿部先輩だったら印象違ったかも……」

「新妻！　てめえ、この野郎！」

部室がにわかに賑やかになった。新妻も、坂上も、大滝も、中野も、二年生の先輩も、三年生の先輩も、みんな笑っている。少なくとも笑うことはできている。それすらもできていないのは、おれだけだ。

――茶番だ。

こんなのは茶番だ。作られたシナリオだ。認めないなら要らないとまで言われて、自分は無理だなんて言えるわけがない。阿部先輩は部員を一つにまとめ上げたのではない。一つになれないやつを切り捨てたのだ。

おれのようなやつを。

「じゃ、着替えっか。早くしねえと裕太が来ちまうからな」

日常に戻ろう。その合図を受けてみんなが着替えを始め、おれものろのろと練習着を脱ぐ。鼻の奥を撫でる汗の臭いが、いつもよりべたついているように思えた。

2

火曜日、おれと新妻はクラスの友達から塚森先輩のことを聞かれた。

情報源はもちろんツイッター。おれたちは阿部先輩から頼まれたように、塚森先輩を持ち上げまくった。といっても、やったのは事実を話しただけだ。塚森先輩のやったことや人となりを説明すれば勝手に持ち上がっている。つまり塚森先輩はそういう人で、男が好きだというぐらいで認めないのはあまりにも狭量で、おれたちの説明を聞いた友達も、塚森先輩のことを「すごい人なんだな」と褒めていた。

放課後の練習では、塚森先輩が部活に遅れてきた。やけにテンションが高く、カミングアウトがバズっていることなんてまるで気にしてなさそうだった。逆におれはそのテンションの高さが気になって集中できず、月曜よりさらに動きが悪くなってしまった。

そして、水曜。

「こんにちは。バスケ部の塚森裕太です」

教室で昼飯を食べている中、いきなり始まった全校放送を聞き、おれと新妻は揃って驚きに目を剝いた。だけど放送が進むにつれ、新妻の目は一方的な勝ち試合を観ている時のそれに変わっていった。憧れと高揚。自分もああなりたい。そういう想いが、熱のこもった視線から伝わった。

放送の後、俺と新妻はクラスメイトから質問攻めにあった。質問に答えたのはほとんど新妻で、おれはひたすら「うん」とか「ああ」とか相槌《あいづち》を打っていた。だけど新妻がおれを指さし、無理やり話に引っ張り上げて来て、そうもいかなくなった。

「こいつとか中学の時、インハイで塚森先輩のプレイを見てこの学校入ったんだぜ」

入部の時の与太話。おれは慌てて新妻の発言を訂正した。

「あれは冗談だって。試合観る前からここが第一志望だったし」

「そうなの？　塚森先輩、めっちゃ喜んでたのに」

「そんなことで志望校決めるわけないだろ」

「でも、試合を観たのは本当なんでしょ？」

クラスメイトの女の子が、おれと新妻の会話に口を挟んだ。ほとんど話したことはないけれど、三つ編みがかわいくていいなと思っていた子。

「……まあ、一応」

「どうだったの？」

「上手かったよ」

「それだけ？」

女の子がつぶらな瞳でおれを覗く。おれは口ごもりながら、言葉を付け足した。

「なんていうか……バスケの神さまがいると思った」

「バスケの神さま！」

女の子がおれの言葉を繰り返した。それから次々とおれに質問が飛んでくる。おれは答えを間違えないよう、新妻の表情を頼りに質問を処理し続けた。

💬

こんなにも放課後になって欲しくないと思った日も、こんなにも早く放課後が来てしまう日も、今までなかった。

だけど一緒に部室に向かう新妻は、いつもより口数が多く上機嫌だった。部室で会った坂上と中野も同じ。特に中野は信者と言っていい仕上がりになっていて、部室から体育館に向かうまでひたすら塚森先輩を褒め讃えていた。新妻と坂上もそんな中野に話を合わせ、おれは体育館に着くまで、死んだように一言も喋らなかった。

だけど体育館に着いた途端、おれと同じように三人も黙った。

体育館のあちこちに人がいる。ほとんどが制服の女子生徒で、そしてほとんどがおれたちの方を——体育館の出入り口の方を見ている。その視線で分かった。塚森先輩はまだ来ていない。

「すげえ……」

中野が呆けたように呟いた。完全に圧倒されている。無理もない。おれだって表に出さないだけで、同じ気持ちだ。

とりあえずいつも通りジョギングをして、新妻とペアストレッチを始める。やがて塚森先輩が現れ、ギャラリーが分かりやすくざわつき出した。床に尻をつけて開脚をしながら、新妻がうんざりしたようにぼやく。

「気が散るなあ」

塚森先輩のファンに悪口。おれは新妻の背中を押しながら話しかけた。

「まあ、応援してくれって言っちゃったからな。仕方ないっしょ」

「塚森先輩が言ったのは試合の話だろ」

「そう取らないやつがいるってこと。塚森先輩のミスだよ」

はっきりと言い切る。新妻が「そうだな」と同意して、にわかに気分がよくなった。新妻がおれに歩み寄ってくれたような、そんな感覚を覚える。

練習が始まった。部員より数の多いギャラリーに見つめられ、みんなの動きがぎこちなくなる。特におれ含めた一年生は顕著だ。みんな高校ではまだ控えだし、中学の時だって、インハイクラスのギャラリーを前にした経験はない。

スリーランのパスを受け損ね、ボールがコートの外に飛んだ。おれは「すいません！」とボールを取りに行く。ボールを拾い、練習に戻ろうとするおれの前に、阿部先輩がぬっと立ちはだかった。

「武井」阿部先輩が、おれの頭を軽くはたいた。「硬いぞ。リラックスしろ」

思わず顔をしかめそうになった。仕方ないだろ。阿部先輩にだって分かるはずだ。

「すいません。緊張しちゃって」

「試合になったら観客がつくんだぞ。これぐらいで緊張してどうする」

なんだ、それ。こんなめちゃくちゃな見学が試合の観戦と同じわけがない。いくらなんでも塚森先輩にべったりすぎる。

——言ってやれ。

「そりゃ、塚森先輩みたいなすごい人は大丈夫なんでしょうけど」

持ち上げる。それから、落とす。

「おれみたいな凡人にはきついんです。だから、みんな大丈夫だと思って、あんな風に注目を集められても困ります」

阿部先輩の眉が大きく吊り上がった。想定以上の反応におれは肩をすくめる。だけど別の声がおれたちの間に割って入り、阿部先輩の眉を元に戻した。

「やっぱ、きついか」

振り返る。汗で肌をうっすら湿らせた塚森先輩が、おれのすぐ傍にいた。動揺するおれに向かって、塚森先輩が申し訳なさそうに謝る。

「悪い。俺もこうなるとは思ってなかったんだ」

「お前のせいじゃねえよ」

「いや、俺のせいだよ。そこは先輩として認めようぜ」

塚森先輩が手の甲で阿部先輩の胸をトンと叩いた。画になる仕草を見せつけ、おれに横目でちらりと視線を向ける。

「ちょっと待ってろ」

塚森先輩が、体育館の真ん中に向かって歩き出した。何をしているのだろうと部員とギャラリーの視線が塚森先輩に集まる。やがて塚森先輩は足を止め、ギャラリー全員を見つめ返すように周囲をぐるりと見渡した後、大きく胸を張りながら言葉を吐いた。

「すいません！」

明瞭な声が、体育館中の空気を一斉に揺らした。

「僕の言葉が足りませんでした！　試合は、応援に来てくれたら嬉しいです！　でも練習は勘弁してください！　部員が練習に集中できなくなってしまうし、見ている人もボールが飛んで行って怪我するかもしれない！」

頭のてっぺんから足のつま先まで、塚森先輩は微動だにしていなかった。世界の中心に刺さった軸。おれはそんなものをイメージする。

「気持ちは本当に嬉しいです！　でもその気持ちは、試合の応援にぶつけてください！　よろしくお願いします！」

塚森先輩が頭を下げた。太陽が変に動いたせいで、地球の環境を狂わせてしまって申し訳ありませんでした。これはそういう謝罪だ。力を持つ者が責任を果たすための謝罪。おれのひがみを真正面から受け止めて、見事に消化してみせた。

後ろめたさを刺激されたギャラリーが、ぞろぞろと体育館の外に出る。ギャラリーが一人もいなくなった後、塚森先輩はおれに向かって歩いてきた。おれの肩に手を置き、並びのいい白い歯を見せつけて爽やかに笑う。

「これでいいか？」

ありがとうございます。

これが正解。こんなのは問一の（一）だ。間違える方が難しいボーナス問題。塚森先輩がおれの理不尽な想いを受け入れたように、おれも塚森先輩を受け入れる。それでこの舞台は綺麗に幕を閉じることができる。

だから選べ。

選んでみせろ。

「……オッケーっす」

マルでもバツでもない、バツ寄りのサンカクみたいな答え。塚森先輩が両手をパンと叩き合わせ、練習を止めている部員たちに声をかけた。

「よし！　じゃあ、練習再開するぞ！」

塚森先輩の合図で世界が動く。誰かが「はい！」と威勢のよい返事を放つ。おれの聞き間違えでなければ、新妻の声だった。

部活が終わって、家に帰って、夕飯を食って、ベッドに寝転ぶ。

ここまではいつも通り。最近はここからが違う。塚森先輩のことで頭がいっぱいで、何もする気が起きない。初めて好きな子ができた時もこんな風になった。でもこれは、そういうポジティブな感情じゃない。

スマホに手を伸ばしてゲームを始め、すぐに飽きて仰向けに寝転がる。今は頭を動かすより、身体を動かしたい。ジョギングでもしようかと考えていると、スマホにＬＩＮＥの通知が届いた。

『明日、朝練しない？』

中野がバスケ部一年のグループに投稿したメッセージを読む。バスケはしたいけれど、みんなと仲よく朝練という気分ではない。『いいよ』『俺も』と前向きな返事が続く中、おれは話をはぐらかした。

『なんでそんな気合入ってんの？』

『だって今日の塚森先輩、カッコよかっただろ』

おれの親指が止まった。中野は止まらない。

『練習にあんなファンが集まるのヤバイでしょ。俺もああなりたい』

『なら練習より整形だろ』

坂上が茶々を入れた。中野はキレ顔で中指を立てるアニメキャラのスタンプを送って応戦する。愉快でふざけた雰囲気を、新妻のメッセージが変えた。

『まあでも、真面目に俺らも頑張ろうぜ。塚森先輩に頼りすぎだし』

『同感。今ちょっとワンマンだよな』

『三年が引退してクソ弱くなったとか言われないようにしないと』

『保井先輩とか長谷川先輩も上手いけど、塚森先輩は別格だもんなー』

大滝、坂上、中野。そして再び、新妻。

『プレイもだけど、精神面でもさ。今日も塚森先輩が上手くまとめてくれたし』

違う。あれは――

『責任取っただけだろ』

気がついたら、メッセージを打っていた。すぐ新妻から返事が届く。

『どゆこと？』

『確かに塚森先輩がまとめたけど、ああいう風にしたのも塚森先輩だってこと。塚森先輩もそう言ってたし』

そうだ。他ならぬ、塚森先輩自身が言っていたのだ。おれがいちゃもんをつけているわけではない。

『自分で散らかしたものを自分で片付けただけ。だから感謝するようなことじゃない。そうだろ？』

1、2、3、4。おれ以外全員メッセージを読んだ証が、既読の数字となって現れる。四人の中で最初に反応を返したのはよりによって、口の悪い坂上だった。
『意味わかんね』

首の後ろから、熱がすうっと逃げた。

『あれが塚森先輩のせいなわけないだろ』

『本人がそう言ってたんだけど』

『お前がうるせえから気をつかってたんだよ。分かれよ』

強い文字がディスプレイにちらつく。言い返したい。でも、指が固まって動かない。

『まあまあ』

『そんな怒んなって』

中野と大滝が坂上をなだめた。主張がおかしいから反論するのではなく、正しいけど言いすぎだと声をかける。そして数秒後、今度は坂上ではなく、おれへのメッセージがグループに投稿された。

『進。お前ちょっと変だぞ』

新妻。

お前は、ダメだろ。おれが「塚森先輩のミス」って言った時、お前は「そうだな」って同意したたろ。なに手のひら返してんだよ。裏切りやがって。

　感情があふれる。罵倒がメッセージになって、こぼれそうになる。だけど暴れる指先をどうにかコントロールして、ギリギリのところで踏みとどまった。

『朝練はパス。体調悪いから』

　ＬＩＮＥを閉じる。通知が目に入らないよう、画面を伏せてスマホを枕元に置く。しかしスマホがなくなると途端にやることがない。机に向き合って勉強を始めるけれど、やはり頭を使った作業はどうしても、塚森先輩に割く思考に負けてしまう。

　塚森先輩は、男なんかの何がいいんだろう。

　目をつむり、男の裸体を想像する。いつも見ているから鮮明にイメージできるけれど、やっぱりぴくりとも来ない。硬くて、臭くて、角ばっていて、単純に肉質が悪い。女の子は違う。柔らかくて、いい匂いで、丸みを帯びていて――

　スラックスのパンツを、下着ごと膝まで下ろす。

　机に顎を乗せて、下で性器をいじる。硬くなっていくそれを右手でしごきながら、何度もオカズにした動画を脳内で再生する。女の顔、女の声、女の胸、女の尻、女の性器。あそこに、これを――

　――あ。

性器から右手を離す。左手で机の上のティッシュを取り、右手についた精液を拭う。下着とスラックスを穿き直し、ティッシュ箱を持って机の下に潜り、あちこちに飛び散った粘っこい液体を拭き取る。

丸めたティッシュをゴミ箱に捨て、おれはベッドに倒れ込んだ。枕元のスマホを手に取り、届いている通知を全て消して、また画面を下にして置く。そしてさっきと同じように目をつむり、今度はエロ動画ではなく、バスケのスーパープレイ集を頭の中で再生する。

ほんと。

なにやってんだろ、おれ。

3

木曜、おれは高校に入って初めて部活をサボった。

新妻には体調が悪いから休むと言ったけれど、新妻はたぶん信じていなかった。ただ、だからと言っておれを責めたりはせず、むしろ「みんなお前のことを心配してるぞ」とおれを気づかった。おれは「そっか」と「ありがとう」で返事を悩み、前者を選んで話を打ち切った。

いつもは部室にいる時間に校門を出る。空は鉛色の雲に覆われていて、今にも雨が降って来そうだった。部活に行っていないことが親にバレてしまうから、このまま真っ直ぐ帰るつもりはない。電車に乗り、家と学校の中間ぐらいにある駅で降りる。

　おれはまずゲームセンターに行き、対戦格闘ゲームで遊んだ。やがて小銭がなくなり、外に出て次の場所を探す。学生街として栄えている街を歩き、どこに行こうかあちこち眺めているうちに、ふと前を向いて歩いている人間が少ないことに気づいた。だいたい見ているのは横の連れか下のスマホだ。奇妙な光景に、少しおかしくなる。

　進む先にチェーン店の古本屋が見えた。金を使わず時間を潰すにはうってつけの場所だ。中に入って少年漫画の棚に向かい、前から気になっていた漫画を見つけて読みふける。

　三巻ほど読んだところで、ちょうどいい時間になった。漫画本を棚に戻し、床に置いた学生鞄を担ぐ。来た通路は他の立ち読み客で混んでいたので、店の奥からぐるりと遠回りをして帰ろうとする。

　インパクトの強い文字列が、目に飛び込んできた。

『ボーイズラブ』

　おれは足を止め、周りを見回した。近くに誰もいないことを確認してから、棚から漫画本を一冊取り出してパラパラとめくる。濡れ場になってからはパラ読みを止め、一ページずつ普通に読み進めて、おれ自身の反応を探る。

絡んでいるのは黒髪の青年と金髪の青年だ。どちらも細身の整った顔立ちで、黒髪の方が女役。行為は一貫して、金髪の主導で進んでいく。

黒髪が金髪の性器を舐める。金髪が黒髪を四つん這いにして、指で黒髪の尻をいじる。身悶える黒髪の尻に、金髪が勃ち上がった性器を挿入し、盛り上がりは最高潮を迎える。

濡れ場のテンションに反して、おれの股間はまったくの無反応だ。とはいえ、まるで読み進められないわけでもない。なんだ、こんなものか。これなら別に――

「男同士、興味あるの？」

おれは、勢いよく本を閉じた。

振り返ると、茶色い髪を雑に散らかした背の高い男が、すぐ傍でおれを見てニヤニヤと笑っていた。知らない男だ。声をかけられる覚えはない。

「高校生？」

男がおれの肩に腕を回した。シャツ越しに、筋肉の熱と硬さが伝わる。

「もう勃ってたりする？」

気味の悪い笑みを浮かべ、男がおれの股間に手を伸ばした。荒い吐息が頬にかかり、タバコと体臭の混ざった雄の臭いがおれを包む。これは――

ナンパだ。

この男はおれをナンパしている。おれで興奮している。おれを裸にして、おれにちんこをしゃぶらせて、おれの尻に自分の指やちんこを突っ込みたいと思っている。

「――止めろ！」

おれは両手で男の胸を強く押した。男がぐらりとバランスを崩し、背中から勢いよく床に倒れる。硬い床と肉のぶつかる乾いた音が、おれの鼓膜にじんと響いた。

「痛って……」

男が身体を起こそうとする。おれは持っていた漫画を男に投げつけ、無我夢中で古本屋から飛び出した。いつの間にか雨が降っていたけれど、気にする余裕もなく濡れながら駅に向かって走る。走って、走って、ひたすらに走って、駅の改札を抜けてプラットホームのベンチに座り、ようやく一息つくことができた。

向かいのホームに電車が到着した。銀色の車体が、大勢の人間を飲み込んで吐き出す。男も女も大人も子どもも関係なく、人生を丸ごと内側に入れて、雨ににじむ風景の一要素に変えてしまう。

形になる。気体が液体になるように、液体が固体になるように、あえて散らかしていた感情が固まる。声にせず、文字にせず、心の中ですら発さないようにしていた言葉が、おれの脳みそを埋め尽くす。

気持ち悪い。

気持ち悪い気持ち悪い気持ち悪い気持ち悪い気持ち悪い気持ち悪い気持ち悪い気持ち悪い気持ち悪い気持ち悪い気持ち悪い気持ち悪い気持ち悪い気持ち悪い気持ち悪い気持ち悪い！

なんで、どうして、あんたなんだ。中野でも大滝でも坂上でも新妻でもきっと平気だった。保井先輩でも阿部先輩でも梅澤先生でもたぶん大丈夫だった。でもあんたは、塚森裕太はダメだ。あんたがそうであることを、おれはどうしても認められない。

スマホを手に取ると、ＬＩＮＥに新着が届いていた。グループへの投稿ではない。新妻からおれだけに送られたメッセージ。

『明日は来いよ』

無理だ。すぐにそう思う。だけどそれはバスケ部を辞める宣言に他ならない。毒々しい想いをぎゅうと絞り、どうにか飲めそうな一滴をひねり出す。

『キツイかも』

返事は、残酷なぐらい、すぐに届いた。

『お前さ、冷静になれよ』二言目。『塚森先輩がお前に何かしたわけじゃないだろ』

電車到着のアナウンスが耳に届いた。続けて巨大な鉄の塊の迫る音が、頭蓋骨の中にごうごうと響く。おれは震える親指を動かし、メッセージを送信して、スマホをポケットに突っ込みながら電車に乗り込んだ。

『ごめん』

それなりに混んでいる車内を進む。反対側のドアまで行き、もたれかかってドアガラスを覗く。びっしょりと雨に濡れた自分の顔がやけにしんどそうで、おれは疲れているんだなと、他人事のように自分を認識する。

――塚森先輩がお前に何かしたわけじゃないだろ。

お前だって、

お前だって、家の中にゴキブリが出たら、殺すだろ。

スリッパで叩いたり、殺虫剤をかけたりして、息の根を止めるだろ。

じゃあそのゴキブリが、お前に何をしたって言うんだよ。

教えてくれよ。

なあ。

金曜日。おれは朝のホームルームが始まるギリギリに教室に入った。

教室の前で担任とはち合わせ、「あと五秒で遅刻だったぞ」とからかわれた。朝のホームルームが終わった後は授業が始まるまでトイレ。授業合間の休み時間も同じで、昼休みは食堂。そうやって日中をやり過ごし、だけど帰りのホームルームが終わった後は、さすがに無理だった。

新妻がおれの席に来て、有無を言わせぬ口調で短く言い切った。

「行くぞ」

行こうでも、行くかでもなく、行くぞ。おれは頷き、ゾンビのようにのろのろと新妻の後についていった。新妻も一言も喋らず部室に向かって歩いていく。おれと同じように、新妻もどうすればいいのか分からないのだ。おれたちは二人とも、ほんの三か月ぐらい前まで中坊だったガキでしかない。

部室に着く。二人で一つのロッカーを共有していることを、これほど疎ましく思ったことはない。新妻が着替え終わってベンチでおれを待っている頃、新妻に遠慮していたおれはまだ練習着の上を身につけていなかった。剝き出しの背中に新妻の視線を感じながら、ロッカーの中の半袖シャツに手を伸ばす。

部室の扉が、軋みながら開いた。

入ってきた塚森先輩を見て、おれはロッカーの扉に手をかけて固まった。塚森先輩も固まるおれを見て固まる。新妻がおれと塚森先輩を交互に見やり、ベンチからおもむろに立ち上がった。

「先に行ってるわ」

新妻が出て行く。おれと塚森先輩が部室に取り残される。塚森先輩がどこか困ったように笑いながら、ゆっくりとおれに歩み寄ってきた。

「体調、大丈夫か？」

「……はい」

「そうか。なら良かった」

塚森先輩が右手を伸ばし、「あのさ」とおれの肩に触れた。皮膚と皮膚が繋がる。塚森先輩の体温が、おれの体温を侵食する。

——男同士、興味あるの？

「触らないでください！」

おれは塚森先輩の腕を、思い切り振り払った。

払われた手を浮かせ、塚森先輩が呆けたようにおれを見やる。すいません。その一言が出せなくて顔を伏せる。奥の小窓の取り込んだ光が、床の上でゆらゆらと揺れている。

「お前、俺のこと、厳しいんだろ」

厳しい。遠回しな表現が、それでもおれの胸を抉った。

「無理しなくていい。そういうやつがいるのも当然だ。いきなりあんなことされたら混乱するよな。悪かった」

違う。悪いのはおれだ。塚森先輩はいつだって、圧倒的に強くて正しい。

「生理的なものだし、難しいとは思う。でも悪いけど、俺が引退するまでもう少し我慢してくれないか。お前にバスケ部を辞めて欲しくないんだよ。俺は一年の中では、お前を一番買ってるんだ」

おれだって辞めたくない。そして、塚森先輩に早く引退して欲しいとも思わない。塚森先輩と一緒にいたくないけれど、塚森先輩と一緒にバスケがしたい。どうしてこんなぐちゃぐちゃなことになるんだ。あんたが、あんたがそんな風に生まれてくるから。

「塚森先輩」顔を上げる。「今日の練習の後、おれとワンオンワンをやってください」

神さまでなければ。

あんたが神さまではなく人間ならば、おれはきっと耐えられる。そういうものだと受け入れられる。だから、あんたが人間だと感じられる何かが欲しい。おれでも手が届く。おれの延長線上にあんたがいる。そう思える、何かが。

「大事なことなんです。お願いします」

身体が震える。おれは何に怯えているのだろう。分からない。でも、分からないから怯えていることは分かる。分かってしまえば怖くない。恐怖とはそういうものだ。

「分かった」

塚森先輩が、おれに向かって優しく微笑《ほほえ》んだ。

「ただ今日はちょっと用事があるんだ。それが終わってから行くよ。少し遅くなるかもしれないけど、いいか？」

「構いません」

「そうか。じゃあ、よろしく頼む」

塚森先輩が顔の前に手を立て、謝罪のジェスチャーを示した。頼んだのはおれですよ。そんな台詞が頭に浮かぶ。だけどそれを口にする前に阿部先輩が入ってきて、おれは塚森先輩から顔を逸らし、素早くシャツを着て外に出て行った。

センターサークルに、バスケットボールを叩きつける。

無人の体育館に広がる音を聞きながら、スリーポイントラインで待ち受ける相手をイメージする。おれはまだ塚森先輩とマッチアップをしたことがないから、空想の精度は甘い。それでも長い手足を蜘蛛《くも》のように広げる塚森先輩の幻影が、進む先に現れる。

おれは腰を落とし、体育館の床と手のひらの距離を縮めた。ボールの跳ねる間隔が短くなる。ド、ド、ドと、車のアイドリングのように小刻みに響く音をふくらはぎに取り込み、前方へと一気に駆け出す。

幻影の塚森先輩の眼前まで来た。手首のスナップを利かせ、ドリブルの速度を速める。チエンジオブペース。ステップで相手を揺さぶり、重心が大きく傾いた瞬間にドライブで一気に抜き去る。そのままゴール下まで行ってレイアップ。ボールがネットを揺らす音が静かに響いた後、落ちてきたボールがテン、テンと跳ねて転がる。

——こんな簡単に行けば、楽なんだけどな。

床に尻をつけ、両手を広げて仰向けに寝転ぶ。いつの間にか木曜と同じように雨が降っていて、天井からは屋根に水滴のぶつかる音が絶え間なく響いていた。練習が終わってからどれぐらい経っただろう。幻影を相手にしたワンオンワンも、そろそろネタが尽きる。

一回でいい。一回でも抜くか止めるかできれば神殺しは達成だ。そしておれは日常に戻る。優秀なバスケットボールプレイヤーである塚森先輩と一緒に、以前のように無心でプレイを楽しむことができる。

「寝てるのか？」

　──来た。

「起きてますよ」

　立ち上がり、塚森先輩と向かい合う。さっきおれがシュートしたボールを拾い上げ、塚森先輩がおれの前まで歩いて来た。そしてボールを右手の上に載せて、おれに差し出す。

「どっちからやりたい？」

「オフェンスで」

「オッケー」

　塚森先輩がボールをおれに放った。おれは無意味にドリブルをしながらセンターサークルに向かう。塚森先輩はスリーポイントライン。シミュレーション通りの状況。

「来い」

　言われなくたって、行ってやるさ。おれは景気づけにダンッとボールを強く叩きつけ、前方に走り出した。

　腰を落とす。塚森先輩の目の前でショルダーフェイクを入れ、重心の動きを見極める。左に寄った。だけど足りない。これでは抜けない。

　なら。

右足を一歩踏み出す。その足を軸に、塚森先輩に背を向ける形で身体を回転させる。スピンムーブ。このままゴールまで――

スカッ。

――は？

おれの手が宙を切った。ついさっきまでドリブルを続けていたはずのボールが、いつの間にか無くなっている。どこに行ったのか。答えは一つしかない。

おれから奪ったボールを小脇に抱え、塚森先輩が口を開いた。

「じゃあ、次は俺がオフェンスな」

そんなバカな。

スティールされるのは分かる。そういうこともある。でも、ワンオンワンで奪われたことに気づかないのはあり得ない。スピンの初動。おれの意識からボールが完全に消える、その瞬間を綺麗に狙いすまされた。

塚森先輩がセンターサークルに立つ。まだディフェンスがある。おれは自分にそう言い聞かせながら、スリーポイントラインで腰を落とした。オフェンスだって繰り返せばまだチャンスはある。そう思えない、諦めている自分に、気づかないフリをしながら。

塚森先輩が動いた。トップスピードではない。緩急に揺さぶられてはいけないと、おれは塚森先輩の動きに目を凝らす。

向かってくる身体が沈んだ。加速の気配。させるか。おれはわずかに引き下がり、妨害の準備を整える。

塚森先輩が、後ろに跳んだ。

そのままボールをゴールに向かって投げる。フェイダウェイシュート。おれは慌てて跳びながら手を伸ばしたけれど、指先にかすりもしなかった。山なりに飛んで行ったボールはゴールリングに当たり、スポッとネットの中に吸い込まれる。

前への加速を匂わせてから、そのまま後ろに跳んだ。真逆のベクトルに動いた。筋肉にどれだけのバネとしなやかさがあれば、こんな芸当が可能になるのか。

違う。

おれとこの人は、ものが違いすぎる。

「ほら」

塚森先輩がボールをおれに投げた。おれはそれを受け取り、のろのろとセンターサークルに向かう。ボールも、ボールを持っている腕も、腕を支えている身体も、鉛のように重たくて仕方がなかった。

大きく息を吐き、おれは床に両手をついてへたり込んだ。

荒い呼吸を繰り返し、肩を上下させる。全ての細胞が疲労でまいっているのが分かる。ほんの少しだけ息を切らした塚森先輩の声が、おれの頭に降ってきた。

「大丈夫か？」

大丈夫ではない。技術で負け、メンタルで負け、体力勝負も完敗。こんな現実を突きつけられて、大丈夫なわけがない。

何をやってもダメだった。一回も抜けないし、一回も止められない。塚森先輩がシュートを外すことはあったけれど、そんなのはおれが止めたことにはならない。繰り返せば繰り返すほどに体力差がつき、勝機が薄れ、絶望が増していく。

神さまだよ。

あんた、やっぱり、神さまだ。

「お前、練習したかったわけじゃないよな」

ダン、ダン、ダン。ボールの跳躍音と、塚森先輩の言葉が重なる。

「ムカつく俺を叩きのめしたいとか、そんなところか。だったら悪かったな。でも手加減したら、それはそれで怒るだろ。お前はそれが分からないぐらい、にぶいプレイヤーじゃないからな」

ドリブルの音が消えた。しばらく後、ゴールネットの揺れる音が聞こえる。塚森先輩がシュートを決めた。

「ボコボコにしといてなんだけど、お前、才能あるよ。一年の頃の俺より上手い。慰めてるわけじゃない。本気でそう思う」

ワックスで磨かれた床板に、おれの顔が映る。感情のない目がおれを見つめる。塚森先輩はどんな目でおれを見ているのだろう。もしかしたら、見ていないかもしれない。

「俺と一緒に着替えたり、帰ったりしたくないだろ。先に帰るよ。体育館の鍵はここに置いておくから、お前が職員室に戻しといてくれ」

コツン。おれの見えないところで、硬いものが硬いものにぶつかった。

「じゃあな」

足音が響く。遠くなる。おれの神さまが、おれを叩きのめして、おれの手の届かないところに去って行く。

「――塚森先輩」

足音が止まった。おれは突っ伏したまま、床板に映る自分に向かって喋る。

「先輩は生まれて来た時代が、今で良かったですよね。同性愛に寛容で」

床板のおれは笑っていた。何が楽しいのか。自分の感情なのに分からない。

「……まあ、それはな。二十年前だったらきっと違った。俺はその時代の空気は分からないけれど、まずカミングアウトをしなかったと思う」

「そうじゃなくて」

寒い。もう六月なのに、冬みたいに凍える。

「おれが言いたいのは、もっと未来じゃなくて良かったですねってことです。現代の科学水準で本当に良かった」

おれは——

「おれ、このままDNAの解析技術とかが進歩すれば、人が同性愛者になる原因が見つかると思うんですよ。そうなれば生まれる前に子どもが同性愛者かどうかも判別できるようになる。今でも出生前診断ってあるじゃないですか。それで、あれで子どもに重たい疾患があるって分かったら、堕《お》ろしたりしますよね」

おれは、何を、言っているのだろう。

「だから塚森先輩も、そういう未来の世界だったら、腹ん中で殺されてましたよ」

イメージする。

おれを見ている塚森先輩の顔を、頭の中で思い描く。怒っている。悲しんでいる。あるいはその両方。人間、塚森裕太は、どのような感情をおれに向けているのか。想像と期待を重ねながら頭を上げる。

おれの視界の真ん中で、塚森先輩が穏やかに笑った。

「かもな」

塚森先輩が体育館から立ち去る。背中が見えなくなり、足音が聞こえなくなる。おれは声にならない声で叫びながら、床板を思いきり殴った。

4

試合に行きたくないと思ったのは、中学の頃を含めても初めてだ。

制服の半袖シャツがべたつく。担いでいるスポーツバッグが重い。気分は完全にテスト日に登校する時のそれだ。小雨の降る中、ビニール傘を差して歩きながら、大地震でも起きないかなと不謹慎な妄想に耽《ふけ》る。もちろん起きるはずもなく、試合会場の体育館に着いてしまった。

塚森先輩がいたらどうしようとビクビクしながら、扉のない更衣室に足を踏み入れる。幸い、更衣室には塚森先輩どころか、おれ以外の人間は誰もいなかった。コインロッカーの前に置かれている青いプラスチックのすのこに立ち、スポーツバッグをすのこの上に置く。

スポーツバッグを開き、中から白いユニフォームを取り出す。高校バスケのベンチメンバー上限は十五人。うちのバスケ部は部員全員合わせても十五人に届かないから、一年もみんなベンチ入りできる。だから、もしかしたら、試合に出られるかもしれない。試合前にユニフォームを眺める時はいつも、そんなことを考えていた。

だけど今日はそれがない。ゲームでよくある、戦闘シーンをスキップして結果だけを見る機能が現実にあったら、今日のおれは迷わず使う。過程はいらない。結果だけでいい。そしてその結果についても、勝って欲しいとも負けて欲しいとも思わない。

ならばおれは、どうしてここにいるのだろう。いなくたっていいじゃないか。このまま帰っても、誰も——

背後から、足音が聞こえた。

「うっす」

勢いよく振り返ったおれに向かって、新妻がひょいと手を挙げた。おれは中途半端に手を挙げ返す。新妻がおれの隣に立ち、おれの近くのロッカーを開けた。

「昨日の特訓、どうだった？」

　聞かれたくないことを、ピンポイントで聞かれる。昨日、おれは「塚森先輩に稽古をつけてもらう」と言って体育館に残った。一年全員が心配そうな顔をし、新妻は「頑張れよ」と声をかけてくれた。そんな新妻にどう言葉を返せばいいのか。考えながら口を開く。

「ボコボコだった。歯が立たない」

「そっか。まあ、相手は全国レベルのエースだからな。仕方ないよ」

　そうだな。呼吸か発声か分からないぐらいの声量で、おれはそう答えた。そしてユニフォームに袖を通す動作で新妻を視界から消し、話を打ち切ろうとする。

「無理すんなよ」

　ユニフォームから首を出す。いつになく真剣な新妻と、視線が間近でぶつかった。

「お前が抱えてるもの、みんなには言えないなら、俺が今ここで聞く。黙っててやるからぶちまけろ。五人しかいない一年生なんだ。一人だって欠かしたくないよ」

　優しい言葉が、おれの脳にじんわりと沁み込む。本当に、心の底から、おれのことを心配してくれているのが分かる。ありがたい。でも——

　——言えるかよ。

　塚森先輩が気持ち悪いなんて、おれの人生に存在するだけで落ち着かないなんて、言えるかよ。そんな感情を吐き出されて、お前は受け止められるのかよ。おれ自身が飲み込めないものを、お前がきちんと飲み干せるのかよ。

　できるわけないだろ。

「別に」

　おれは、笑った。

「無理してないよ。考えすぎ」

　新妻が寂しそうに「そっか」と呟いた。おれはロッカーにスポーツバッグを入れてから扉を閉め、バッシュを履いて更衣室を出る。それから一番近くの男子トイレの個室に入り、ミーティングが始まる時間ギリギリまでずっと、控え室には行かず便器に座ってぼうっとしていた。

　ミーティングで梅澤先生は「いつも通りの力を出し切れば勝てる」と何度も繰り返した。他にも落ち着けとか、慌てるなとか、マイナス思考を抑えようとする言葉が多かった。実績では勝っている相手だから、別におかしなことはない。だけどおれは、いつも通りではないことが起こっているぞと宣言されているようで、居心地の悪さを感じた。

ミーティングが終わってコートに出ると、すさまじい数の視線に射抜かれた。ウォームアップのシュート練習を行いながら、塚森先輩のために集まった二階の観客たちを見上げ、水曜の部活のことを思い出す。これだけ集まるなら、阿部先輩の「これぐらいで緊張してどうする」は間違いではなかったかもしれない。「おれみたいな凡人にはきつい」も間違っていないけれど。

「観客、すげえな」

中野が話しかけてきた。虹のかかった青空とか、春風に舞う桜吹雪とか、そういうものを見る目で観覧席を見上げる。

「俺らもいつか、これぐらいの人集めて、コートで試合したいな」

おれは「ああ」と素っ気なく答えた。それから手に持っていたボールを適当に放ってシュートをする。シュートはゴールを大きく外れ、おれは転がって行ったボールをのろのろと追いかけて、長時間コートから離れることに成功した。

場内に試合開始のアナウンスが流れた。スターティングメンバーをコートに残し、他はコート脇に並べられたパイプ椅子に座る。おれもいつかはあっち側に。そう思っていた自分が懐かしい。たった一週間前ぐらいのことなのに、一年以上は昔のことに思える。

審判がボールを持ってセンターサークルに向かった。ジャンプボールに備え、こっちと相手のメンバーが中央に集まる。おれたちのチームから跳ぶのは阿部先輩。みんなが固唾を呑んでコートを見守る中、おれは一人、自分自身のことを考える。

麻痺させよう。

ここから試合終了まで、休憩込み約一時間、何も感じない自分を作る。みんなの盛り上がりに合わせて盛り上がり、みんなが吐いた言葉と同じ言葉を吐いて応援する。そうすればおれは、ゲームの戦闘シーンをスキップするように、試合終了後のスコアボードまで一直線に飛べる。

審判がボールを上に放った。阿部先輩の手がボールに触れる。おれはギュッとまぶたを下ろし、心の中で呪文を唱えた。

――スキップ。

第二クォーター終了のブザーが鳴った。

ブザービーターを狙って阿部先輩が放り投げたボールが、バックボードにすら当たらず明後日の方向に飛んで行く。やらないよりはやった方がいいから投げただけの、入るわけがないシュート。なのに、阿部先輩は悔しそうに、床板をガンと踏みつけた。

今のところ、スコアは24―20でうちの勝ち。だけどチームの雰囲気はとんでもなく冷え切っている。当たり前だ。これだけの異常事態を見せつけられて、平静でいられるわけがない。

塚森先輩が壊れた。

本当に、壊れたとしか言いようがないぐらいボロボロだった。簡単にボールを奪われ、あっさりと脇を抜かれ、噛み合わないパスを投げ、最高のパスを受け損ねる。ファウルやバイオレーションもいくつもやった。そのうちの一つは、ユーロステップを多用するから取られやすいと言い訳もできない、明らかなトラベリングだった。

スキップなんかできない。できるわけがない。むしろ真逆だ。勝っているという結果なんてどうでもいい。そこに至るまでの過程が、脳に焼き付いて離れない。

梅澤先生が先導し、部員全員で控え室に向かう。誰もが下を向いて一言も喋らない。控え室の前まで来てようやく、梅澤先生が振り返っておれたちに声をかけた。

「塚森」

呼ばれたのはおれじゃないのに、おれの背中がビクリと大きく上下した。

今の声を口にしたのだろう。塚森先輩はおれより前にいるから、後頭部しか見えない。どんな表情で

「話がある。俺と二人で外に残れ」

「分かりました」

揺らぎのない声。塚森先輩はおれより前にいるから、後頭部しか見えない。どんな表情で今の声を口にしたのだろう。薄ら寒くて、考えたくない。

「他のやつは中にいろ。こっちの話が終わったらミーティングだ」

梅澤先生の指示通り、みんながぞろぞろと控え室に入った。やがて扉が閉まり、細長いテーブルとベンチしかない狭い部屋に重苦しい沈黙が満ちる。

「塚森先輩、無理してたのかな」

中野がぽつりと呟きをこぼした。声色に、悔しさがにじんでいる。

「全然気づかなかった。俺、自分が恥ずかしい」

「気にするな。俺だって気づかなかった。この借りは試合で返そう」

保井先輩が中野を優しく慰めた。おれは立ったまま下を向き、ユニフォームのすそを強く握りしめる。どうしてこんなことになったんだ。出生前診断って、中絶を検討するためにやるものじゃないだろ。結果的にそうなるにしたって、どうしようもない理由があるものだろ。ゲイぐらいで殺されるわけないじゃないか。どうして——

「武井」

顔を上げる。阿部先輩の険しい眼差しが、おれの眉間を貫いた。視線に縫い付けられたように、おれは全身を硬直させる。

「昨日、何があった」

喉が渇く。脳が、焼けるように熱い。

「何かあったんだろ。そんぐらいの見当はついてる。あいつが言わねえならそれでいいと思ってたけど、こうなっちまったらダメだ。言え」

──黙っててやるからぶちまけろ。

ああ、どうせこうなるなら、あの時に言っておけば良かった。そうすれば新妻は味方になってくれたかもしれない。弁解の余地もないほど最低なおれを、もしかしたら守ろうとしてくれたかもしれない。

でも、もう、手遅れだ。

「ワンオンワンでボロ負けして」

ぼそぼそと、小さな声で語る。

「イラついて、どうしようもなくて、塚森先輩がカミングアウトしてから、きついって思ってたのもあって」

唾を飲む。カラカラの喉を湿らせて、言葉を絞り出す。

「生まれる前にゲイだって分かってたら、母親の腹の中で殺されてたって言いました」

おれの左頬に、阿部先輩の拳がめり込んだ。

背中から仰向けに崩れ落ちる。後頭部を勢いよく床に打ちつけ、眼球の奥で火花が弾けた。顔を真っ赤にした阿部先輩が、倒れるおれに向かって大声で叫ぶ。

「ぶっ殺してやる！」

阿部先輩が足を前に踏み出す。だけどすぐ他の先輩たちに押さえ込まれた。振りほどこうと身をよじりながら、獣の咆哮《ほうこう》のような怒号をおれに浴びせかける。

「殺す！　殺してやる！」

「悟志！　落ち着け！」

「ふざけんじゃねえ！　あいつがずっと、どんな気持ちで俺たちと一緒にいたと思ってんだ！　ふざけんじゃねえよ！」

左頬が熱い。左目の焦点が定まらない。頭がぼうっとして、何も考えられない。

「どうした！」

扉が開き、梅澤先生が中に入ってきた。誰かが「先生！」と声を上げる。おれは先生の方を向き、そして隣の塚森先輩を見てしまい、思わず叫び出しそうになる。

塚森先輩はおれを見ていた。だけど、おれを見ていなかった。ただおれを視界に捉えているだけ。監視カメラのレンズのように無機質な瞳が、おれを飲み込む。

「何があった！　説明しろ！」

おれは床から跳ね起き、梅澤先生に突進した。

反応の遅れた梅澤先生の横をすり抜け、部屋の外に飛び出す。梅澤先生の「武井！」という声を振り切り、廊下を全速力で走るおれの前に、ポロシャツを着てショルダーバッグを提げた中年の男が立ちはだかった。おれの背中越しに、梅澤先生が男に向かって怒鳴る。

「小山田！　止めてくれ！」

命令に反応し、男が腰を落とした。だけど遅い。おっかなびっくり伸ばされた手をするりと抜け、おれは男を置き去りにした。体育館の玄関口から外に飛び出し、すれ違う人たちに奇妙な目で見られながら、行く当てもなく無我夢中で走り続ける。

おれの頰に、温かい水がつうと滴《したた》り落ちた。

泣いている。どうしておれが泣いているんだろう。泣くべきはおれじゃないのに。おれに壊されてしまった、塚森先輩なのに。

腕で涙を拭う。にじむ視界がクリアになって、すぐにまたにじみ出す。遠くに行きたい。誰もおれのことを知らない、おれは誰のことも知らない、そんな、遠くへ。

5

進む先にゴールリングが見えて、おれは走る速度を緩めた。

ストリートのハーフコート。雨が上がったばかりだからか、人は誰もいない。バスケから逃げて来て、バスケに出会ってしまった。本当に、何もかも、上手くいかない。

リングの真下で足を止める。走っている間は忘れていた疲労が蘇り、足元がわずかにふらついた。およそ三メートル離れた先のリングに手を伸ばし、爪の先もかすらないことに薄っぺらい絶望を覚える。届かなくて当たり前なのに。

疲れた。休みたい。おれは周囲を見回し、野球場の外階段を見つけて、その一番下の段に腰かけた。両足を大きく開き、膝と膝の間に頭を突っ込む勢いでうな垂れる。

おれはこれから、どうすればいいのだろう。

——違う。もうおれにできることは一つしかない。悪役として退治されるだけ。おれさえいなくなればバスケ部には塚森先輩の味方しか残らない。全ては丸く収まる。壊れてしまった心だって、きっと戻る。

だからおれが考えるべきは、どうすればいいかではない。考えるべきはその先だ。今の居場所を失った後、どこに行けばいいか。

　中学からずっとバスケばかりやっていたから、代わるものが思いつかない。サッカーや野球を今から始めたって、ずっとやっていたやつに追いつくのは難しいだろう。いっそ部活からは離れた方がいいかもしれない。帰宅部になって、放課後は遊び歩いて、彼女を作って、そしておれも童貞卒業。新妻たちがボールを追いかけて汗を流している間、おれは女の上で腰を振って汗を流す。ああ、いいな。楽しそう――

「君」

　うなじに、声が降ってきた。

　弾かれたように顔を上げる。色物のポロシャツを着て、レンズの厚い眼鏡をかけた、生真面目そうな男がおれのすぐ傍に立っていた。見覚えがある。さっき体育館で、おれの前に立ちはだかった男だ。

「ちょっといいかな」

　男がおれの隣に座った。誰だろう、この人。梅澤先生の知り合いみたいだけど、それ以外のことは何も分からない。梅澤先生に呼ばれていた名前も忘れてしまった。

「はじめまして」穏やかな声が、疲れた脳にしみ込む。「僕は君の学校の教師だ。二年四組の担任、小山田貴文。知ってるかな」

知らない。おれは肩をすくめ、おずおずと答えた。

「……すいません。分からないです」

「そうか。まあ、いいよ。僕は教師として君を指導したいわけじゃない。梅澤先生に頼まれて、君を連れ戻しに来ただけだ」

連れ戻しに来た。強い言葉に固まるおれの耳に、さらに強い言葉が届く。

「塚森くんと、揉めたそうだね」

反射的に、おれの背中が大きく動いた。不安に襲われ、自分自身を頼るように手を組み合わせる。

「揉めたって言うか……」

一方的に傷つけただけです。

言葉が喉に詰まった。言いたくないわけではなく、聞きたくない。自分がやったことを、自分の口からでも認識したくない。

行き場を失った言葉が、組んだ手の中で汗になる。外に出せとぬめりながらもがく。おれは決して逃がすものかと、自分で自分の手を壊すぐらい指に力を込める。

「僕もね」小山田先生が、どこか寂しげに呟いた。「昨日、人と揉めたんだ」

手の中の汗が、少し引いた。おれは小山田先生の方を見る。小山田先生はおれを見ないで、空を見上げていた。

「でもそれは爆発したのが昨日というだけ。火薬はぎゅうぎゅうに詰められていて、あとは導火線に火をつけるだけだった。何を間違えたんだろう。どこで間違えたんだろう。繰り返し考えて、気づいたんだ。僕は間違えたわけではない。ただ、何も選ばなかっただけだということに」

小山田先生が目を細めた。空に生まれ育った故郷があるみたいな、そしてもうその故郷に帰れないことを悔やんでいるみたいな、そういう視線。

「何もしなかったから、なるようになった。それだけなんだよ。人と人は放っておいたら離れるものなんだ。だから繋がりたい人とは、必死になって繋がらなくちゃならない。僕はそれに気づいていなかった」

人と人は放っておいたら離れる。だから繋がりたい人とは、必死になって繋がらなくちゃならない。

「もし君が、まだ塚森くんと繋がりたいと思っているなら、必死にならないといけないよ。流れに任せてもなるようにしかならない。教師としてではなく、同じ失敗をした人間として忠告する」

まだ塚森先輩と繋がりたいなら、おれは必死にならなくてはならない。なりふり構わず、流れに任せず、繋ぎとめようと動かなくてはならない。そうしなければおれと塚森先輩は、水が高いところから低いところに落ちるように、当たり前のように途切れてしまう。

おれはユニフォームの上から、自分の腿肉に爪を立てた。

——ダメだ。

おれがそんなことを考えていいわけがない。おれはみんなからゴキブリみたいに嫌われて、気持ちよく退治されなくてはならないのだ。そうしないと丸く収まらない。塚森先輩が、元に戻らない。

大丈夫。まだ一年の一学期も終わっていない。いくらでもやり直せる。四月にバスケ部の勧誘ブースで入部届を書かなかったと思えばいい。高校に入ったおれは塚森先輩に出会わなかった。そう思って、生き直せばいいのだ。

記憶が蘇る。捨てる直前の日記を読むように。本当に捨てていいのか、ゴミ袋に放り込んでいいのか、最後の確認がおれの脳内で行われる。

——あの、塚森裕太さんですよね。

恐る恐る声をかけるおれ。目を丸くする塚森先輩。同じ制服を着ていることが嬉しかった。まだ着慣れていないユニフォームが、無性に愛おしく思えた。

——去年のインハイ観ました。すげーカッコよかったです。

前のめりに語った。言葉なんて選んじゃいなかった。選ぶ余裕も、必要もなかった。

――おれ、塚森先輩がいるから、この学校入ったんですよ。

「……どうした？」

小山田先生が、おれの顔を覗き込んだ。

心配そうな表情がぼんやりと歪む。――だから、どうして、おれが泣くんだ。おれに泣く権利はないのに。全部、何もかも、おれが自分でしでかしたことなのに。

「間に合いますか」

諦めたくない。

「先生はまだ、間に合うと思いますか」

おれはまだ、諦めたくない。

「おれ、塚森先輩に、本当にひどいことを言ったんです。塚森先輩が塚森先輩じゃなくなるぐらい、ひどいことを。それでも間に合いますか。人間一人を壊すぐらいのことをやってしまっても、取り返しはつくものなんですか」

分かってる。答えなんてない。それはやってみて初めて分かることだ。やる前から誰かが決めることじゃない。

それでも小山田先生は、はっきりと答えてくれた。

「間に合うよ」

小山田先生がおれの頭を自分の胸に引き寄せた。そして空いている手でおれの背中を撫でながら、迷いなく言い切る。

「きっと、間に合う」

ひとしきり泣いた後、小山田先生と一緒に体育館に戻ると、エントランスホールで梅澤先生がおれたちを待ち構えていた。

梅澤先生の前に立ち、直立不動の体勢を取る。梅澤先生は腕を組んでしばらく黙った。それから一言、言い放つ。

「何か言うことはないか」

山のようにある。でもまずは、それじゃない。

「すいませんでした！」

おれは上半身を大きく前に傾け、そのままその姿勢で止まった。無理な体勢に首の後ろがぷるぷると震える。やがてコートの方からすさまじい勢いの歓声が届き、梅澤先生が口を開いた。

「よし。戻れ。迷惑かけたみんなに謝って、応援して来い」

「はい！」

力いっぱい返事をして、おれは駆け出した。アリーナに続く扉を開けて中に入り、こっそりとコート脇の応援席の端っこに混ざる。スコアボードが示す点数は56―55でこっちの勝ち。だけどこんな点差はあってないようなものだ。油断はできない。

相手チームの背番号7が、塚森先輩にワンオンワンをしかけた。「抜ける」と思われていることに悔しさとやるせなさを覚える。そして実際に塚森先輩は抜かれ、そのままシュートが決まり、スコアボードの表示が56―57に変わった。

残り時間は一分ない。ここが勝負どころ。みんなが声を嗄《か》らしてコートの選手たちの応援をする中、隣の新妻がおれに話しかけてきた。

「大丈夫か？　無理すんなよ」

「無理するよ」

コートを見つめながら、おれは強く言い切った。

「おれは許されないことをした。本当ならこのまま部活を辞めて、責任を取らなくちゃならない。だけど辞めない。しがみつく」

流れに任せてはいけない。なるようになってはいけない。何も選ばなければ離れて行ってしまう人と、これからもきちんと繋がり続けるために。

「そのためには、無理しないわけにはいかないだろ」

おれはコートの塚森先輩を見やった。汗まみれの顔がいびつに歪んでいて、心も身体も疲弊しきっていることが分かる。だけど試合は終わっていない。終わっていないなら、まだ間に合う可能性はある。

貴方はやっぱり、神さまではない。

人間だ。おれと何も変わらない、ティーンエイジャーの少年。それに気づかなかったおれに、気づかず貴方をめちゃくちゃにしてしまったおれに、謝るチャンスを与えて欲しい。もう手遅れかもしれない。間に合わないかもしれない。だけど試すことすらできないのはイヤだ。だから、この試合は――

――勝ってください。

塚森先輩にボールが渡った。貴方とまたバスケがしたい。その想いが声に乗るように、おれは大きく口を開き、腹にありったけの力を込めた。

第5章　当事者、塚森裕太

なんかさ。

勝てると思ったんだよ。

1

テーブルの向こうで「お前らそんな顔できたんだな」って感じのアホ面を晒している悟志と彩夏《あやか》を眺めながら、俺はアイスコーヒーに刺さっているストローを口にくわえた。

ブラックの苦味が喉を撫でる。二人はまるで動く気配がない。これ、もう一回言わなきゃダメかな。そう思いながらも期待を残して待っているうちに、悟志がようやく動いた。

「ええ……ええ？」

動いただけだった。俺は隣のテーブルの男子中学生らしき集団に目をやる。すぐ傍の騒ぎにもまるで気づかず、仲間同士で楽しそうにはしゃいで。若いっていいよな。俺も十七歳のガキだけど。

「私はむしろ、納得したかも」

彩夏が頭の後ろに右手を伸ばし、髪を束ねているヘアゴムを撫でた。考えながら話す時のくせだ。

「女の子に興味なさすぎだとは思ってたんだよね。バスケの方が大事って言っても、さすがに無理あったもん」

そうだな。お前のアプローチにもずっと気づかないフリしてたもんな。気にしてはいたんだぜ。これでも。

「その割には驚いてたよな」

「それは驚くでしょ。前フリとか入れてよ」

「ごめん」

笑いながら謝る。まだ戸惑っている悟志が、横から口を挟んだ。

「でもマジで、何でいきなり教えてくれたんだ？」

さあ。

分からない。試合に勝って、お前らとマック寄って、へらへら笑いながら喋ってたら、なんか「イケる」って思った。今日、最後に決めたスリーポイントのせいかもな。めちゃくちゃ気持ちよかった。あれ入ってなかったら、言ってなかった気がする。

「言いたくなって」

またコーヒーを飲む。なぜだか、さっきより苦味が増している気がした。悟志が納得いかないように首をひねり、だけど無理やり、納得する。

「まあ、いいか。そこは大事なとこじゃないよな。お前はお前の好きなようにすればいい。大事なのはそれを聞いて、俺らがどうするかだ」

悟志らしい結論だ。俺は意地悪く問いかける。

「どうすんの？」

「それなんだけどさあ、どうもしねえわ」

悟志がテーブルに頬杖をついた。顔も身体もいかつい中性的な美とは無縁な男なのに、俺は『ティファニーで朝食を』のパッケージを思い出す。悟志とオードリー・ヘップバーンを結び付ける人間なんて、間違いなくこの世に俺一人だろう。俺の感性はおかしいのだ。だからこうなっている。

「お前が誰を好きだろうと、お前はお前だろ。じゃあ俺だって、俺は俺だよ」

「うん。そうだね。私も同じ」

頬にえくぼを浮かべ、彩夏が悟志の言葉に自分の言葉を重ねた。

「大切なことを聞かせてもらったとは思ってる。でも驚いただけで、それ以上のことは特に何もない。今まで通り一緒にいてくれるなら、それだけで十分」

嘘つき。お前は俺を困らせないように、自分が困っていることを隠しているだけだろ。それを指摘してもやっぱりお前が困るだけだから、言わないけどさ。

「ありがとう」

素直に礼を告げる。悟志が照れくさそうに頬をゆるめ、自分が頼んだコーラに手を伸ばした。そして一口飲んでから、思い出したように呟く。

「そういや、他のみんなには内緒でいいんだよな」

当たり前のことを当たり前だと思いながら、念のために聞く。一足す一は二だよな。そういう質問。だけど俺は答えられなかった。答えにくかったからではない。単純に、何も考えていなかったから。

俺はなぜ、カミングアウトしたのだろう。

二人に本当の俺を知ってもらいたかった――わけではない気がする。日常の下にずっと潜んでいたマグマが噴出点を見つけ、ここぞとばかりにあふれ出した。これはそういう現象だ。噴出点はきっとどこでも良かった。悟志じゃなくても、彩夏じゃなくても。

きっと俺は変わりたいのだ。正体を隠しながら生きることに嫌気がさしている。そして変わるなら、今しかない。

「いや」決めた。「言ってもいいよ。みんなにも言うから」

悟志の野暮ったい一重まぶたが、大きく上に引っ張られた。

「いいのか？」

「いい。俺はもう嘘ついて生きたくないんだ」

俺はテーブルに両腕を乗せた。コーヒーの水面が揺れる。

「それで二人に頼みたいことがあってさ、まずはインスタで発表しようと思うんだ。だからそこにアップする写真を一緒に撮って欲しい」

試合の後、俺はいつもインスタグラムに振り返りを投稿している。意味もなく始めたことを意味もなく続けているうちに、自分にとってそれなりに意味のある行為になった。そこで俺は自分を明かす。俺はこういう人間なんだ、こうやって生きていくんだと世界に表明する。

「二人が認めてくれたから隠さないで生きる勇気が出た。だからそのことも一緒に語りたい。

ダメかな」

俺は笑った。少なくとも、俺の自己認識では笑っていた。先に笑い返してくれたのは、悟志の方だった。

「そんなことでよければ、いくらでも協力してやるよ」

浅黒い肌に、白い歯が浮かぶ。彩夏が頭を縦にこくりと揺らした。

「私も。そう言ってくれるのは、すごく嬉しい」

話がついた。さっそく、リーダー気質の悟志が場を仕切る。

「じゃあ、撮るか！　裕太、こっち来て俺と彩夏の間に入れ」

「りょーかい」

俺は席を立ち、テーブルの向かいに回った。空席の椅子を借り、三人並んでテーブルの片側に座る。右隣の彩夏からは女の子の甘い匂いが、左隣の悟志からは乾いた汗のすっぱい臭いが、俺の鼻腔に届いた。

「私が撮っていい？　後で送るから」

「いいよ。イケメンに撮ってくれな」

「大丈夫。裕太はいつもイケメンだから」

「俺は？」

「ノーコメント」

彩夏がカメラを起動させたスマホを持ち、腕をめいっぱい遠くに伸ばした。頰を寄せ合う俺たちの姿が画面に映る。

「撮るよー。せーの！」

カシャ。

満面の笑みを浮かべる俺たちの写真が、彩夏のスマホに保存された。能天気で、作り物っぽくて、なんだかおかしい。

「これでいい？」

「オッケー」

「良かった。じゃあ、今から送るね」

彩夏がスマホをいじっている間に、俺は自分の席に戻る。すぐに撮ったばかりの写真がＬＩＮＥで送られて来た。スマホのテキストツールでカミングアウトの文章を作り始める俺の耳に、悟志と彩夏の仲睦まじげな会話が届く。

「俺、写真写り悪くね？」

「いつもこんなもんだって」

「そうか？　裕太と全然違うじゃん」

「だからそれが元からだっての」

文章が書き上がった。全文コピーして、インスタグラムの投稿に移る。写真を選び、キャプションとしてコピーしておいた文章を貼付。いくつかタグをつけてからシェアを実行し、俺は悟志と彩夏に声をかけた。

「あげたよ」

二人が俺の方を向いた。それからすぐ、自分のスマホを取り出して覗く。最初は強張っていた二人の表情が、読み進むにつれ、穏やかに緩んでいった。


『今日は、みんなに二つ報告があります。

一つ目。インハイ予選、決勝リーグ一戦目、勝ちました。インハイ進出に向けて大きく前進です。卒業した先輩たちは怒るかもしれないけれど、俺の感覚では去年よりも手応えがあります。このまま勝ち進んで、目指すは全国優勝。本気で、全力で、狙っていきます。

そして、二つ目。

今日、俺は大切な友達に、自分が同性愛者であることを明かしました。

思っていたより恐怖はなかったです。二人は本当の俺を受け入れてくれると分かっていたから。そういうやつらだって、信じていたから。そしてやっぱり、その通りでした。二人とも、俺を俺として見てくれた。「お前が誰を好きでも、お前はお前だろ」。そう言ってくれた。本当に嬉しくて、心強かったです。

そんな二人の優しさに触れて、俺は決心しました。もう嘘はつかない。自分らしく生きる。俺、塚森裕太は改めてここに宣言します。俺は同性愛者です。男だけど男しか愛せない。そういう人間です。

この投稿を読んで、驚いている人もいるでしょう。中には、俺のことを無理になった人もいるかもしれない。でもきっと、それ以上に理解してくれる人がいる。俺はそういう仲間たちに囲まれている。根拠なんて何もないけれど、心からそう思っています。

いきなり変な話をしてすいません。とりあえず今は、次の土曜にある決勝リーグ二戦目のことで頭がいっぱいです。応援、よろしくお願いします！

＃ＬＧＢＴ　＃カミングアウト　＃自分らしく　＃最高の仲間に　＃ありがとう』

「裕太」

彩夏が顔を上げた。ぽろぽろと涙をこぼす彩夏を見て、俺は驚きに目を見開く。

「泣くほど？」

「泣くほどだよ。もー、ほんとにさー」

彩夏が右手で顔を拭った。涙が広がり、頬がキラキラと輝く。

「裕太はこういうとこ、ズルいよね」

「どういうことだよ」

「お前がいいやつだってことだよ」

アップされた写真に負けないぐらいの笑みを浮かべながら、悟志が俺に向かって握り拳を突き出した。

「全国優勝、目指そうぜ」

拳の先から、熱が放たれる。放たれた熱が俺の胸に届く。何をすればいいのか、何を求められているのか、言葉にしなくても伝わる。

俺は悟志と同じように拳を握り、突き出された拳にコツンと合わせた。

「もちろん」


悟志たちと別れ、家に向かう。

電車を降りて、薄暗い夜道を歩きながら、家族へのカミングアウトについて考える。父さんも、母さんも、妹の芽衣《めい》も、たぶん認めてくれるだろう。少なくとも「汚らわしいから縁を切る」とか、「異性愛者になる努力をしろ」とか、そういうことを言ってくるタイプではない。一つ屋根の下で共同生活をしているのだ。俺の家族が「いい人」なのは、俺がよく知っている。

しかし、だからこそ、どう伝えればいいか分からない。「俺、ゲイなんだ」。骨子はこれだけで、他の言葉は装飾だ。野菜嫌いな子どもに刻んだ玉ねぎを混ぜて食べさせるために使う、ハンバーグのひき肉のようなもの。だからそもそも玉ねぎが嫌いではない、丸かじりしても平気そうな相手にどうすればいいのか、見当がつかない。

――贅沢な悩みだよな。

夜空を見上げる。左側が少し欠けた月の放つ幻想的な光が、網膜にじんわりと染みる。俺と同じゲイで、俺と同じ月を見上げながら、俺よりずっと重い悩みを抱えているやつが世の中にはごまんといるのだろう。そんなスケールの大きなことを、意味もなく考える。

家に着いた。二階建ての一軒家。玄関の扉を開けて「ただいま」と声をかけると、リビングから「おかえり」と返事が三つ届いた。父さんと母さんと芽衣。家族全員が揃っているということは――

「もうご飯だから、着替えたらすぐ下りて来てね」

やっぱり。ちょっと心の準備をする時間が欲しかったけれど、残念ながらそうはいかないようだ。二階に上がって、自分の部屋で室内着に着替え、リビングへと向かう。

リビングに入ると、カレーの香ばしい匂いが俺の食欲を刺激した。テーブルにはボウルに入ったサラダと、カレーライスとコップのセットが四つ載っている。空いている席は残り一つ。俺が父さんの前、芽衣の隣の椅子に腰かけると、いつも通り全員が手を合わせ、同じ言葉を口にした。

「いただきます」

行儀のいい始まり。悟志はうちに来て夕飯を食べた時、カルチャーショックで死にそうになったそうだ。悟志の家の食事はもっと適当に始まるし、二人の弟は両方とも食事中にスマホを見るし、何なら親が見ていることもあるらしい。俺はそれは悟志の家がズレていると思ったけれど、他の友達に聞いてもだいたい俺の家が珍しい扱いだった。「やっぱ顔がいいやつは育ちもいいんだな」と、僻《ひが》んでいるのか、からかわれているのか、分からないようなことを言われたりもした。

実際のところ、俺の育ちは「普通」だと思う。特に金で困っている話を聞いたことはないけれど、車を何台も持っているとか、年に数回は海外旅行に行くとか、そういう羽振りのいい話も別にない。ただ世の中は、普通であることが何よりも難しいだけなのだ。普通の家庭に生まれた普通ではない俺には、それがよく分かる。

「裕太」父さんが話しかけてきた。「今日の試合、すごかったな」

カレーを噛みながら「ん」と答える。試合を観に来ていない芽衣が、父さんに尋ねた。

「そんなにすごかったの？」

「ああ。まるで相手になってなかった。裕太の独壇場だ」

「違う。チームみんなの力だよ」

カレーを飲み込んだばかりの口で補足を入れる。母さんが「父さんは裕太しか観てないから」と笑った。そして一言、「母さんもだけど」と付け足す。

絵に描いたような、家族の団らん。

幸福で、ありふれていて、かけがえのない「普通」の絵。だけど厚く塗られた絵の具の下には、明らかな異物が隠れている。ロッキングチェアーと赤絨毯《じゅうたん》と暖炉の部屋に薄型プラズマテレビが描かれているような、そこにあってもいいけれどあって欲しくはないものが、確実に存在する。

「じゃあ今日は圧勝だったんだ」

「たまたま噛み合っただけだって」

「いや、それは違うだろ。圧倒してたぞ。なあ、母さん」

「そうね。母さんには、圧倒してるように見えたかな」

話と食事を進めながら、ちらちらと父さんのカレーを見やる。いつも一番早く食べ終わるからだ。あれが砂時計の砂。なくなったらタイムアップ。

そして無慈悲に、タイムアップのブザーが鳴った。

「ごちそうさま」

空っぽの皿にスプーンを置き、父さんが手を合わせた。もう迷っている時間はない。ブザービーター狙いのボールを放り投げる。

「待って!」

立ち上がろうとしていた父さんが、椅子に座り直した。俺は自分の手元にある、食べかけのカレーライスを見つめながら口を開く。

「みんなに、言いたいことがあって」

言葉が脳内を巡る。玉ねぎを隠すひき肉が散らばって、集まって、形にならずにまた散らばる。このままでは埒が明かない。もう、いい。玉ねぎを食えそうなら、玉ねぎを食べてもらおう。

「俺、ゲイなんだ」

自分の声が、なぜか、海鳴りのように遠くに聞こえた。

「いきなりごめん。今日、友達にカミングアウトしてさ。それで父さんにも、母さんにも、芽衣にも言いたいと思ったんだ。だからどうして欲しいってわけじゃない。ただ聞いてもらいたくて――」

「ごめん！」

隣から、パンと手を叩く音が響いた。

芽衣が両手を合わせ、俺を拝む。投げたボールをＵＦＯにキャッチされたような展開に、俺は呆気に取られた。合わせた両手の向こうから、芽衣が俺をうかがう。

「それ、もう、あたしが言っちゃった」

「え？」

「あたし、お兄《にい》のインスタ、こっそり見てたの。それでお兄のあれ見て、驚いて父さんと母さんに相談しちゃって……」

ゆっくりと正面を向く。父さんも、母さんも、穏やかな微笑みを浮かべて俺を見守っていた。父さんの唇が、静かに開く。

「お前は、お前だ」

お前はお前だろ。悟志の声が、父さんの声に重なった。

「何も気にすることはない。負い目や引け目を感じることもない。私たちはお前を愛している。大事なのはそれだけだ。それ以外は、何も必要ない」

父さんが力強く首を横に振った。そしてまた、俺をしっかりと見つめる。

「お前は、私たちを愛してくれるか？」

——良かった。

この人たちの子に生まれて、この人たちに育ててもらえて本当に良かった。俺は幸運だ。好きになる性別が人と違うなんて、どうでもよくなるぐらいに。

愛してるよ。ストレートな返事が頭に浮かんだ。だけどそれを口にするのは照れくさくて、小さく頷く。

「うん」


『感動しました！　塚森先輩がどんな人でも、わたしは塚森先輩を支え続けます！』

眠る準備を整え、ベッドの中で自分のカミングアウトを何度も眺める。いつも差し入れをくれる女の子を筆頭に、肯定的なコメントがずらりと並んでいる。逆に今までどうして隠していたのだろうと、そんな気にさえなってくる。

こうなると思っていなかったわけではない。むしろ、99パーセントこうなるだろうと思っていた。悟志が、彩夏が、父さんが、母さんが、芽衣が、バスケ部の仲間が、クラスの友達が、ただ同性愛者だというだけで俺を切り捨てるなんて、そんな未来は想像できない。もちろん付き合いが薄かったりなかったりするやつは違うけど、それは別にどうでもいい。怖いのは手に入らないことではなく、失うことだ。

だけど、残り1パーセントを捨てきれなかった。もしかしたら。その疑念を捨てきれず、いつ明かしてもいいものを、今日まで引っ張ってしまった。

俺は電源ボタンを押し、スマホをスリープモードに移行させた。それから枕元に延びている充電用ケーブルにスマホを繋ぎ、部屋の電気を消して、布団をかぶって俺自身もスリープモードに入る。下ろしたまぶたの裏に今日の出来事を思い浮かべながら、真っ暗な思索の海を一人で泳ぐ。

――お前はお前だろ。

悟志の言葉に、彩夏は同意した。父さんも同じことを言い、インスタグラムにコメントをくれた何人かも似たようなことを書いている。嬉しくないわけではない。だからカミングアウトの文章にも書いた。

でも「俺」って、何だろう？

ずっと仮の姿で生きている感覚があった。現実に「塚森裕太」のアカウントでログインしている感覚が。俺にとってカミングアウトは、そのアカウントからのログアウトだ。その先に現れる、俺も知らない俺を見つけるための行為。

だけどみんな、俺は俺のまま変わらないと言う。俺はもうずっと俺として生きていないのに、俺も知らない俺のことを、とっくに知っているようなことを言う。

男性。ゲイ。

十七歳。高校三年生。九月十五日生まれ。乙女座。身長一八三センチ。体重七二キロ。得意科目は物理。苦手科目は世界史。バスケットボール部所属。インターハイベスト４の実績あり――

俺って、何なんだろう。

本当の俺って、どういうやつなんだろう。

眠気が増す。思考が溶ける。まあ、いい。まだ初日だ。しばらくは俺の知らない俺に出会えるその時を、じっと待つことにしよう。

2

俺の通っている高校は、立地が最寄り駅からだいぶ遠い。徒歩三十分ぐらい。この距離を歩くかバスに乗るかは各自の判断に任されていて、俺は雨が降っていなければ、いつも運動がてら歩いて登校している。

衣替えしたばかりの半袖シャツから伸びる腕に、六月のしっとりとした風が当たる。この季節はよく雨が降るから歩けないことも多いけれど、歩くことさえできれば道のりは心地よい。スムーズに足が動いて、教室に着く頃には、ほどよい疲労が溜まっている。

教室に入る時は少し緊張した。だけど入っても、いつもと変わらない光景が広がっているだけで安心する。溜まり場にされている自分の席に向かい、たむろっているやつらに声をかけながら椅子に座るなり、羽根田《はねだ》がうちわ代わりにしている下敷きをベコベコ鳴らしながら声をかけてきた。

「裕太、昨日試合だったべ。勝ったの？」

試合の結果を知らない。

つまり俺のカミングアウトも知らない。そういうことか、と俺は納得する。つまり教室の様子がいつもと変わらないのは、単純にまだそこまで話が広まっていないのだ。俺は人生を根底から変えるようなことをしたつもりだったから、インスタグラムで繋がっている仲間から勝手に広まるだろうと思っていたけれど、大げさに考えすぎていたらしい。

とはいえ、全員が知らないわけではない。今この場に集まっている中には、カミングアウトの投稿にコメントをくれたやつもいる。どうすれば良いのだろう。とりあえず、話を合わせる。

「勝ったよ」

「決勝リーグだよな」

「そう。リーグ一戦目。インハイ出場に王手ってとこ」

「やるー。今年もラブレターとか貰っちゃう？」

ラブレター。送り主の想定は女の子だろうなと思い、どう答えればいいか悩んだ。男のくせに長めの髪にヘアピンをつけて、俺よりよほどジェンダーレスな見た目をしている羽根田だけど、日頃から「俺は彼女がいるという一点だけは裕太に勝っている」と豪語する程度には異性愛規範が強い。

「貰っても困るけどな」

「えー、何でよ。適当に付き合っちゃえばいいじゃん。彼女いないんだし」

ここだ。声がブレないよう、息を吸って気道を通す。

「付き合えないよ。俺、ゲイだから」

唇を軽く開いたまま、羽根田の表情が固まった。

口から魂が抜け出ている最中と言った感じだ。対して他のやつは、だいたい含み笑いを浮かべている。どうやらそこまで話が広まっていないというのも認識違いで、少なくとも俺の友人の中では、知らない方が少数派らしい。

「知らなかったんだ」

仲間の一人にからかわれ、羽根田が目に見えて狼狽した。俺がゲイだった衝撃に、それを周りが知っていた衝撃が足される。

「逆にお前はなんで知ってんだよ」

「昨日インスタでカミングアウトしてんだよ。ほら、これ」

羽根田がつきつけられたスマホを覗き込む。やがて「はー」と感嘆したように呟き、椅子の背もたれに身体を預けて天井を仰いだ。俺はすっかり参っている羽根田を復活させるため、なるたけ軽い口調で言葉を放つ。

「つーわけだから、よろしく」

「うーん……まー、でも、裕太らしいっちゃらしいわ」

羽根田の言葉に、今度は俺が驚いた。そんなに分かりやすかっただろうか。ちゃんと隠していたつもりだったのに。

「俺、そんなにゲイっぽい？」

「そうじゃなくて、さらっと『ゲイだから』とか言えちゃうの、裕太だなーと思って」

「あ、それ分かる」

仲間が話に乗っかった。それから次々と似たような意見が集まる。

「なんつーか、浮世離れしてるよな。いい意味で」

「俺らみたいなパンピーとは持ってるモノが違うからな」

「神に愛されてるもんなー。怖いもの知らずにもなるわ」

みんなが俺を褒める。持ち上げられることで場に話題を提供する、変則的なイジられキャラ。俺は昔からそういうポジションに収まることが多い。何でもできてしまうから。やるべきことを自分なりにやっていたら、いつの間にか結果が出ている。そういうことがよく起こるから。

いい意味で浮世離れしている。パンピーとは持っているモノが違う。神に愛されている。怖いもの知らずにもなる。

「――そんなことないって」

苦笑いを浮かべる。羽根田が「出たよ」と大げさに肩をすくめ、同意を求めるように周りのみんなを見やった。

結局、朝に俺から話題を出した以外、カミングアウトの影響なんて何も起きないまま、いつも通りの放課後を迎えた。

大げさに考えすぎていただろうかと、軽い気恥ずかしさを覚えながら部活に出向く。部室に入ると二年の保井が着替えているところに出くわした。俺は学生鞄をベンチに置き、違和感に気づく。

「保井、ベンチ拭いた？」

「拭いてないですよ。どうして？」

「綺麗になってるから」

「え？　あ、ほんとだ」

保井が着替えを終え、ベンチを撫でた。俺は部室の奥に行き、一つだけついている小窓のサッシを確認する。太陽の光を浴びてキラキラと銀色に輝くサッシは、明らかに先週までのそれとは様子が違った。

「彩夏だな。部屋中、綺麗になってる」

「そういや埃っぽくない。よく気づきましたね」

「普通に気づくだろ」

「気づかないですよ」

保井が笑った。カッコつけて伸ばしている前髪に似合わない、あどけない表情にかわいらしさを感じる。そういえば、こいつは俺がゲイであることを知っているのだろうか。インスタグラムはフォローされてなかったはずだけど。

「うーっす」

部室の扉が開き、悟志が入ってきた。そして俺の隣のロッカーを開け、平然と着替えを始める。保井が悟志を指さし、勝ち誇ったように呟いた。

「ほら、気づかない」

「こいつは特例だろ」

「そうですね。じゃあ、お先に」

保井が部室から出て行った。悟志が眉根を寄せて俺に尋ねる。

「何の話だよ」

「部屋が綺麗になってるんだよ。たぶん彩夏が掃除してくれた」

「マジで？　どの辺が？」

「言われても気づかないのは本当にどうかと思うぞ」

――そんなんじゃ、彩夏も振り向いてくれないだろ。

言わない。代わりにパスを出しておく。得点に繋がるかどうかは、悟志次第。

「部長として、彩夏にお礼を言っておいてくれよ」

「おう。分かった」

悟志が制服のベルトを抜き、ズボンを脱いだ。ダークグレーのボクサーブリーフ。身体の割に小さいから、股間の膨らみと尻の丸みが強調されている。

「なあ、裕太。もし一年から試合に出すなら誰だと思う？」

「出すのか？」

「次の土曜勝てば、それでインハイ決まる可能性があるだろ。そうしたら日曜、出してやってもいいかなと思って」

悟志のシャツのボタンが全て外れた。バスケより武道の方が似合いそうな、厚い胸板が姿を現す。

「いきなり決勝リーグはキツくないか？」

「何事も経験だろ。そんで、出すなら誰？」

「武井」

「だよな。次点は？」

「大滝」

「俺は新妻だなあ」

話しているうちに、着替えが終わった。二人で体育館に向かい、到着したらまずは体育館をジョギングする。有酸素運動で全身に血液を行き渡らせた後はストレッチだ。悟志とペアを組んであちこちの筋を伸ばす。

やがて梅澤先生の号令でミーティングを行い、いよいよ練習が始まった。身体が動いてしまえば、もう余計なことを考える余地はない。中学生の俺の選んだ競技がバスケットボールで良かった。これがテニスやバレーボールのようにターンの概念がある競技だったら、合間に生まれる空白でかなり集中力が削がれただろう。

これ以上は練習ではなく苦役になる。それぐらいのタイミングで部活動が終わる。解放感で口の軽くなったみんなが雑談しながら体育館を出て行く中、彩夏が俺のところに駆け寄ってきた。

「裕太。ちょっといい？」

彩夏が体育館の奥にいる梅澤先生を指さした。監督に呼ばれて断る選択肢はない。素直に従い、彩夏と梅澤先生のところへ行く。

梅澤先生の前に着くと、彩夏が俺の隣から梅澤先生の隣に移動して二対一の構図を作った。俺は梅澤先生が話し始めるのを待つ。だけど先に口を開いたのは、梅澤先生ではなく彩夏の方だった。

「裕太はさ、ツイッターってやってる？」

ツイッター。頭の片隅にも思い浮かべていない単語が飛び出し、反応が遅れた。ひどく場違いな話題だ。そういうことを話すような場所でも場面でもない。

「中学の時はやってたけど、今はやってない」

「そっか。じゃあその辺の説明は省くよ。実はね、今、裕太のカミングアウトの投稿がツイッターで紹介されてバズってるの」

今度は、反応が遅れるどころではなく、反応できなかった。

俺のカミングアウトがツイッターで紹介されてバズっている。話されたことを話されたように理解し、意味が分からず脳がフリーズする。説明して欲しいことが無数にある。そしてありすぎて、何から聞けばいいか分からない。

「安心して。炎上してるとか、そういう感じじゃないから。紹介のされ方も、反応も好意的だし、見てイヤな気分になることはないと思う。ただ――」

彩夏が言葉を切り、梅澤先生を見やった。バトンを渡された梅澤先生が口を開く。

「こうならなければ、まずは黙って見守ろうと思ってたんだけどな」

不本意そうな言い方。紹介が好意的でも、反応が良くても、こうはしたくなかった。そういう気持ちが伝わる。

「俺も確認したが、佐伯の言ったように悪い注目のされ方じゃない。だけどこれからどうなるかは分からん。インターネットの話より、リアルな生活への影響が心配だ。まあ、お前の人望なら大したことにはならないだろうが、話をしておくに越したことはない」

梅澤先生が右手を伸ばし、俺の左肩に乗せた。

「いいか。辛いことがあったら必ず言えよ。家族でも、友達でも、俺でもいい。お前が味方だと思うやつに相談しろ。今、言えることはそれだけだ」

肩の上の指に力が込められる。心配してくれているのはありがたいけれど、バズっている現場を見ていないから実感が湧かない。俺はどうすればいいのだろう。どういう行動が求められているのだろう。

こういう時、「塚森裕太」なら——

「心配してくれて、ありがとうございます」

にっこりと笑う。梅澤先生が、俺の肩から手を離した。

「でも、大丈夫ですよ。誰が知っていても知らなくても関係ありません。俺はただ俺らしく生きるだけですから。むしろ広まってくれて、ありがたいぐらいです」

開いた右手を胸に乗せる。手のひらの熱が練習着の汗に吸い取られる。彩夏の口元が、穏やかに緩んだ。

「裕太ならそう言う気はしたよ」

「ごめんな。せっかく心配してくれたのに」

「謝ることないって。悪いことしたわけじゃないんだから」

「ま、そうだけどさ」

軽快にやりとりを交わしながら、梅澤先生の方を見やる。大丈夫ですよ。俺は仲間といつも通りやれています。だから安心してください。そういう気持ちで。

梅澤先生の寂しそうな視線が、俺を射抜いた。

同じ目を見たことがある。去年の冬、ギリギリのところでウィンターカップの本戦に出られなかった時、悔し涙を流す俺たちを梅澤先生はあの目で見ていた。慰めるわけでも励ますわけでもなく、ただ大人として見守ってくれていた。

あの時は嬉しかった。でも今は違う。汗を吸った練習着の下の、汗をかいた皮膚のさらに下、肉に埋もれた内臓が静かに冷えていく。

「――行ってもいいですか？」

俺は人さし指を立て、体育館の出入り口を示した。梅澤先生が少し間を置いて「ああ」と頷く。軽く頭を下げて踵を返し、いつもより早足で外に向かう俺を、彩夏が「裕太！」と慌てたように追いかけてきた。

インスタグラムを確認するたびに、コメントが増える。

コメントの中身は共感と応援ばかりだから、確かにイヤな気分にはならない。どちらかといえば気になるのはダイレクトメッセージだ。知らない男からのナンパとか、オンラインメディアからの取材依頼とか、妙なものが何通か届いている。とはいえこれも無視すればいいので、そこまで本気で鬱陶しいわけでもない。

オンラインメディアのダイレクトメッセージには、「近年、社会問題として注目されるようになってきたＬＧＢＴ当事者として」俺に取材をしたいと記してあった。間違っていないけれど、自分のことを言われている気がしない。それはこの依頼に限らずそうだ。コメントも俺に向けられていると思えないし、何ならバズっているのは俺ではないという感覚すらある。

——カミングアウトしたんだよな。

パジャマでベッドに寝転がりながら、自分の投稿を読み返す。俺は自分を晒した。「塚森裕太」からログアウトした。なのに、なぜだろう。見ず知らずの人間から大量の反応がついたカミングアウトを眺めていると、写真も文章も俺ではなく「塚森裕太」のものに思えて仕方がない。

ＬＩＮＥの新着通知が、画面に浮かんだ。

『お前、バズってるぞ』

羽根田からのメッセージ。例のツイートのリンクもついている。俺のことを調べてツイートに辿り着いたのではなく、ツイートを見て俺に教えようと思ったという流れの方が自然だろう。梅澤先生が心配していた、リアルな生活への影響が出始めている。

リンクをタップすると、ツイッターのアプリが立ち上がってツイートが開いた。インスタグラムはちょくちょく覗いていたけれど、こちらはまだ確認していない。俺のやった投稿ではないし、何より、どんなことになっているのか少し怖い。

紹介のされ方は言われていた通り好意的だった。続いてツイートについているリプライを読み進める。特に目を引くものはなく、半分ほど読んだところで文章を読むというより景色を眺める感覚になる。

親指が、ピタリと止まった。

『こいつと同じ高校のゲイだけどこういう自分に酔ったカミングアウト本当に迷惑。人生充実してるキラキラマンには話題にされたくないって感覚が分からないのかな。みんなお前みたいに強いわけじゃないんだけど』

——同じ高校の、ゲイ。

ユーザーネームをタップし、ツイート主のプロフィールや過去ツイートを閲覧する。しかしプロフィールには性的指向と軽いぼかしの入った身長体重年齢しか記しておらず、過去ツイートも自分のポルノと他人のポルノのリツイートだけ。『ノボル』という名前はもちろん偽名だろう。俺と同じ高校に通っているゲイだという話を裏付ける証拠は、どこにも見当たらない。

しかし、だからこそ真実味がある。徹底して出会い用アカウントとしてやっている中で、俺に向けたリプライだけが明らかに異質だ。あまりにも腹立たしくてスルーできなかった。そういう感情が伝わってくる。

——どうしよう。

ノボルが指摘している通り、考えていなかった。どこかに自分だけが特別だという想いがあったのかもしれない。だけど確かに、あの学校の中で同性愛者が俺一人しかいないわけはない。隠しているやつがたくさんいる。そしてそういうやつにとって俺のカミングアウトは迷惑だろう。迷惑でないなら、隠していない。

とはいえ、やってしまったものはどうしようもない。俺にできるのは俺の評判を下げないことだけだ。今、俺が何かをやらかせば、それは俺だけではなく校内の同性愛者全体への評価に繋がる。「これだからホモは」。そういうことになる。

清く、正しく、美しく。大丈夫。今までだってずっと、そうやってきたじゃないか。

「塚森裕太」は。

俺はＬＩＮＥに戻り、羽根田に『知ってる』とメッセージを送った。それから話は脱線に脱線を重ね、俺のカミングアウトとは全く関係のないところに飛ぶ。羽根田の名前って、ノボルだっけ。やりとりを交わしながらそんなことを考えている自分が、どうにも滑稽に思えて仕方がなかった。

3

火曜の朝、起きて一番にインスタグラムを確認した。

反応は止まっていない。ダイレクトメッセージにはまた別のオンラインメディアから取材依頼が届いている。いつまでこの流れは続くのだろうか。気が滅入るから、しばらくインスタグラムは覗かない方がいいかもしれない。

家を出て電車に乗り、学校の最寄り駅に着く。駅舎を出るといつも通り、バスロータリーにずらりと並ぶ同校生たちが目に入った。毎朝お決まりの光景。だけど今日は、いつもとは違う想いが芽生える。

——あの中に、いるのかな。

目を凝らして行列を見やる。もちろん俺は超能力者ではないから、そんなことをしても何も分からない。同性愛者は同族が分かるなんて話もあるけれど、俺は今までその話にリアリティを感じたことはない。だいたい仮に真実だったとしても、遠目に眺めるだけで分かるということではないだろう。

でもノボルの方は俺が分かる。俺を意識できる。だから駅で、バスで、学校で、俺を見かけて、俺への怒りと憎しみを熟成させることがある。

関係ないと割り切りたい。でも、割り切れない。いっそツイッターでノボルにコンタクトを取ってみようか。素性を隠し、出会い目的を装って呼び出せば——

「バス、乗るの？」

背中に、女の声が届いた。

振り返るとやはり、彩夏が俺のすぐ後ろに立っていた。部活の時と違って髪をまとめていない。普段と感じが違って、変に戸惑う。

「いつも乗らないで歩いてるよね。今日は歩かないの？」

「歩くよ。何となく見てただけ」

「何となく、ねえ」

彩夏が自分の後頭部を撫でた。今は存在しないヘアゴムに触れようとしている。

「私も、今日は歩こうかな」

「結構かかるぞ」

「ダイエットしてるし、ちょうどいいよ。ダメ？」

駄目ではないけど、無駄だよ。――言わない。彩夏だって分かっている。これはそういう意味ではない。

「ダメってことはないけど」

「じゃあ、いいじゃん。行こ」

彩夏が足早に歩き出した。俺は彩夏の後を追いかけ、そのうち自然と前に出て先導する形になる。車道側の斜め前に立ち、彩夏を守るように歩いていると、三〇センチ近い身長差を部活の時よりも強く感じる。

「裕太、まゆちゃんと話した？」

「まだ。やっぱり話す必要あるかな」

「あるでしょ。あれだけ熱心にファン活動してくれてるんだから」

「そうだな。機会があったら話してみるよ」

「そうしてあげて。ところでさ、期末の勉強してる？」

「してるよ。ただでさえ部活で遅れ取ってるんだから、気合入れないと」

「悟志は『今は勉強どころじゃない』って言ってたけど」

「いつ勉強どころになるんだろうな」

「遊ぶ方はしっかりやってるみたいだけどね。それでこの間、悟志から教えてもらった漫画が面白くて――」

部活に、勉強に、私生活。話題をあちこち行き来しながら喋る彩夏を、俺は瑞々《みずみず》しくてかわいいと思う。ただ異性愛者の男が――例えば、悟志が――彩夏を「かわいい」と感じる気持ちと、俺が彩夏を「かわいい」と感じる気持ちは別物だろう。俺は異性愛者ではないから推測になってしまうけれど、間違いないはずだ。

どっちが勝っているとか、劣っているとかいう話ではない。違うのだ。ボタン電池を乾電池の代用品にできないように、絶対に代わりにはならない。出力の違う別物として扱えるのであれば、もっとシンプルに生きられただろうに。

「裕太は、なんでいつもバス使わないで歩いてるの？」

歩行に合わせて、彩夏の髪が揺れる。長い髪が風に舞うたび、女の子だなと思う。あの髪が短ければ、あのシャツの胸部が膨らんでいなければ、あのスカートがズボンなら、俺たちの関係もまた何か変わったのだろうか。

「歩くのが好きだから」

「どうして」

「考えがまとまるんだ。止まってると散漫になる。走ってると考えられない。歩くのが一番ちょうどいい」

駅を出発したバスが、俺たちを追い抜いた。そして少し先で赤信号に引っかかって止まる。人がぎゅうぎゅう詰めになった車体を見つめ、彩夏がぽつりと呟きをこぼした。

「こうやって外から見ると、確かに混みすぎで乗りたくないかも」

「女子は特に大変そうだよな」

「うん。うちの生徒がほとんどだから、痴漢とかは出ないんだけどね」

「そっか。そういうのもあるんだ」

「男子は触られたりしない――」

もんね。

俯く彩夏を眺めながら、言われなかった言葉を予測する。気にしないでいいのに。男は男を痴漢しないよ。もちろん例外はあるけれど、今はその話はしていない。存在をないがしろにされたなんて思っちゃいない。

信号が青に変わった。俺たちと同じ場所に向かうバスが、ざらついたエンジン音を立てて遠ざかっていく。あの中にも俺の同類がいて、俺のせいで気まずい思いをしているかもしれない。でもそれをどうやって止めればいいのだろう。俺もバスに乗り込んで、雑な話をしているやつを注意すればいいのだろうか。でもそんなこと、いちいちやってられない。

「裕太ってさ、進路はどうするの？」

話が大きく変わった。仕切り直そうの合図。俺は、乗っかる。

「志望校は教えただろ。あれから変わってないよ」

「そうじゃなくて、今年もインハイに出て活躍したりしたら、どっかの大学からスカウトとか来るかもしれないでしょ。そうなったらどうするの？」

「さあ。そうなった時に考える」

「ふうん。行き当たりばったりだね。裕太っぽいけど」

「どこが」

「選択肢がたくさんある、すごい人の考え方だなと思って。私みたいな一般人は一つ目指すのも大変なの」

そんなことはない。俺は考えたくないだけだ。将来とか、未来とか、そういうものを。

「彩夏は頑張ってるよ」

自省から逃れたくて、他人を褒める。彩夏が嬉しそうにはにかむ。きっとこういうやりとりの積み重ねが、彩夏を勘違いさせてしまったのだろう。そう考えるとなんだか申し訳なくて、俺は彩夏から顔を逸らし、視線を空に逃がした。

彩夏と別れて自分の教室の扉を開けた途端、雑音のボリュームが露骨に下がった。

ちょうど話題にしていたやつが現れて、黙るしかなくなったのだろう。昨日とはまるで違う、最悪の迎えられ方だ。こうなってしまったら、俺から話を切り出すしかない。

「みんな」教室を見渡す。「そーゆうことだから、よろしく」

下がったボリュームが、反動をつけて大きく上げ戻した。

席に着く俺の周りに人が群がる。男子よりも女子の方が多い。「感動した」「困ったことがあったら相談して」「私の知り合いにもゲイの人がいるの」「女子は全然ダメ？」「ＢＬとか読む？」「今度カラオケ行こう」「インスタ、フォローしたから」。投げかけられる言葉は本当に多種多様で、共通点と言えば、みんな俺に肯定的なことぐらいだった。

「でもさ、なんでカミングアウトしたの？」

集った一人が気軽に尋ねる。数えるほどしか話したことのない女の子。「なんとなく」。一番に思い浮かんだ答えは、口にせず留めた。

「自分らしく生きたくなって。でも少し後悔してるんだよね」

「なんで？」

「ここまで話題になるとは思わなかったから。あんまり騒がれると、まだ隠してる人たちが気まずいだろ」

だからちょっと控えてくれ。そう言ったつもりだった。だけど、伝わらない。

「大丈夫だよ。考えすぎだって」

「……そうかな」

「そうそう。むしろ勇気づけられる人の方が多いんじゃないかな。私はもっと大々的にやってもいいぐらいだと思うよ」

もっと大々的に。

そうか。その手があった。無神経なやつを一人一人咎《とが》めて行くのは無理がある。なら、全員まとめてやればいい。改めて全校生徒にカミングアウトすればいいのだ。まだこの学校には自分のような人間がいるから、そういう人たちに気をつかってくれと頼みながら。

「ありがとう。そう言ってくれると助かる」

色々な意味を込めて礼を言い、俺は別の女子――放送委員の榎本《えのもと》に向き直った。

「榎本、放送委員だよな」

「うん」

「もし俺が全校放送したいって言ったら、できる？」

榎本が眼鏡の奥の目を丸くした。さっき話していた女子が話に割って入る。

「マジでやるの？」

「とりあえず聞いてるだけ。やってもいいかなとは思ってるけど」

押しすぎて引かれないよう、本心を隠す。榎本が軽く首をひねりながら口を開いた。

「顧問の先生に聞いてみないと分からないけど、できる可能性はあると思う」

「そっか。分かった」

話を打ち切る。榎本に前フリをしておくのが大事なのであって、今すぐに話を進める必要はない。ただ長引かせればその分ノボルのような人間を苦しめてしまうから、悠長に構えていてもいけない。焦らず急げ、だ。

ノボルは、俺にノボルのような人間の気持ちは分からないと言った。

だけど俺だって同じように悩んできたのだ。今は明かしているけれど、それまでは隠していた。ちゃんと分かる。分かっていることを、ノボルに示してみせる。

――みんなお前みたいに強いわけじゃないんだけど。

俺だって。

俺だって、強いわけじゃない。

昼休み、俺は榎本を廊下に呼び出し、改めて全校放送の話を持ちかけた。

最初は榎本も戸惑っていたけれど、すぐに俺と一緒に放送委員の顧問に直談判することを約束してくれた。何でも榎本は将来ジャーナリストになり、ペンの力で社会を変えて苦しんでいる人を救う仕事がしたいらしい。だからクローゼットな当事者のためにスピーチをしたいという俺の提案に、いたく共感したそうだ。

「こういうことがやりたくて放送委員になったのに、何もできてなかったからさ。動こうとする塚森くんはすごいよ。尊敬する」

もう将来なりたいものが決まってるお前の方がすごいよ。思い浮かんだ返しは、話題が俺の将来の話に移るのを恐れて言葉にできなかった。それから改めて、放課後二人で職員室に行くことを確認し、俺は彩夏に今日の部活は遅れると連絡した。

そして始まった放課後の交渉は、思っていたよりすんなりと進んだ。まず放送委員の顧問の先生はＯＫ。とはいえ委員顧問の一存で決められる話ではないので、担任、教頭、校長と許可を貰いに行き、これも問題なし。家族にもちゃんと話しておくという条件はついたものの、全員から水曜の全校放送に対する許可と激励を貰うことができた。

話がついた後は部活へ向かう。一仕事やりきった達成感でテンションが上がり、バズってから初めての部活なことも忘れて、身体がよく動いた。なんだかんだ順調だな。肉体も、精神も、そう思える仕上がりになっていた。

部活が終わるまでは。

「塚森、ちょっといいか？」

みんなが部室に向かう中、梅澤先生にそう声をかけられた時、俺は昨日同じように彩夏から呼び止められたことを思い出した。梅澤先生の表情も、あの時の決まりが悪そうな顔によく似ている。あまり愉快な話ではなさそうだ。

「なんですか？」

「お前、小山田先生って知ってるか？」

「小山田先生？」

「ああ。二年四組の担任。俺と同じ年ぐらいの男の先生だ」

「聞いたことはある気がしますけど……顔までは出てこないです」

「そうか。まあ、知らないならそれでいい。その先生がお前に話を聞きたいそうだ」

俺の知らない先生が、俺に話を聞きたがっている。どういうことだと眉をひそめる俺に向かって、梅澤先生が歯切れ悪く説明を始めた。

「同性愛者の知人がいて、どう接すればいいか困っているそうだ。だから当事者としてお前に色々と教えて欲しいと、そういうことらしい。真面目すぎるやつなんだ。そういうやつだから断って恨まれることもない。イヤならイヤで別に構わんぞ」

面識のない当事者に教えを請うほど、付き合いに気をつけたい同性愛者の知人。生徒か家族と言ったところだろうか。さて、どうしよう。教えろと言われても、何を教えればいいか分からない。しかし断ってもいいと言われても、断る理由が思い浮かばない。

「いいですよ。特別に教えることも思い浮かびませんが」

予防線を張りながら、頼みを引き受ける。梅澤先生が「そうか」とどこかホッとしたように呟いた。

「じゃあ、金曜の練習後でいいか？」

「はい」

「ありがとう。負担かけて悪いな」

あっさりと話が終わった。俺は明日の全校放送について、梅澤先生に話すべきかどうか考える。さっき決まったばかりだからまだ情報は届いていないだろう。俺から伝えるか、伝わるのを待つか。

「梅澤先生」

言うことにした。どうせ放送は流れるのだ。なら、早く伝えた方がいい。

「話……というか、報告があるんですけど」

「どうした」

「明日、全校放送で、もう一度カミングアウトします」

ハキハキと、迷いなく。

「今、俺のカミングアウトがバズって、学校のあちこちで話題になっています。でもこの学校にいる同性愛者は俺だけじゃない。隠れている人がまだたくさんいる。そういう人たちからしたらこの状況は、とても居心地が悪いでしょう。だから俺は放送を使って、みんなにクローゼットな当事者への気づかいを頼みたいと思います。そうやって、今傷ついているかもしれない仲間と、これから傷つくかもしれない仲間を救いたいんです」

放送委員の顧問に、担任に、教頭に、校長に語った言葉を、梅澤先生に語り直す。他の先生たちは頷いてくれた。だから梅澤先生もそうしてくれるはずだと信じて。

だけど梅澤先生は苦々しげに唇を歪め、俺の提案を否定した。

「それは、もう止められないのか？」

想定外の返事に、俺は強く動揺した。上ずりそうになる声をどうにか抑える。

「もう先生たちの許可も取っているので……」

「先生たちって、誰だ」

「えっと、放送委員の顧問の先生と、担任の後藤先生と、教頭先生と校長先生です」

「……なるほど」

梅澤先生の唇がさらに曲がった。舌打ちが漏れる寸前といった形相だ。

「先生たちから取材の話は聞いたか？」

「取材？」

「テレビ局からお前にドキュメンタリーの取材依頼が来てるんだ。インターハイに出場できれば、という条件つきでな」

俺は「え」と声を漏らした。テレビの取材は、さすがにスケールが大きい。

「最近はＬＧＢＴだなんだと話題だから、番組が作りやすいんだろ。特にお前は顔がいいからな。テレビ映えする。まあ、そういうわけで、校長や教頭は学校の宣伝のためにお前をドキュメンタリーに出したいし、そこで語るネタを作っておきたいんだ。だから全校放送も許可する」

そういうことか。確かに話がスムーズに進みすぎているとは思った。しかし、その言い方だと――

「梅澤先生は、俺をテレビに出したくないんですか？」

ストレートに尋ねる。梅澤先生の視線が、少し横に逸れた。

「まあな。俺は反対した。だから放送の話も反対されると思って、俺まで確認が来なかったんだろ」

「どうして反対なんですか？」

「お前がそこまで背負い込むことはないと思ったからだ」

俺たち以外は誰もいない体育館に、梅澤先生の力強い声が響く。

「テレビの取材は『若いＬＧＢＴの子たちを勇気づけるための番組』って名目で来てな。俺はそれが気にくわなかった。全校放送とやらもそうだ。今傷ついているかもしれない仲間とか、これから傷つくかもしれない仲間とか、そんなのはお前がこの状況で考えることじゃない。心に余裕ができるまで、お前はお前のことを考えていればいい」

「でも、放送は俺がやりたいって思ったんです」

反射的に、くってかかってしまった。梅澤先生がじろりと俺をにらむ。

「本当か？」繰り返し。「本当に、お前がやりたいと思ったのか？」

梅澤先生の瞳が、俺を捉える。

見透かされている。「塚森裕太」を貫いて、梅澤先生には「俺」が見えている。悟志にも、彩夏にも、父さんにも、母さんにも、芽衣にも、俺自身にも見えていない「俺」が、梅澤先生の目にはちゃんと映っている。

怖い。

覗かれたくない。

「……はい」

弱々しく頷く。梅澤先生は「そうか」と呟き、しばらく口を閉じた。だけど俺が何の反応も示さないのを見て、それ以上の対話を諦める。

「なら、いい」

俺に背を向け、梅澤先生が歩き出した。俺はその背中を見つめながら、かけられた言葉を脳内でリフレインさせる。優しいのか厳しいのか分からない、指導者として放たれたアドバイスを取り込もうとして、消化しきれずに反芻する。

——お前がそこまで背負い込むことはない。

——お前はお前のことを考えていればいい。

——お前がやりたいと思ったのか？

俺は何を考えているのだろう。

俺には、分からない。

4

全校放送について、家族はみんな賛成と応援を示してくれた。

ただ他の人たちと少し違い、素晴らしいからやるべきだというスタンスではなく、俺の決めたことに口出しはしないというスタンスだった。「お前を信じている」そうだ。俺は「そのお前はどっち？」と思ったけれど、意味不明なので聞かないでおいた。

水曜、登校した俺は職員室に向かい、担任の先生に全校放送について家族の許可を得たことを話した。担任の後藤先生は俺の父さんよりだいぶ若い男の先生で、だからこういう変わった事態にまだ慣れていないのか、俺の報告を聞いて分かりやすく安堵していた。テレビ取材の件もある。親の物分かりがいいのは大きなプラスだろう。

「先生。そういえば、テレビの取材の話が来ているらしいですね」

唐突に尋ねる。後藤先生が驚いたように目を見開いた。

「どこで聞いた？」

「昨日の部活で、顧問の先生に放送の話をしたんですけど、その時に」

「梅澤先生が？　あの人が、インハイが決まるまで黙っていてくれって言ってたんだけどなあ」

事情が変わったからですよ。俺が一人で突っ走るから、目隠しをしておけばいいという状況ではなくなったんです。持てる武器を全て使って止めなくてはならなくなった。あの人には俺が見えていて、俺のことを信じていないので。

「取材の話は親御さんには言ったのか？」

「いいえ。まだ正式に受け取った話ではないので」

「そうか。まあ、大丈夫だろ。放送を許してくれるなら、テレビ出演も許してくれるさ」

聞く前から、俺は取材を望んでいることになっている。そりゃそうだ。塚森裕太は「若いＬＧＢＴの子たちを勇気づけるための番組」への出演をためらうようなやつじゃない。塚森裕太は。

「放送もバスケも頑張れよ。お前が、悩める仲間たちの手本になるんだからな」

はい。俺はそう言って笑った。自分の声が自分の耳に、なぜか少しも入ってこなかった。

昼休み、俺は榎本と二人で放送室に向かった。

デスク型音響機材の前に、パイプ椅子を二つ並べて座る。ノートに書いたスピーチの原稿を黙読する俺の横で、榎本が「あー」と声を上げた。横を向くと、膨らんだ胸の上に手を当てて、すうはあと深呼吸を繰り返している。

「緊張してるの？」

「してる。塚森くんはしないの？」

「してるよ」

「ふーん。なんか平気そうだけど」

榎本が首をひねった。そして壁にかかっているアナログ時計を見やり、小声で呟く。

「そろそろかな」

　ふーっと息を吐き、榎本が音響機材の電源スイッチに手を伸ばした。真剣な表情から、最後の確認が放たれる。

「いい？」

　俺は、首を大きく縦に振った。

「いい」

　カチッ。

　ノイズがブゥンと鳴り、部屋に漂う埃を小刻みに揺らした。榎本が音符マークのついているボタンを押し、放送開始前のチャイムを流す。そして機材から伸びているマイクに顔を近づけ、唇を開いた。

「お昼休み中に失礼します。こちら、放送委員です」

　凛とした声。お前は立派だよ。榎本の将来の夢を思い出し、そんな気分になる。

「本日はある方から皆さんにお伝えしたいことがあり、緊急で放送を流させていただいております。大切な話です。ほんの数分ですので、ぜひ耳を傾けてください。それではよろしくお願いします」

　榎本が俺に目配せをし、椅子を後ろへ引いてスペースを空けた。俺は空いたスペースに椅子ごと移動し、ついさっきの榎本のようにマイクに近づく。

「こんにちは。バスケ部の塚森裕太です」

一言で分かった。

これは俺じゃない。塚森裕太だ。梅澤先生の言っていた通り、放送をやりたいのは俺じゃなくて塚森裕太だった。ノボルのような人間を傷つけたくないのではなく、ノボルのような人間を傷つけていると思われたくなかったのだ。完璧な塚森裕太に瑕疵《かし》は許されない。ちゃんと分かっていると主張したい、有り体に言うと「ノボルに反論したい」が、本当の動機だった。

「多くの方が既にご存知だと思いますが、先日、僕は自分が同性愛者であることを仲間にカミングアウトしました。そしてそれをＳＮＳに投稿したところ、大きく話題になり、僕を知らない人にまで届く事態になってしまいました。実はメディアからの取材依頼まで来ていて、なかなか、すごいことになっています」

声が遠い。塚森裕太が、笑っている。

「ただ渦中の僕がこの状況をどう思っているかというと、実はさほど深刻に考えていません。なぜなら僕は自分が同性愛者であることを、恥ずべきことだと思っていないからです。異性愛者であることが広まって困る異性愛者がいないように、同性愛者である僕は同性愛者であることを広められても何も困りません。だからカミングアウトしたんです。実際、広まったことで増えたのは仲間ばかりです。インターネットの世界ですら、僕のことを悪く言う人はほとんどいません」

間が空いた。悲しそうに、切なそうに、塚森裕太が声調を下げる。

「だけど、誰もが僕のような人間ではありません。僕と同じ同性愛者だけど、怖くて僕のようにカミングアウトできない。そういう人がこの学校にもたくさんいます。そしてそういう人は、僕がこんな風に話題になってしまったことで、とても居心地の悪い想いをしていると思います。だから、そういう事態を引き起こしてしまった人間として、皆さんにお願いがあります」

塚森裕太が息を吸う。気持ちの高ぶりを、声に反映させる。

「皆さんの友達が、クラスメイトが、同性愛者かもしれない。できるだけそういう意識をもって学校生活を送ってください。僕の悪口は構いません。でも僕をダシにした同性愛の悪口は、それを聞いたカミングアウトしていない当事者を傷つけてしまう可能性がある。それは嫌です。だから、止めてください。そして絶対に、同性愛者探しもしないでください。皆さんを信じていないんじゃなくて、自分が信じられないんです。名乗りたいと思えるまで待ってあげてください。そして名乗らなくても、責めないであげてください。これが言いたくて、今回、お時間を取らせていただきました。ただ、これは強制ではありません。僕は皆さんにお願いすることしかできません。あとは僕という人間がどれだけの求心力を持っているか。それだけだと思います」

ノボルは聞いているだろうか。聞いていたとして、何を想っているだろうか。

「それともう一つ、お願いがあります。今度の土曜と日曜にインターハイの県内予選があります。決勝リーグの二戦目と最終戦。インターハイ出場が決まる、大事な試合です。場所はH市の総合体育館。土曜は午後三時からで、日曜は午後二時四十五分から。もしお時間ありましたら、観に来ていただけると嬉しいです。今日はお時間いただき、ありがとうございました。ここから先は、まずは一人のバスケットボールプレイヤーとして、全国優勝目指して頑張りたいと思います。応援のほど、よろしくお願いします！」

塚森裕太が大きく頭を下げた。そして榎本に目配せをして椅子を後ろへ引く。榎本が立ち上がり、放送機材の前で腰をかがめてマイクに唇を近づけた。

「それでは緊急放送を終了させていただきます。皆さん、ご清聴いただきありがとうございました。引き続き、楽しいお昼休みをお過ごしください」

カチッ。

榎本が機材の電源を切った。そして「あー！」と雄叫《おたけ》びを上げながら、パイプ椅子に勢いよく座り込む。勢いでめくれたスカートを直す仕草は女の子っぽく、だけど乱雑な手つきはやけに男らしくて、アンバランスさに目を惹かれた。

「お疲れ」

「私はほとんど何もしてないけどね。お疲れ様」

「俺、ちゃんとできてた？」

「パーフェクト。さすが塚森くんって感じ」

そうだな。俺もそう思う。すごいやつだよ、塚森裕太は。

「じゃあ、教室に戻ろうか」大きく伸びをして、榎本が満足そうに笑った。「みんながどういう反応するか、楽しみだね」

テストが返ってくる前から、高得点を確信している。俺は「そうだな」と答えて立ち上がった。二人で放送室を出て、視線を浴びながら、人気の多い昼休みの廊下を歩く。

教室に着いた。戸に手をかけ、横にスライドさせる。薄い鉄板がガラガラと派手な音を立てて動き、見慣れた風景が俺たちの前に広がる。

盛大な拍手が、世界を埋め尽くした。

拍手の音が、俺を塚森裕太に変える。俳優が出待ちのファンにやるように、塚森裕太がクラスメイトに向かって片手を挙げた。羽根田が塚森裕太に駆け寄って肩に手を回し、その後も何人もの友人が寄ってきて、塚森裕太を囲んで話しかける。

「すげーわ。マジで尊敬する」

「やるべきことをやっただけだよ。大したことじゃない」

「それ、素で言ってる？　カッコつけてる？」

「カッコつけてる」

「素直か！」

「なあ。メディアの取材依頼ってなに？　テレビ？」

「テレビみたい。インハイ出るならドキュメンタリー作りたいんだって」

「マジで!?」

「サインくれサイン！」

今、分かった。

俺は「塚森裕太」をログアウトしていなかった。アカウントのプロフィールに「ゲイ」がプラスされただけ。俺と塚森裕太を隔てているものは性的指向ではない。「塚森裕太」と「同性愛者」は共存できる。

でも、じゃあ「俺」ってなんだ？

「試合、頑張れよ。観に行くから」

羽根田が俺に向かって親指を立てた。試合。バスケットボール。あれをプレイしているのは俺と塚森裕太のどちらだろう。少なくとも雑誌のインタビューを受けていたのは、間違いなく塚森裕太だった。

「ありがとう」

今のは、俺と塚森裕太、どっちの言葉だろう。

分からない。

何も。

放課後、部室に着くまでに三人から話しかけられた。

三人とも昔のクラスメイト。男一人に女二人。みんな俺の――塚森裕太の放送を絶賛していて、試合も観に行くと言っていた。一人、試合について「勝てるの？」と聞いてきたやつがいて、塚森裕太が「勝つよ」と返し、俺が「勝負は時の運だけど」と付け足した。

部室に着いたら、悟志が今まさにロッカーを開けようとしているところに遭遇した。よりによって、と俺は思う。だけど塚森裕太はそんな感情をおくびにも出さず、爽やかな笑みを浮かべながら「よ」と悟志に向かって手を挙げた。悟志は手を挙げ返すことなく、じっとりと湿っぽい視線を俺に送ってきた。

悟志の隣のロッカーを開け、悟志に背を向けて着替えを始める。やがてあからさまに不機嫌な険しい声が、俺の背中に届いた。

「昼間の、何だよ」

俺は着替えを止めない。悟志の方を向くことすらしない。

「何かダメだったか？」

「相談ぐらいしろよ。今日いきなりやることにしたわけじゃねえんだろ」

「今日じゃないけど、昨日だからあまり大差ない」

「昨日なら相談できただろ」

「驚かせたくて」

「なあ」

悟志の声が、俺の延髄をギュッと抑えつけた。

「なんで、こっち向かねえんだよ」

着替えが終わった。

自分のロッカーを閉めて、ゆっくりと振り返る。いかつい顔をいかつくしかめる悟志と目が合った。格好はボクサーブリーフ一枚。よりによって。また、そう思う。

「一応、見ないでおこうかなと思って」

「なんで」

「だって、見られたくないだろ」

「ざけんな」

悟志が右手を伸ばし、俺の左手首をつかんだ。そのまま俺の左手を自分の厚い胸板に押し付ける。

「俺はお前のことを気持ち悪いなんて思ってねえ。見られるどころか、こうやって触られたって平気だ。だから余計なことは考えるな。分かったか」

熱が高まる。手のひらが汗ばむ。俺の汗と悟志の汗が、混ざり合って一つになる。

「——分かった」

悟志が俺の手首を放した。そして偉そうに「なら、いい」と言って、着替えの続きを始める。いつもなら着替え終わるまで待って、一緒に体育館に行くところ。だけど今日はそうしない。

「トイレ行ってくる」

俺はバッシュを持って部室を出た。そして部室棟の奥にあるトイレへと向かう。部室棟のトイレは年季が入っていて汚く、渡り廊下を通って校舎に出れば綺麗なトイレがいくらでもあるから、普通は誰も使わない。中に入ると、やっぱり無人だった。

饐《す》えた臭いの中、俺は呼吸を抑えて奥に進み、今にも蝶番《ちょうつがい》が外れそうなドアを開けて個室に入った。個室の壁に背中をつけ、薄汚れた和式便所を見下ろす。そしてバッシュを持っていない右手を、自分の股間にあてがう。

——硬い。

どうしよう。こんなのは初めてだ。着替えはもちろん、合宿で一緒に風呂に入った時だって、何の反応もなかったのに。

待っていれば治まるだろうか。しかし治まっても練習中に同じことになってしまうかもしれない。これから俺は悟志とストレッチをするのだ。悟志の身体を触り、悟志に身体を触ってもらう。下半身にだって当然触れる。そんな時、短パンの生地が盛り上がっていたりしていたら、言い訳のしようがない。

——やるしかない。

右手で下着ごと、練習着の短パンを膝まで下ろす。

屹立《きつりつ》するペニスに右手を添える。人さし指の腹を露出した亀頭の裏筋に当て、ゆっくりと上下に擦る。分泌液の感触が指先にぬらりと広がり、雄の臭いが鼻に届く。

熱が集まる。集まって、塊になって、上がってくる。出口はこっちだ。そう教えるように下から上へ指を動かし、体内の管を進む熱の塊を誘導する。こっちだ。こっちだ。

そこだ。

俺は指を止め、脈打つ肉の棒を握った。放たれた精が便器に落ちるのを見届けてから、大きく息を吐く。ペニスの先を拭ったトイレットペーパーを便器に放り、膝まで下ろした下着と短パンを上げ直して、足で奥のレバーを踏んで水を流す。

全身に気怠さが伸《の》しかかる。左手のバッシュがやけに重たい。これから練習だ。切り替えないと。俺は大きく首を振って火照りを振り払い、個室を出た。

洗面台の蛇口をひねり、流れ出した水に指先を浸す。ふと正面を見ると、くすんだ鏡に俺の顔が映っていた。生気のない目。だらしなく開いた唇。家の洗面所で髪にワックスを撫でつけながら見る顔とは全く違う、初対面の自分が鏡の中からこちらを見ている。

そうか。

お前が、「俺」か。

俺は水流を止めた。シャツの裾で右手を拭き、トイレの外に出る。この気怠さは射精によるものではない。分かっているのに、どうにもできなかった。

体育館に一歩足を踏み入れた瞬間、数えきれないほどの視線が俺に集まった。

あちこちに散らばっている制服姿のギャラリーに困惑しながら、まずはジョギングを始める。走っている間もギャラリーはどんどん増えていき、悟志とストレッチを始める頃には部員の数を超えていた。床に尻をつけて足を開く悟志の背中を押しながら、俺はひそひそと尋ねる。

「これ、俺を見に来たのかな」

「当たり前だろ」

分かりきっていることを聞くな、とばかりに言い切られた。俺は悟志の背中をさらに強く押す。猫が伸びをするように、上体がグッと沈んだ。

「お前はこういうの慣れてるだろ」

「さすがにこれは初めてだよ」

体育館をぐるりと見渡す。ギャラリーの九割が女子生徒で、一人を除いて知らない子たちだ。その一人、内藤さんも俺の知らない友達らしき子を二人も連れてきている。明らかな異常事態。練習への影響が心配になる。

やがて練習が始まった。見たところ、試合でギャラリー慣れしているレギュラーの動きはいつも通り。ただ試合経験のない部員、特に一年生はみんな動きが硬い。その中でもとりわけひどいのが武井だ。一年から試合に出すなら武井というのが俺と悟志の合意だったけれど、今日のザマでは三番手にもなれない。

「すいません！」

スリーランの最中、パスを受け損ねた武井がボールを追いかけて走っていく。あんな簡単なボールを受け損ねるやつじゃないのに。俺の横で、悟志がボソリと呟いた。

「ふぬけてんな」

悟志が動いた。そしてボールを拾って戻って来る武井に歩み寄る。俺がその意図を察した時、既に悟志は武井の頭を軽くはたいていた。

「硬いぞ。リラックスしろ」

バカ。それは理不尽だろ。俺は悟志を止めようと、二人の元へ向かう。

「すいません。緊張しちゃって」

「試合になったら観客がつくんだぞ。これぐらいで緊張してどうする」

「……そりゃ、塚森先輩みたいなすごい人は大丈夫なんでしょうけど」

名前が出て、歩みが少し鈍った。武井が唇の端を歪める。

「おれみたいな凡人にはきついんです。だから、みんな大丈夫だと思って、あんな風に注目を集められても困ります」

違う。

何よりも先に、そう思った。武井は塚森裕太を持ち上げている。他のみんなと同じように。だけど、本音は――

「やっぱ、きついか」

声をかけると、武井がすぐにこちらを向いた。武井の唇の歪みは消え、俺は塚森裕太になる。

「悪い。俺もこうなるとは思ってなかったんだ」

塚森裕太が顔の前に手を立てて謝った。悟志が不機嫌そうに口を挟む。

「お前のせいじゃねえよ」

「いや、俺のせいだよ。そこは先輩として認めようぜ」

右の手の甲で、塚森裕太が悟志の胸をトンと叩いた。そして押し黙っている武井を見やり、短く言い放つ。

「ちょっと待ってろ」

ギャラリーと部員。数多《あまた》の視線を浴びながら、塚森裕太が体育館の中央へと向かった。ギャラリーの雑談と部員の練習が止まり、塚森裕太に注目が集まる。教卓に先生が立った時と同じ反応。世界の中心を、塚森裕太が握った。

「すいません！」

お前、本当にそういうの好きだよな。俺は少し呆れる。

「僕の言葉が足りませんでした！　試合は、応援に来てくれたら嬉しいです！　でも練習は勘弁してください！　部員が練習に集中できなくなってしまうし、見ている人もボールが飛んで行って怪我するかもしれない！」

ギャラリーも気づかう。本当に立派だ。誰もお前がトイレでシコってから部活に来てるなんて思わないだろうよ。あれやったの、俺だけど。

「気持ちは本当に嬉しいです！　でもその気持ちは、試合の応援にぶつけてください！　よろしくお願いします！」

塚森裕太が頭を下げた。今この場において、塚森裕太の言葉は神託だ。逆らえるはずがない。ギャラリーがぞろぞろと動き出し、体育館から出て行く。

ふと、一人の女子生徒が、こちらをじっと見据えていることに気づいた。

内藤さん。誰よりも深く塚森裕太という偶像を崇拝しているはずの女の子。その子がなぜか、動かない。すがるような、助けを求めるような目をこちらに向けて、ぐっと両足を踏ん張っている。

やがて友達に肩を叩かれ、内藤さんも体育館から出て行った。バスケ部員しか残っていない、平常運転の体育館が出来上がる。塚森裕太が大股で武井に歩み寄り、肩に手を乗せて問いかけた。

「これでいいか？」

「……オッケーっす」

武井がもごもごと唇を動かす。やっぱり、違う。梅澤先生のように俺が見えているわけではない。武井は塚森裕太を見ていて、だからこそ、戸惑っている。

「よし！　じゃあ、練習再開するぞ！」

パンッと塚森裕太が手を叩いた。合図一つで世界が動き、練習が再開される。悟志が俺の背中を軽く叩き、「サンキュ」と言い残してみんなのところに走った。

5

木曜日の朝、学校の最寄り駅で一年生の女の子たちに話しかけられた。

昨日、練習の見学に来ていたらしい。試合を観に行くと言ってくれたので、塚森裕太がお礼を言った。ついでに握手を求められたので、俺は意味が分からないと思ったけれど、塚森裕太が対応した。

クラスの友達との付き合いも、ぜんぶ塚森裕太に任せた。顔も頭も性格も運動神経も非の打ちどころのない人気者。ゲイ？　そんなものは個性の一つで恥じることじゃない。そういう風に振る舞ったし、みんなもそういう風に扱った。

放課後になり、部活動に出向く。誰もいない部室で悟志が入ってこないかビクつきながら着替えている間、俺は確かに俺だった。だけど体育館に入ったら、またすぐに塚森裕太になった。次に俺が出て来たのは、ストレッチを終えた悟志に一年の新妻が声をかけ、それを横で聞いていた時。

「阿部先輩、ちょっといいですか？」

「なんだ」

「武井、今日休みです」

昨日の武井の態度が、俺の脳裏にふっと浮かんだ。

「どうして」

「……体調不良ですね」

悟志と話す新妻を観察する。話している人間と目を合わせず、か細い声で応答する様子は、明らかに後ろめたさを感じている人間のそれだった。何かある。そしてそれは部活に――俺に関係している。

練習中、俺はずっと新妻に話しかけるタイミングをうかがった。だけどチャンスが巡ってくることなく、練習は終わってしまう。俺はもうなりふり構ってはいられないと、部室に戻ろうとする新妻を呼び止めた。

「新妻、ちょっと」

新妻が振り返った。緊張に頬が強張っている。

「なんですか？」

「聞きたいことがある。武井だけど、もしかして俺のせいで休んでないか？」

声をひそめて尋ねる。新妻の表情が、分かりやすく曇った。

「……そんなことないですよ」

「ごまかすな。いいんだよ。俺だって誰からも受け入れられるなんて思ってないから」

「本当に違いますって。あいつは塚森先輩がそうだから無理とか、そんなことは本当に一言も言ってません」

「じゃあ、言ってないけれど、お前はそう感じたってことか？」

「それは……」

言いかけて、口を閉じる。俺は新妻の両肩に手を乗せ、言葉に熱を込めた。

「頼む。あいつがどういう感じなのか、教えてくれ」

「……どういうって言われても」

「俺はあいつのプレイセンスを買ってるんだよ。辞めて欲しくないんだ。だから――」

「裕太」

悟志が、俺の後頭部をコンと叩いた。

俺は悟志が後ろにいたことより、自分がそれに全く気づかなかったことに驚いた。それほどまで夢中になっていた。振り返った俺を、悟志が咎める。

「そんなガチ詰めされても、新妻だって困るだろ。放してやれよ」

食い下がる気の起きない、どっしりと落ち着いた言い方。二年生の時、梅澤先生から「一番上手いのはお前だが、部長は阿部だ」と言われたことを思い出す。俺は逆らわなかった。同じ意見だったから。

俺は新妻から手を離した。解放された新妻はぺこりと頭を下げ、小走りに体育館から去っていく。その足音が聞こえなくなってから、悟志が俺に声をかけた。

「お前らしくないな」

違う。あれが俺だ。お前は、分かってない。

「あんま気にすんなよ。お前はお前のやりたいようにやればいい」

「でも、武井に辞められたら――」

「そういうのを気にするのは俺の仕事だって言ってんの。お前はエースであってキャプテンじゃないだろ。プレイでみんなを引っ張ってくれや」

悟志がニカッと大きく顔を崩して笑った。その表情のまま、尋ねてくる。

「今日も歩いて帰んの？」

「そのつもり」

「じゃあ俺もそうするわ」

「え？」

「帰りながら話そう。色々、話したいこともあるし」

話したいことなら、俺にもある。だけど俺の話したいことは話したくないことと繋がっていて、話したくないことの方が重いから、話したいことは引っ張られて表に出られない。ずっとそうだったんだ。ずっと。

塚森裕太が、笑った。

「そうだな」

校門を出て、右に曲がる。

雲に覆われた空を見上げ、悟志が「一雨きそうだな」と呟いた。俺はその横顔を見つめながら「そうだな」と同意を返す。雲の切れ間から注ぐ陽光を受け、鼻の下にうっすら生えた髭《ひげ》が輝いていて、そんな綺麗なものではないのに幻想的で美しく思えた。

話したいことってなんだよ。そう聞いてしまいたい気持ちを抑え、他愛もない話題に付き合いながら街を歩く。今年のNBAアウォーズのMVP予想を語る悟志の瞳はキラキラと輝いていて、俺はそれだけ夢中になれるものがあることに、心の底から羨ましくなった。俺はそこまでバスケは好きじゃない。できるからやっているだけだ。バスケ以外も。

「お前、なんでいつも歩いてんの？」

道のりを半分ぐらいまで来たところで、悟志が俺にそう尋ねた。つい最近、同じ道を歩きながら同じ質問をされたことを、俺はふと思い出す。

「それ、彩夏にも聞かれた」

「彩夏が？」

「うん。一昨日、彩夏ともこうやって歩いてさ。あっちは逆に駅から学校だけど」

「なんで」

「駅でたまたま会って、ついていくって言われたから」

「へえ」

悟志の歩調が、少し速まった。右手に弁当屋の袋を提げた老人とすれ違い、俺は家で待っているはずの夕食を意識する。今日は何だろう。ローテーションから考えて、唐揚げあたりだろうか。

「悟志」俺は、言った。「彩夏にいつ告るの？」

陽光が千切れる。

悟志が振り向く動きに合わせて、ちりちりと刻まれる。切れ端になった光が俺の網膜を覆い、悟志の表情を覆い隠す。逆光で黒く染まる悟志の顔から、淡々と言葉が放たれた。

「彩夏が、お前にフラれてから」

ずっと見て見ぬふりを続けてきたものが、ようやく形を持った。ガスに火をつけたようなものだ。すぐに燃え尽きて、なくなってしまうであろうところも含めて。

「フッたようなもんだろ」

「そういうことじゃねえよ。彩夏の中から、お前がいなくなるまでだ」

「それ、いつになるんだよ」

「彩夏次第」

悟志が学生鞄を担ぎ直した。色褪せたショルダーベルトが首筋に近づく。ベルトはあちこちがほつれていて、普段の雑な扱いが透けて見えた。

「お前、もしかして、だからカミングアウトしたのか？」

「だからって？」

「彩夏に自分を諦めさせるためにやったのかってことだよ」

「違うよ。単純に言いたかっただけだ。ログアウトしたいっていうか」

「ログアウト？」

「そう。俺、ずっと『塚森裕太』って名前のアカウントにログインして生きてる気分でさ。そこからログアウトしたかったんだ」

「アカウントねえ」

悟志が首をひねった。いまいちピンと来ていないようだ。俺は話題を変える。

「話したいことって、もしかして彩夏のことだったのか？」

「ちげえよ。そんなこと話すつもりなかった」

「じゃあ、なんだよ」

「特にない」

「はあ？」

交差点を曲がる。前からバスが向かってくるのが見えた。今は制服を着た生徒は、きっと誰も乗っていないだろう。

「二人で話したかった。それだけだよ」

「なんだそれ」

「人と話すってそういうもんだろ。知りたいんじゃない。触れたいんだ」

いかつい顔を柔らかく綻ばせ、悟志が笑った。

「俺はお前に触れたかったんだよ。それだけ」

バスが、俺たちの真横を通り過ぎた。

地響きのようなエンジン音が鼓膜を揺るがす。俺は黙り、悟志も黙った。やがてバスが過ぎ去った後には、ついさっきまで普通に話していたはずなのにどう言葉を切り出せばいいか分からない、そんな不思議な沈黙が残る。

頬に、冷たい水滴が当たった。

「雨だ」

俺は手のひらを上に向け、落ちてくる雨粒を確かめた。トライアングルのようにポツリポツリと間隔を空けて存在を主張していた雨は、すぐカスタネットのように絶え間なく手を叩くようになる。滝みたいに降る豪雨の中、俺たちは「ヤバイ、ヤバイ！」と叫びながら走り、コンビニを見つけてその軒下に駆け込んだ。

「ひっでえな、これ」

悟志がぼやきながら濡れた髪を撫でつけた。襟足から首筋に水が滴る。俺は学生鞄からスポーツタオルを取り出して、頭と顔を軽く拭き、悟志にタオルを差し出した。

「使う？」

「お、サンキュ」

受け取ったタオルで、悟志が顔を拭き始めた。濡れて身体に貼りついたシャツが、逞しい身体つきと筋肉の動きを視覚化する。俺は悟志から顔を逸らし、降り続く雨を眺めながら独り言のように呟いた。

「悪かったな」

「なにが？」

「俺についてきたせいでこうなったから」

「気にしてねえよ。俺が来たくて来たんだ」

コンビニから出て来た男が、ビニール傘を差して雨の中を歩いて行く。悟志が「俺らも傘買うか」と言って、使い終わったタオルを俺に差し出してきた。俺はタオルを受け取り、鞄にしまい直さずに首にかける。

「お前さ」悟志の声が、雨音に溶ける。「何でも一人で背負い込まない方がいいぞ」

梅澤先生にも言われた言葉。俺は首にかけたタオルの両端を持ち、揺れるように頷く。今すぐに晴れて欲しいような、このままずっと雨宿りを続けたいような、よく分からない気分だった。

6

金曜日、俺は起きてすぐ、ずっと放置していたインスタグラムの投稿を覗いた。

最後についたコメントは木曜昼のものだった。騒動はすっかり治まっているようだ。ツイッターの方も同じだろう。だけどそんなの、俺には何の関係もない。俺の生活圏には未だに嵐が吹き荒れている。主に、俺自身のせいで。

歯磨きと洗顔を終えて、鏡の中の自分と目を合わせる。今日も頑張ってくれよ、塚森裕太。胸の内でそう声をかけながら、俺はヘアワックスを髪に撫でつけた。昔テレビで見た、戦いの前に化粧を施す部族の話を、整髪料の匂いの中でふと思い出す。

家を出て、学校に着いた。昇降口でクラスメイトから声をかけられ、俺は塚森裕太に切り替わる。そうなれば俺はしばらく出てこない。ログアウトはできません。重大なシステムエラーを引き起こす可能性があります。

放課後になった。教室を出ようとする俺に、羽根田が声援を投げかける。

「明日の試合、頑張れよ！」

塚森裕太が親指を立て、「任せろ」と言い残して教室を出た。胸を張り、肩で風を切りながら廊下を歩く。ただ歩いているだけなのに塚森裕太になっている。俺の居場所が、なくなっていく。

部室に着いた。中から人の気配がして、緊張しながら扉を開ける。練習着を着てベンチに座っている新妻と、練習着の下だけを身に着けて上半身は裸の武井が、ほとんど同時にこちらを向いた。

「先に行ってるわ」

新妻が立ち上がり、部室の外に出て行った。武井と二人で部室に残されて、塚森裕太が珍しく困惑する。武井は今のところこの世でたった一人、塚森裕太を塚森裕太のまま苦手とする人間だ。どう対応すればいいか分からない。

「体調、大丈夫か？」

「……はい」

「そうか。なら良かった」

武井の肩口に目をやると、剝き出しの肌がほんのわずか震えていた。寒いわけではないだろう。そんなにも、怯えが震えという形で外に出るほど無理なのだろうか。

確かめたい。

「あのさ」

右手を武井の肩に乗せる。武井が目をひん剝き、その手を振り払った。

「触らないでください！」

拒絶。

はっきりと示された態度を前に、塚森裕太が固まった。武井は顔を伏せ、灰色の床に視線を落とす。こういう時、どうすればいいのだろう。分からない。塚森裕太は誰からも愛される完璧な人間だから、こんなことは今まで一度だってなかった。

「お前、俺のこと、厳しいんだろ」

塚森裕太が口を開く。選んだ答えは、自省だった。

「無理しなくていい。そういうやつがいるのも当然だ。いきなりあんなことされたら混乱するよな。悪かった」

そう、当然だ。だから動じることはない。塚森裕太はまだ崩れていない。

「生理的なものだし、難しいとは思う。でも悪いけど、俺が引退するまでもう少し我慢してくれないか。お前にバスケ部を辞めて欲しくないいんだよ。俺は一年の中では、お前を一番買ってるんだ」

お前を認めている。お前のことを考えている。塚森裕太がそうアピールする。武井に自分の存在を認めてもらうために。

武井が顔を上げた。怯えながら敵に立ち向かう、番犬の役割を課せられた小型犬のような瞳で口を開く。

「塚森先輩。今日の練習の後、おれとワンオンワンをやってください」

ワンオンワン。意図を読み取ろうとするより早く、武井が言葉を続けた。

「大事なことなんです。お願いします」

考える。

正解はなんなのか。どう答えるのが正しいのか。『この時の武井進くんの気持ちを三十文字以内で答えなさい』。頭の中に設問を作り、思考を巡らせる。塚森裕太は今までこういう問いを間違えたことはない。間違えたら終わる。そういう存在だから。

「分かった」

塚森裕太が、柔らかな笑みを浮かべた。

「ただ今日はちょっと用事があるんだ。それが終わってから行くよ。少し遅くなるかもしれないけど、いいか？」

「構いません」

「そうか。じゃあ、よろしく頼む」

悪いな。そういう風に顔の前に手を立てる。武井が何か言いかけ、だけど部室の扉が開く音がして中断した。塚森裕太は武井から目を離し、誰が入って来たのか見やる。

一瞬、俺が現れかけた。

「うーっす」

悟志が手を挙げ、塚森裕太も手を挙げ返した。着替える塚森裕太の横で悟志も着替え始め、逆に武井は着替えを終えて出て行く。武井の開けた扉が自重で勝手に閉まった後、悟志がシャツのボタンを外しながら単刀直入に尋ねてきた。

「武井と何話してたんだ？」

「部活が終わった後、俺とワンオンワンがしたいって」

「何で？」

「知らない。アイツなりに必要な儀式なんだろ」

「儀式ねえ。そんで、受けるの？」

「受けるよ。任せろ」

着替え終わった練習着の裾を軽く引っ張り、塚森裕太が自信満々に言い放った。

「コテンパンにしてやるから」

塚森先輩が尊敬に値する存在であることを再確認したい。（二十六文字）

　これが答えだ。あいつは塚森裕太を慕っていた。塚森裕太がいるからこの学校に入学したと言ってのけるぐらい、神の如く尊敬していた。その塚森裕太に自分の認められない面があると知り、混乱している。神で在り続けてくれと願っている。

　だったら、それを見せつける。武井は確かにセンスがあるけれど、まだワンオンワンで負ける気はしない。圧倒的に、完膚なきまでに叩きのめし、武井の崇拝を取り戻す。

「上手くやれよ」

　悟志が肌着を脱いだ。浅黒い肌を見て、さっき武井に払われた手が痛みを思い出す。あいつ、俺に憧れてこの学校に入ったとか言ってたのにな。俺を慕っていたほんの少し前の武井を思い返し、俺は柄にもなく、切なさとやるせなさを覚えた。


　最後に集まって明日の試合の意気込みを語り、いつもより早めに部活が終わった。

　次は小山田先生との対談だ。武井以外の部員が体育館を出て行く中、梅澤先生に「行きましょう」と声をかける。いやに前のめりな態度を見て、梅澤先生が眉をひそめた。

「着替えてからでいいぞ」

「面談の後、武井とワンオンワンやるんで」

「ワンオンワン？」

梅澤先生が、体育館に残っている武井を見やった。それからこちらに向き直り、少し間を置いて「分かった」と頷く。納得はいかないけれど、まあいい。自分勝手な暴走を繰り返す俺に、最近の梅澤先生がよく示す妥協。

体育館を出て、職員室に向かっている間、梅澤先生は一言も言葉を発しなかった。やがて職員室に着いたら、扉を開けて中に「小山田！」と声をかける。すぐに眼鏡をかけた生真面目そうな男性教師が現れ、大人の前に立った俺は、自然と塚森裕太に切り替わった。

「塚森裕太です。よろしくお願いします」

「小山田貴文です。今日は付き合わせてすまないね」

「いえ。どうせバスケ以外にやることなんて、ありませんから」

塚森裕太が爽やかに笑った。小山田先生がわずかに怯《ひる》んだのを感じ取り、内心でよしと手応えを感じる。相手が大人でも、教師でも、主導権さえ握ればどうにでもなる。

「んじゃ、行くか」

梅澤先生の先導についていく。やがてテーブルが一つとパイプ椅子がいくつか置かれただけの小さな会議室に案内され、塚森裕太は入り口に一番近い席に腰かけた。小山田先生は机を挟んで塚森裕太の前に、梅澤先生は椅子を塚森裕太の斜め後ろに運んで座る。

「塚森くん。君は今日呼ばれた理由を、梅澤先生からどう聞いてるかな」

小山田先生が口火を切った。塚森裕太は背筋を伸ばし、ハキハキと答える。

「小山田先生の知り合いに同性愛者の方がいて、その方との接し方を知りたくて、当事者の僕から生の声を聞きたいとうかがいました」

「うん。それで、大丈夫かな？」

「というと？」

「それ以上の情報は要らないかってことだよ。どういう知り合いなのか、とか」

「必要ないです。というより、あまり言わない方がいいと思います。アウティングに繋がってしまうかもしれませんから」

むしろ、知りたくない。小山田先生の言っている知り合いが生徒のことで、それがノボルという可能性もある。あいつは武井と同じように、塚森裕太を塚森裕太として否定できる危険な存在だ。反論は済んだ。それでいい。

「ありがとう。それじゃあ早速、聞かせてもらえるかな」

「はい」

「君は同性愛者として、周りの人間にはどう接してもらえれば嬉しい？」

「どうもしなくていいです」

小山田先生が言葉に詰まった。逆に塚森裕太は流暢に語り出す。

「僕は同性愛者である前に一人の人間です。同性愛者であるというのは、頭がいいとか、足が速いとか、そういう特徴と変わらない。だから、特にこれと言ったことは考えないで接してもらえると嬉しく思います」

この質問と回答は事前に用意してあった。小山田先生は同性愛者とどう接すればいいのかを知りたいのだ。ならばどう接してもらいたいかは、絶対に聞かれる。

「じゃあ逆に、どういうことをされると困る？」

これも同じ理屈で予測済み。回答ももちろん、用意してある。

「さっきの逆ですから、考えすぎは困りますね」

「例えば？」

「実際にそういうことがあったわけではないですが、気をつかって彼女の話をしなくなるとか。あと誰かにいじめられたら言えって色々な人から言われるんですけど、それも少し大げさで困るかもしれません。心配してくれるのは嬉しいんですけど」

「色々な人？」

「梅澤先生とか」

塚森裕太が梅澤先生の方を向いた。そして笑顔を浮かべて愛嬌を示す。腕を組んで塚森裕太を見守っている梅澤先生は、仏頂面のまま少しも表情を変えなかった。

「それじゃあ――」

予習通り。

そうとしか言いようのない問題が、小山田先生の口から次々と放たれる。あまりにも想定の範囲内で申し訳なさを感じるほどだ。正解。正解。正解。質問に答える度、自己採点でマルをつけていく。

「カミングアウトしていない時にやられてイヤだったことはある？」

「同性愛を面白おかしくネタにされるのはイヤでしたね。実際はほとんどありませんでしたし、だからカミングアウトできたんですけど」

「いい友人に恵まれたね」

「そうですね。本当、僕にはもったいないぐらいだと思います」

「ご家族も、そうなのかな」

「そうですね。家族もみんな、僕が同性愛者であることを自然に受け入れてくれました」

「驚いてもいなかったのかな」

「どうでしょう。前から勘づいていた、というようなことは言っていませんでしたが」

「もし、カミングアウトする前に親から『知ってるよ』って言われていたら、塚森くんはどう思ったかな」

初めて、想定外の質問が来た。

塚森裕太が小山田先生の事情を察する。「接し方に困っている同性愛者」は、生徒ではなく子どもか。そして質問の中身から考えて、まだカミングアウトはされていない。小山田先生が一方的に知っているだけ。

なら正解は簡単だ。「ショック」とか「戸惑う」とか、そういう風に答えればいい。強制的にカミングアウトさせられるのは、それが親子の間であってもよくはない。カミングアウトはきちんと考えて、自分のタイミングでやらないと失敗する。

俺は、ほとんど勢いでやってしまったけれど。

「嬉しかった――と思います」

――あれ。

おかしい。正解と違う。しかも喋っているのは俺だ。塚森裕太じゃない。

「僕をちゃんと見て、ちゃんと考えてくれたこと。それを伝えてくれたことを嬉しく感じたと思います。自分では言えないことを察してくれて、すごく助かったかと」

バカ。そんな無責任なことを言ってどうする。もし影響されて小山田先生が自分の子どもに声をかけてしまったら、その子は俺みたいに——

——そうか。

それが、狙いか。

「小山田」

梅澤先生の声が、俺の頭上を越えて小山田先生に届いた。

「そろそろいいか？　明日は試合なんだ。うちのエースを疲弊させないでくれ」

「ああ、分かった」

小山田先生が立ち上がった。そしてこちらに歩み寄り、右手を差し出す。

「付き合ってくれてありがとう。色々、参考になった。明日は試合を観に行くよ」

俺の出番が終わった。塚森裕太が自分の右手を、小山田先生の右手に重ねる。

「どういたしまして」

握手を解く。すさかず梅澤先生が、小山田先生に声をかけた。

「小山田」

「なんだ？」

「塚森と軽く話がしたい。少しの間、外で待っててくれ」

引っ込んだばかりの俺が、再び引きずり出された。

梅澤先生には塚森裕太が通用しない。だから俺にバトンが渡された。塚森裕太が壊されるぐらいなら、お前が虚勢を張れ。そうやって。

「どれぐらい？」

「すぐだよ」

「分かった」

小山田先生が出て行った。梅澤先生が小山田先生の座っていた席に座り、正面から俺を見据えてくる。どうしよう。どうすればいい。塚森裕太と違って俺は、こういう場面に慣れていない。

「お前、なんであんなこと言ったんだ？」

低い声が、重圧となって身体を抑えつける。あんなこと。塚森裕太ではなく俺が答えてしまった、最後の小山田先生の質問――

「俺はいじめられたら相談しろなんて言ってない。辛いことがあったら相談しろって言ったんだ。覚えてないのか？」

――違った。しかし、そうなると意味が分からない。それの何が問題なのだろう。

「うろ覚えでした。でも、同じような意味ですし」

「同じじゃない」

「どうして。みんなに受け入れられたら、問題なんてないでしょう。そりゃ、いじめまでは行かないちょっとした暴言とかはあるかもしれませんけど、そんなものは相談するまでもないです」

「そんなことは絶対にない」

有無を言わせぬ口調で、梅澤先生が俺の言葉を否定する。俺はそれをちょっとした暴言でも相談しろという意味で捉えた。大げさだなと、ガードを解く。

だから次の言葉を、モロに食らってしまった。

「みんなに認められたって、辛いことはある」

梅澤先生が背中を丸めた。しかめっ面が、少し近づく。

「家族から、友人から、世界中から認められたって、お前がお前を認めていないなら、何の意味もない。大事なのはお前だ。お前が、お前自身をどう捉えているかだ」

俺が、俺自身をどう捉えているか。

眉目秀麗。成績は優秀で運動神経も抜群。性格は気さくで優しい努力家。誰からも愛されている、強大な求心力を備えた存在。そういう男だ。

塚森裕太は。

「別に」苦しい。「平気ですよ」

俺は笑った。上手く笑えているだろうか。塚森裕太のように。

「本当に大丈夫ですから。気にしていただいてありがとうございます」

梅澤先生がじっと俺を見やる。止めろ。見ないでくれ。あんたの目は怖いんだ。

「梅澤先生。体育館の鍵、持っていますか？」

「鍵？」

「はい。これから武井とワンオンワンするので。終わったら職員室に戻しておきます」

「ああ……そうだったな」

梅澤先生がジャージのポケットから鍵を取り出した。マジックで『体育館』と書かれた緑色のプラスチック板に、キーリングを通してくすんだ色の鍵がいくつかぶら下がっている。

俺は鍵の束を受け取ると、立ち上がってまた梅澤先生に笑いかけた。

「それじゃあ、また明日」

部屋を出る。傍で待っていた小山田先生に頭を下げ、早足で体育館に向かう。苦しい、苦しい、苦しい。早く塚森裕太になりたい。やっぱり俺にとって、この世界の空気は、毒でしかない。

いつの間にか、雨が降り始めていた。

廊下の窓ガラスに水滴が当たり、アメーバのようにべっとりと広がる。ほとんどの生徒が帰った静かな校舎に雨音が響き、薄暗い廊下は世界の終わりのような様相を呈していた。不安に急き立てられ、武井のところに向かう足が速くなる。

体育館に着いた。光沢を放つ床板と高い天井に挟まれた独特の空気感が、俺を塚森裕太に引き戻す。武井は体育館の真ん中で仰向けになって寝転んでいた。歩み寄り、声をかける。

「寝てるのか？」

武井が寝転んだままこちらを向いた。そして、ゆっくりと起き上がる。

「起きてますよ」

歩く塚森裕太が、床に転がっているボールに気づいた。練習をしていたのだろう。拾い上げて武井の前まで行き、右手に載せて差し出す。

「どっちからやりたい？」

「オフェンスで」

「オッケー」

手首をひねり、塚森裕太が武井にボールを放った。それからスリーポイントラインに立って腰を落とす。

「来い」

格好をつけた言葉が、自然と口から飛び出した。大丈夫。塚森裕太になれている。このワンオンワンだって負けやしない。

ボールを床に叩きつけ、武井が走った。そしてあっという間に目の前にくる。意気込みはよし。だけど力みすぎ。周囲を警戒しなくていいワンオンワンでその視線はないだろう。フェイクが見え見えだ。

釣られたフリをして、身体を少し右に動かす。ドライブで抜くには足りないが、抜きたくなる程度に。狙い通り、武井が右足を軸にしたスピンムーブへ移行した。塚森裕太はその初動に手を伸ばしてボールを狩る。

あっけなく、ボールが塚森裕太の手に渡った。武井が呆然と塚森裕太を見やる。塚森裕太はボールを小脇に抱え、悠々と言い放った。

「じゃあ、次は俺がオフェンスな」

一方的だった。

塚森裕太は、完膚なきまで、武井を叩きのめした。百年続けても勝てない。そう思わせるぐらいの実力差を見せつけた。武井がそれを求めていると思ったから。神さまで居続けてくれ。そういう願いを託されたと、塚森裕太は解釈したから。

続ければ続けるほど、技術の差に加えて体力の差がつき始める。勝ち目はどんどんと薄くなり、勝てない勝負を続けることはメンタルにくる。そうなれば後は時間の問題だ。折れるのを待てばいい。

武井が、床に手をついてへたり込んだ。

はあはあと息をする武井に、塚森裕太が「大丈夫か？」と声をかける。大丈夫でないのは知っている。そういう風に仕向けたから。

「お前、練習したかったわけじゃないよな」

塚森裕太がドリブルを始めた。音に言葉を混ぜて攪拌《かくはん》させる。

「ムカつく俺を叩きのめしたいとか、そんなところか。だったら悪かったな。でも手加減したら、それはそれで怒るだろ。お前はそれが分からないぐらい、にぶいプレイヤーじゃないからな」

喧嘩を売られて受けた前提は崩さない。崩さないまま、武井を持ち上げる。塚森裕太がシュートを放り、ネットの揺れる音が武井の吐息に混ざった。

「ボコボコにしといてなんだけど、お前、才能あるよ。一年の頃の俺より上手い。慰めてるわけじゃない。本気でそう思う」

そろそろいいだろう。塚森裕太がコート脇に置いておいた体育館の鍵を拾い上げ、武井の傍に置き直した。

「俺と一緒に着替えたり、帰ったりしたくないだろ。先に帰るよ。体育館の鍵はここに置いておくから、お前が職員室に戻しといてくれ。じゃあな」

武井に背を向け、塚森裕太が去る。完璧に回答できたテストを提出した後のような、清々しい気分で。その背中に、武井の声が放たれた。

「塚森先輩」

悪寒が走った。

耳から心臓に怖気《おじけ》が伝わる。凍った心臓から全身に、冷たい血が駆け抜ける。そんなはずはない。そんなはずは。否定を重ねながら振り返る塚森裕太に向かって、武井は突っ伏したまま言葉を繋ぐ。

「先輩は生まれて来た時代が、今で良かったですよね。同性愛に寛容で」

嗤《わら》っている。それが分かる。塚森裕太の舌が、口内で軽くもつれた。

「……まあ、それはな。二十年前だったらきっと違った。俺はその時代の空気は分からないけれど、まずカミングアウトをしなかったと思う」

「そうじゃなくて」

強い否定が、体育館に薄く広がった。

「おれが言いたいのは、もっと未来じゃなくて良かったですねってことです。現代の科学水準で本当に良かった」

塚森先輩が尊敬に値する存在であることを再確認したい。（二十六文字）

間違い。

正解は――

「おれ、思うんですけど、このままＤＮＡの解析技術とかが進歩すれば、人が同性愛者になる原因が見つかると思うんですよ。そうなれば生まれる前に子どもが同性愛者かどうかも判別できるようになる。今でも出生前診断ってあるじゃないですか。それで、あれで子どもに重たい疾患があるって分かったら、堕ろしたりしますよね」

塚森先輩がただの人間に過ぎないことを証明したい。（二十四文字）

「だから塚森先輩も、そういう未来の世界だったら、腹ん中で殺されてましたよ」

壊れる。

塚森裕太の凍った心臓に、言葉のナイフが刺さる。刺さった先からピキピキと、音を立てて亀裂が入る。お前は生まれてくるべきではなかった。生まれてきたこと、そのものが間違いだった。投げかけられた暴言は、あまりにも、あまりにも耳に馴染んで、すんなりと自己認識におさまる。

俺は生まれてくるべきではなかった。

武井が顔を上げる。俺は、笑った。四つん這いの武井を、粉々になった塚森裕太を見つめながら小気味よく笑い、言葉を返す。

「かもな」

武井に背を向けて歩き出す。体育館を出てすぐ、背後からダンッ！　と床板を叩く音が聞こえた。悔しかったのだろう。もう少し手加減してやれば良かった。神さまのポジションに固執した塚森裕太の過ちだ。

窓ガラスを叩く雨をぼんやりと眺めながら、部室に向かって無人の校舎を歩く。学校ごと未来の世界にワープしてサバイバルするホラー漫画のことを思い出し、「それもいいな」なんて考える。武井や、他にも何人か、巻き込んでしまうだろうけれど。

部室に入ると、汗のすっぱい臭いが湿気に乗って俺の鼻腔にまとわりついてきた。練習着を脱いで畳み、バッシュと一緒にスポーツバッグにしまう。汗ばんだ裸の肌をじめじめした空気が包み込み、世界との境界線が溶けて無くなるような感覚を覚える。

隣のロッカーが、俺の視界に入った。

使用者の性格が出ている、あちこちのへこんだ扉に釘付けになる。雨音が狭い部屋を埋め尽くす中、俺はごくりと生唾を飲んだ。生温かい液体が胃に流れ落ちる。

ロッカーの扉を開ける。膝立ちになり、ロッカーに顔を突っ込んで、目をつむり鼻をひくつかせる。あいつに抱きしめられているような、そんな気分になりながら、ボクサーブリーフをずり下ろす。

屹立した俺の雄の臭いと、ロッカーに充満するあいつの臭いが混ざる。玉虫色の香りが麻薬のように俺の理性を奪う。もう、いい。塚森裕太は死んだ。外面を気にする必要なんて、どこにもない。

右手でペニスをしごく。俺の臭いが強くなり、あいつの臭いを侵食していく。これが俺だ。塚森裕太じゃない、俺なんだ。俺を受け止めてくれ。俺を――

――全国優勝、目指そうぜ。

熱が引いた。

テレビのチャンネルを切り替えたように、信じられないぐらい一気に冷めた。ロッカーから少し離れ、外から中を覗く。ぼんやりした蛍光灯の光に照らされ、俺の精液が悟志のロッカーの底で、ぬらぬらと輝いているのが見える。

両目から、ぽろりと涙がこぼれ落ちた。

その場に崩れ落ち、唸るように嗚咽《おえつ》を漏らす。俺は何をやっているのだろう。こんなはずじゃなかった。こんな風になるなんて、考えてなかった。

勝てると思ったんだ。

対戦相手も、勝利条件も分からない。だけど何となく、勝てると思った。だから俺はカミングアウトしたのだ。先の見えない戦いに身を投じる覚悟を決めた。

だけど、甘かった。対戦相手は自己嫌悪、勝利条件は自己肯定。そう気づいてしまった以上、もう俺に勝ち目はない。だって俺はその戦いに勝てないから、塚森裕太を作ったのだ。誰からも愛されるスペックの高いアカウントを作り、ログインして生き長らえた。だけどそのアカウントも、中の俺に汚染され、今日、消去されてしまった。

「……イヤだ」

イヤだ。こんな俺はイヤだ。やり直させてくれ。生まれ変わらせてくれ。

「イヤだよお……」

声を漏らす。ぐちゃぐちゃにむせび泣く。チカチカと火照る頭の中で、塚森裕太が整った顔立ちを歪め、俺に向かって意地悪く笑った。

7

土曜日の朝、俺は体温計で熱を測った。

三十六度そこそこ。無慈悲なデジタル表示を恨めしく思う。ただ、これが三十七度を少し超えるぐらいの微妙な数値だったら、それこそ困っただろう。俺はそういうやつだ。自分では何も決められない。裁量を与えられても、何もできない。

すぐに昼間になった。制服を着て、父さんの運転する車に家族四人で乗り込む。近くのファミリーレストランで昼食をとってから、試合会場の体育館がある総合公園へ。小雨の降る中、父さんがワイパーが左右に動くフロントガラスをにらみながら、助手席に座る俺に話しかけて来た。

「裕太」赤信号。「今日は勝てそうか?」

分からないよ。俺がバスケやるの、久しぶりだから。でも塚森裕太ならこう言うと思う。

「勝つよ」

父さんが笑った。さすが俺の息子だ。そういう心の声が聞こえる。

「今年もインハイに出られるといいな」

「出るよ。そんで、優勝する」

「頼もしいな。頑張れ」

強気な言葉を口にして、自己暗示をかける。そうだ。もう勝つしかない。トロッコは押された。俺が押した。今さらレールを引き返すことはできない。塚森裕太が死んでしまったからこそ、俺が頑張らないと。

「あのさ」青信号。「実は学校に、テレビの取材依頼が来てるんだよね」

後部座席で芽衣が「うそっ!?」と声を弾ませた。俺は無視して父さんに語り続ける。

「インハイ出たらって話だし、どうなるかなんて分からないけどさ。一応言っておく」

「お前は受ける気なのか」

「受けようと思ってる。俺と同じ人たちが、勇気づけられるかもしれないから」

「そうか」

反対も賛成もない。だけど賛成なのは、その嬉しそうな横顔から伝わった。頭の後ろで芽衣が甲高い声を張り上げる。

「えー、じゃあお兄、芸能人になっちゃうじゃん」

「ならないよ」

「でも甲子園の優勝投手が芸能人みたいになること、よくあるし」

「それは甲子園で、優勝投手だろ」

「インハイで、優勝するんでしょ？」

「バスケのインハイはそんなに注目度高くないって」

「それはお兄が注目度上げてさー」

テンションの高い芽衣を軽くあしらう。車の中に明るく温かいムードが満ちる。もう話題は今日の試合の勝ち負けにはない。テレビの取材を受けて、インハイで優勝して、それからどうなるか。そういう次元に引き上げられた。

公園の駐車場に車を停め、スポーツバッグを持って体育館に向かう。体育館の中に入ってすぐ、更衣室に行く俺と観覧席に行く父さんたちで行き先が分かれた。「じゃあ」と手を挙げて背を向ける俺に、父さんから声がかかる。

「裕太」

振り返る。優しく微笑む父さんと、父さんの隣で同じように微笑む母さんが、同時に視界に収まった。

「安心しろ。何があっても、俺たちはお前の味方だ」

——本当に？

本当に、心の底から、そう思ってる？　生まれる前に俺がゲイだって分かってたら、男のくせに男が好きな変態で、孫の顔を見ることも望めないって分かってたら、それでも殺さないで産んでくれた？

やっぱり「普通」の子どもが良かった。

今だって、そう思ってるんじゃないの？

「――ありがと」

更衣室に向かう。父さんたちから離れる足が自然と速くなる。勝たなきゃ。ただその言葉だけが、頭の中で反響していた。

更衣室でユニフォームに着替え、用意された控え室に向かう。

俺が控え室に入った時、まだ部員はほとんど集まっていなかった。先にいた彩夏と長椅子に隣り合って座り、人が揃うのを待つ。やがて扉が外からノックされて彩夏が応対に向かい、彩夏は来訪者に「来てくれたんだ」と声をかけてから俺を呼んだ。

「裕太、まゆちゃん来たよ」

内藤さん。俺は「おー、分かった」と答え、控え室の外に出た。入れ替わりに彩夏が控え室に引っ込み、俺と内藤さんが狭い廊下で二人きりになる。

「これ、いつものです」

内藤さんがおずおずと、プラスチックのタッパーに入ったはちみつレモンを差し出してきた。俺は「ありがとう。助かるよ」とタッパーに手を伸ばす。タッパーを受け取る時に指先が触れ合い、内藤さんが目を剝いて、憧れの塚森先輩に触れられた驚きを示した。

——何を考えてるのかな。

カミングアウトしても変わらずにやってきた、俺のファンだという女の子を見つめる。彩夏はこの子は俺のことが「そういう意味で」好きだと言っていた。だとしたら俺が同性愛者だと分かった時点でもう目はない。それでもインスタグラムに応援のコメントを残し、友達と一緒に練習の見学に来て、こうやって差し入れもする。

「あの、水曜のスピーチ、感動しました。すごく良かったです」

水曜。練習の見学を追い出されそうになって、縋《すが》るような目で俺を見ていた内藤さんの姿が脳裏に浮かんだ。

「ありがとう。内藤さんはインスタにも一番にコメントくれたよね。嬉しかったよ」

俺は話を合わせ、にこりと笑ってみせた。そして話題を本命にスライドさせる。

「そういえば、練習の見学にも来てくれてたよね」

「はい。今日はあの時一緒にいた友達も応援に連れて来ました」

「そっか。じゃあ、今日はより頑張らないと」

我ながら嘘くさいと思いつつ、俺は肩を回して張り切る素振りを見せた。雰囲気が軽くなったところで、いよいよ。

「ねえ。あの時、内藤さんはどう思った？」

「あの時？」

「練習の見学に来た人たち、追い返しちゃったよね。あれ、内藤さんにはどういう風に見えてたかなと思って」

内藤さんの様子を観察する。顎に手を当て、目を泳がせ、何かを考えている。思い出しているわけではない。過去に潜っているなら、視線は動かない。

「素敵だと思いました」

——ああ。

「見学の人たち、マナーあんまりよくなかったし、追い返されてもしょうがないと思います。大事なのはファンより部員ですから。それをちゃんと態度で示せた塚森先輩は、いつも通り立派で、カッコよかったです」

そんなわけないだろう。だったら君はあんな顔をしない。君はあの時の塚森裕太に、何かいつもと違う感情を抱いたはずだ。それを口にしないのは、君が想う君の中の塚森裕太を崩したくないから。

塚森先輩がどんな人でも、わたしは塚森先輩を支え続けます。

——嘘つき。

「そっか。なら良かった」

会話を打ち切り、俺は控え室の扉を開けた。ドアノブに手をかけて扉を押さえながら、最後に差し入れの礼を告げる。

「差し入れ、本当にありがとう。それじゃあ」

控え室の中に入り、扉を閉める。ドアノブから手が離れた時、無意識に軽いため息が漏れた。タッパーの蓋を開けてテーブルの上に置き、俺は手を出さず彩夏の隣に戻る。

「話、したの？」

「インスタのコメントのお礼は言った」

「そうじゃなくて、『俺のことはもう諦めろ』みたいな」

「それはもう言ったようなもんだろ」

「私は『違う』ってだけじゃ、諦めきれないと思うけど」

そうだな。分かるよ。お前と同じで、俺もそうだから。

「告られてもいないのに、こっちから諦めろとか言えないだろ」

――彩夏が、お前にフラれてから。

俺がお前をフラないなら、悟志はお前に告白しないんだってさ。だからここさえ崩さなければ、三人このままずっとやっていけるよ。お前はどう思う？　絶対に無理でも、ちゃんと告ってフラれた方がいいと思うか？　俺には分からないんだ。

「……そうだね」

彩夏が頭の後ろのヘアゴムを撫でた。俺は黙って控え室の扉を見つめる。次に入ってきたのが悟志だったら何かを変えよう。そんな気なんかないくせに言い訳のように誓いを立て、やがて控え室に入ってきたのは、一年の坂上だった。

試合開始時間が近づき、俺たちは控え室を出た。

コートに足を踏み入れ、二階を見上げる。塚森裕太の呼びかけに応え、塚森裕太を見に来た大量の観客たちが俺の視界を埋め尽くした。でも塚森裕太はもういない。ごめんな。フリぐらいはできるよう、精一杯頑張るから許してくれ。

軽くストレッチをしてから、ウォーミングアップを始める。部員全員で列を作り、順々にゴールにレイアップを決めて、それからは各々が好き勝手にシュート練習だ。膝を曲げ、溜めを作り、全身でボールを放る。

指先からボールが離れた、その瞬間に分かった。

これは入らない。予想通り、ボールはバックボードに弾かれ、明後日の方向に跳んでいった。ディフェンスがついているわけでもない、フリースロー同然のシュートなのに、あまりにも大ハズレ。どうして入らなかったんだろう。そんなパフォーマンスをするように首をひねり、ボールを取りに向かいながら、バクバクと高鳴る心臓に怯える。

ボールを拾い、コートに戻ってもう一度トライする。さっきよりはゴールリングに近づいたけれど、やはり入りはしなかった。どこかの歯車が致命的にズレている。早急に修正しなくてはならない。頭では分かっているのに、観覧席を意識した身体は緩慢に動き、いつものウォームアップよりシュートを撃つ数を露骨に減らす。

試合開始のアナウンスが流れた。両チーム、スターティングメンバー以外はコート脇の席に行き、スターティングメンバーはコートに残って向き合う。やがてホイッスルが鳴り、ボールを持った審判とジャンプボールを跳ぶ選手がセンターサークルに、それ以外の選手がセンターサークルのすぐ近くに集まって、試合開始の準備が完全に整った。

腰を落とし、敵の選手を見据える。初対戦の相手ではないから、何人かの顔には見覚えがある。大丈夫。勝てる相手だ。現に今までは勝ってきた。

——塚森裕太が。

ジャンプボールが上がった。

悟志の弾いたボールが、こっちの選手に渡った。こういう時の攻めの起点は俺だ。俺は前方にダッシュし、パターン通り飛んできたパスを走りながら受け取る。

試合会場が、揺れた。

インターハイの試合ですら浴びた記憶のない、すさまじい歓声が俺の耳をつんざいた。お前を観に来た。お前に会いに来た。歓迎の言葉が音に乗って届く。そして俺は知る。力と暴力を分けるものは意図ではなく、量なのだと。

『すごいだろ？』

鼓膜の内側で、死んだはずの塚森裕太が囁いた。

『俺が集めたんだ。恥かかないよう、せいぜい頑張れ』

うるさい。やるよ。やらなきゃならないんだろ。分かってんだよ、そんなこと。

敵の背番号５が俺を止めに来た。知っている相手。何度かマッチアップしているけれど、こいつに抜かれるイメージはない。左に動いて意識をそちらに振らせ、右側から一気に抜こうと身をかがめる。

ドリブルの音が、途切れた。

弾かれたボールを受け取った敵の選手が、こっちの陣地に走り込む。悟志が「戻れ！」と怒鳴り声をあげた。だけど間に合わない。あっという間にゴール下に潜り込まれ、レイアップシュートがゴールリングに飛ぶ。

外れた。

跳ねたボールを悟志が取った。ボールは保井を経由して、未だ自陣に戻り切っていない俺の手に届く。俺はさっき自分のチームがやられたように、単身で深く切り込んでゴール下からレイアップシュートを放った。そしてさっきとは違い、ボールはゴールネットに吸い込まれ、会場が大きく沸き立つ。

「つーかもり！　つーかもり！」

違う。

俺の手柄じゃない。相手のミスだ。もう一人上がっていたから、横パスを振れば十分に抜けた。たぶん、焦ったのだろう。俺たちが相手チームを知っているように、向こうも俺たちを知っている。エースの俺を止めることができたから、千載一遇のチャンスだと思って功を急いだ。

向こうのスローインからゲーム再開。今度はゆっくりとした立ち上がりになる。しばらく細かくパスが回され、やがて背番号７が俺にワンオンワンを仕掛けてきた。軽く脱色した髪がチャラそうな男。

同じエースナンバーの７番を背負う者として、抜かれるわけにはいかない。相手の動きを見極めようと目を凝らす。右か、左か――

――右。

俺は右足に体重を乗せた。相手の進路を塞ぎながら、ボールを狙う。

左頬に、風を感じた。

背番号７が俺の左を駆け抜けた。慌てて悟志が立ちはだかるが、逆に悟志がマークしていた選手にパスを回されてしまう。そいつはそのままシュートを放ち、ボールはふわりと浮かび上がった後、重力に引かれてゴールリングに落ちた。

俺はだらりと両腕を下げた。まだツープレイ。なのに、信じられないぐらいに疲労が溜まっている。体感的には第四クォーターの後半だ。開始二分も経っていないのに、あと二分で試合が終わるような、そんな錯覚すら覚える。

「裕太」悟志が俺の肩を叩き、すれ違いざまに声をかけた。「ドンマイ」

俺を落ち着かせようとしてくれている。だけどその気づかいは、目的とは真逆に作用する。

塚森裕太はこんなこと言われない。いつだって誰かのミスに「ドンマイ」と言う側だった。何とかしなくては。何とか。

スローインから、タイムカウントが動き出す。まもなく飛んできたパスを受け取り、俺は敵陣のゴールをにらんだ。走って、抜いて、点を決める。そういう塚森裕太のイメージを頭の中に創り、身体の動きをそのイメージに合わせる。

ホイッスルの音が、俺のイメージを吹き飛ばした。

「トラベリング！」

——嘘だろ。

何よりも先にそう思った。歩いたのは、反則をしたのは俺なのに、「何やってんだ」と思った。塚森裕太はそんなことをしない。トラベリングなんて初歩的な反則、塚森裕太には絶対に許されない。

俺はぼんやりと観覧席を見上げた。たくさんの人が俺を見ている。塚森裕太を見に来た人たちが、俺を見てしまっている。

『へたくそ』

頭の中の塚森裕太が嬉しそうに囁く。俺は手に持ったボールを相手チームの選手に差し出し、うっすらと自嘲気味に笑った。

24―20。

スコアボードの表示に目をやり、思っていたより健闘したなと他人事のように思う。体感では前半のスコアは０―１００だ。24点の中には俺の得点も入っているけれど、まるでそんな気がしない。

梅澤先生を先頭に、ぞろぞろと控え室に戻る。帰り際に観覧席を見上げ、手を振る内藤さんと目が合ったけれど、振り返す気力が湧かずに無視をした。移動中はみんな無言だった。

どうして。そんなこと、考えるまでもない。

「塚森」控え室の前で、梅澤先生が俺を呼んだ。「話がある。俺と二人で外に残れ」

分かりました。そう答える声が、自分の声に聞こえない。俺ではない。塚森裕太でもない。俺が俺を守るために作り出した、新しいアカウント。

みんなが控え室に入った。扉から少し離れた場所で、腕を組む梅澤先生と向かい合う。ピントがぼやける。梅澤先生の顔が、よく見えない。

「率直に聞くぞ。何があった」

何もありません。

「いつも通りが辛いということか」

いいえ。

「昨日、俺が言ったことを覚えてるか？」

辛いことがあったら言え、ですか？

「違う。お前がお前を認めてないと意味がない、だ」

覚えています。

「お前、自分のこと、嫌いだろう」

回答が、喉につかえた。

そんなことないです。大丈夫です。気にしないでください。言葉が次々と脳内に浮かんで消える。付け焼刃で作ったアカウントが、早くも崩壊しかかっている。

控え室の中から、悟志の怒鳴り声が響いた。

「ぶっ殺してやる！」

梅澤先生が、弾かれたように控え室の扉を見やった。部屋の中で大勢の人間が喋り、声は境界線を失って一つの騒音となる。そんな中でも怒りに満ちた悟志の咆哮だけは、はっきり輪郭を持った言葉として俺の耳に届いた。

「ふざけんじゃねえ！　あいつがずっと、どんな気持ちで俺たちと一緒にいたと思ってんだ！　ふざけんじゃねえよ！」

——悟志。

お前は本当にいいやつだな。でもさ、お前だって何にも分かってないよ。昨日、俺、お前のロッカーでオナニーしたんだぜ。そんなこと、これっぽっちも考えてないだろ。

梅澤先生が控え室の扉を勢いよく開けた。中に入り「どうした！」と声をかける梅澤先生の後ろから、俺はぼんやりと惨状を眺める。立ちすくむ部員たち。羽交い締めにされている悟志。床に倒れている武井。

「何があった！　説明しろ！」

武井の身体が、勢いよく跳ねた。

梅澤先生が「武井！」と叫んだ。だけど武井は怯まず、梅澤先生の横をするりと抜けて控え室の外に出て行く。俺も手を伸ばせば届く位置にいたけれど、全く動かず素通りさせた。出て行った武井を目で追うことすらしない。

梅澤先生が廊下に出て、俺の背後で「小山田！　止めてくれ！」と叫んだ。どうやら小山田先生が来ているらしい。調子の悪い俺を見て、責任でも感じたのだろうか。だとしたら梅澤先生の言っていた通り、本当に真面目な人だ。あんな薄っぺらいやりとりが、そんなに効くわけないだろうに。

「お前たちは中にいろ」

みんなにそう声をかけ、梅澤先生が外から控え室の扉を閉めた。悟志が、彩夏が、部員たちが俺を見つめる。やがて悟志が腕を組み、ぶっきらぼうに言葉を放った。

「相手の7番」視線は、俺から逸らす。「明らかにお前を意識してる。お前が不調で勝てるうちに、今までの借りを返したいんだろうな。だからお前はなるべく相手にするな。仲間を使え。こっちのエースが不調でも、それを餌に相手のエースを無力化できるなら、釣りがくる」

俺は「分かった」と頷いた。実際は、そんなことはない。いつもの俺の能力値を10とするなら、あいつは6とか7とかだ。お互いが0になったらこっちが損をしている。俺がエース対決で抑え込む以上の理想形なんてあるわけがない。それでも悟志が前向きな言葉を口にする理由は、まだ俺を信じてくれているから。

やがて扉が開き、梅澤先生が再び姿を現した。そして俺に「来い」と声をかけ、外に連れ出す。控え室から少し離れた場所で向き合った梅澤先生が、死んだ魚の目をしているであろう俺に向かって、ゆっくりと語り始めた。

「事情は、何となくだが飲み込めた。それで――」

梅澤先生が言葉を切った。しばらく溜めて、吐き出す。

「お前は後半、試合に出さない」

硬質な声が、鈍器となって、俺の頭をガンと叩いた。

「前半を見て分かった。今日はお前が出ない方が勝てる。それにお前も出ない方がいい。ここで無理をしたら、本当に潰れる」

梅澤先生の右手が、俺の左肩をつかんだ。薄いユニフォーム越しに、熱がじんわりと伝わる。

「大丈夫だ。必ず勝つ。お前の仲間たちはお前のために、お前がお前と向き合う時間を作ってくれる。だから今は自分のことだけを考えて、信じて待て」

後半は出さない。出られない。前半、俺は無様なところしか見せられていないのに。あんなにたくさんの人たちが、塚森裕太を見に来ているのに。

「……イヤだ」

一言。

たった一言が、俺の導火線に火をつけた。鬱屈していた感情が爆発する。塚森裕太のフリを止めた俺が、その醜い姿を現す。

「イヤだ！　イヤだ！　イヤだ！　イヤだ！」

俺は梅澤先生の手を振り払った。頭をかきむしり、気持ちに任せて言葉を吐く。

「今日の観客は俺が集めたんだ！　俺を見に来てるんだ！　このまま無様に引っ込むなんて、そんなことできるもんか！　そんなことをしたら俺はもう生きていけない！」

弾かれた手を中空に浮かせ、梅澤先生が呆然と俺を見やる。ああ、あんたもここまでは見えてなかったたか。でも俺はこうなんだよ。こういうやつなんだ。

「みんな、塚森裕太が好きなんだ！　顔が良くて、勉強ができて、スポーツができて、性格のいい塚森裕太が！　だから俺はそれを変えちゃいけない！　みんなの塚森裕太を崩しちゃいけないいんだ！」

お前はお前。何も変わらない。たくさんの人たちが俺にそう言った。友達も、家族も、みんな。あの言葉の意味がようやく分かった。みんな、本当に俺が変わらないと思っていたわけではない。

変わって欲しくなかったのだ。

「先生が俺を試合に出さないなら、俺は自殺します」

梅澤先生の目が、かつてないほど大きく見開かれた。

「試合が終わった後、遺書を書いて死にます。遺書には先生のせいで死ぬことになったと書きます。先生は社会に罰せられ、自分を罰するでしょう。そして最後には壊れる。つまりこれは、無理心中です」

命なんて惜しくない。生まれてきたことが間違いだった。惜しいわけがない。

「選べよ。俺を引っ込めて一緒に死ぬか、俺を試合に出して二人で生き延びるか」

右の手のひらを胸にあて、俺は、魂を振り絞って叫んだ。

「選べ！」


中学生の頃、父さんとアニメの話をした。

きっかけは、父さんが高校生ぐらいだった頃に人気だった少年漫画原作のアニメが、原作者監修で新作続編を制作するというテレビのニュースだ。食事中、ニュースを見ながら父さんが渋い顔をして「なんだかなあ」と独り言を口にし、俺はそれを拾った。

「イヤなの？」

「思い入れがあるからな。好き勝手にいじられるのはちょっと」

「でも原作者監修だし、好き勝手にいじってるわけじゃないんじゃないの。どっちかと言うと勝手なこと言ってるのは父さんの方で」

「厳しいな」

父さんが苦笑いを浮かべた。それからテレビに目を向けて、自分自身に言い聞かせるように呟く。

「でもな、作品ってのは誰かの心を動かした瞬間、創った人間の手を離れて、その人の心に住むんだよ。確かに我《わ》が儘《まま》で、勝手な言い分だけど、そういうことだ」

父さんがうっとりと目を細める。テレビではなく別のものを見ているのが分かり、俺は口を噤《つぐ》んだ。踏み込んではいけない。頭ではなく、心でそう思った。

あれと同じだ。

俺の創った「塚森裕太」は、もう俺の手を離れた。みんなの中の「塚森裕太」を壊してはいけない。壊してしまえば俺はそっぽを向かれる。お前みたいなやつは求めていない。そう言われて、迫害される。

俺は、「塚森裕太」の続編だ。

ブザーが鳴った。第三クォーター終了。スコアは40―42で負けている。チームメンバーが俺の不調を察し、俺に頼りすぎないよう動いてくれているから、前半より俺たちの得点ペースは速くなった。だけどそれは相手も同じだ。俺の不調がバレたせいで、あっちの得点ペースも上がっている。

インターバルに入り、試合に出ている部員が梅澤先生の前に並ぶ。梅澤先生の指示はぼんやりとした精神論。不協和音を生み出しているのは俺なのに、俺を引っ込めず言及を避けようとしたらそうなるしかない。すぐにミーティングは解散になり、コートに向かう俺を梅澤先生が後ろから呼び止めた。

「塚森」

「やれます」

俺は振り向きもせず即答した。やるか、やらないか。認めるか、認めないか。それ以外の議論をする余地はないと示すために。

「大丈夫ですから、心配しないでください」

コートに立つ。ポジションに着き、腰を落として相手を見据える。泣いても笑ってもあと十分。絶対に負けるわけにはいかない。

ブザーが鳴った。

塚森裕太を意識して、手を、足を、身体を動かす。意識している分、無意識にやっていた頃よりも反応はずっと遅い。俺は足の動かし方を褒められ、どうやって足を動かしているのか考えて、一歩も動けなくなったムカデの話を思い出した。考えさえしなければ、そのままでいられたのに。

簡単なパスを受け損ね、ボールがサイドラインを割った。ぜえぜえと息を切らす俺の内側で、塚森裕太が愉快そうに囁く。

『へたくそ』

うるさい。黙れ。

『全国優勝するんだっけ。これで？』

黙れ。黙れ。黙れ。

『取材も受けるんだろ。お前と「同じ」人間を勇気づけたいんだろ。頑張れよ』

黙れ。頼む。黙ってくれ。

『試合を観に来たお前と「同じ」やつら、みんな、お前に失望してるよ』

黙れって言ってんだろ！

相手チームの選手が真っ直ぐ突っ込んでくる。止めなきゃ。何とかしなきゃ。でも、どうすればいいのだろう。こういう時、塚森裕太はどうやって相手を止めていただろう。分からない。思い出せない。

闇雲に手を伸ばす。バスケ始めたての初心者のような動きは通用するはずもなく、あっさりと脇を抜かれた。抜かれた先で点を決められ、スコアボードの表示が変わる。56—57。残り時間は、もう一分ない。

勝てると思った。

勝てると思ったんだ。

勝てると思ったんだよ。

垂れてきた汗が目に入った。視界がぼやけ、俺は右手で両目を拭う。辛いなあ。苦しいなあ。どうしてこんなことになったんだろう。未来はもっと科学が発展しているといいな。俺みたいな子が、生まれてくる前に、お腹の中でちゃんと殺してもらえるように。

「裕太」悟志が俺に近寄り、低い声で囁いた。「正念場だぞ」

悟志が自分のポジションに戻った。汗まみれの顔と荒い吐息。俺のカバーで体力を取られているのだろう。いつもは終盤でも、あそこまで疲労困憊《こんぱい》ではない。

他のメンバーも同じだ。みんな頬を赤くして、肩で息をして、だけど目はしっかりと前を見据えている。そうか。みんなも勝ちたいんだな。みんなも――

頭の熱が、少し引いた。

相手チームの選手たちを見やる。疲労の中で勝利を求めている視線は、俺たちと何も変わらない。勝ちたい。その意志が明確に伝わる。

なんで――

なんで俺は、俺だけが戦っていると思っていたんだろう。

彩夏への想いを打ち明けていない悟志。俺への想いを断ち切れていない彩夏。

人間関係に悩んで俺に相談を持ち掛けた小山田先生。自分の気持ちに嘘をついて俺を追いかけ続けている内藤さん。俺への拒否感のやりどころに困っていた武井。

父さん。母さん。芽衣。梅澤先生。チームの仲間。クラスの友達。

みんな、俺と同じように戦っているんじゃないのか？

『考えるな』

考えるよ。大事なことなんだ。考える。

『余計なことだ。自分がどういう人間か忘れたのか？　部室でロッカーに顔突っ込んでオナニーしていたことは？』

覚えてるよ。でもさ、例えば悟志が彩夏に渡されたタオルの匂いを嗅ぎながら、学校のトイレでオナニーしてないとは限らないだろ。そういうのを黙って、そんな自分を嫌いながら、表向きは平気な顔して生きているかもしれないだろ。

『やめろ。失礼だぞ』

そうだな。失礼だ。でも世の中はそうなってるんだよ。みんなが、俺が部室でオナニーしていたことを知らないように、俺だってみんなが俺の知らないところで何をしているかなんて分からない。これは願望じゃない。真実なんだ。

『だからどうした。あんな変態はお前一人だ。一人だけだ』

もしかして、塚森裕太《おまえ》ってさ——

『やめろ！』

別に、そんな特別な存在じゃないんじゃないか？

「裕太！」

彩夏が俺の名前を呼んだ。俺はハッと我に返り、悟志から飛んできたパスを受け取る。行かなきゃ。反射的に走り出そうとする俺の耳に、形のはっきりした声援が届いた。

「「「「行け！」」」」

四つ。

誰の声なのかも、どこから聞こえたのかも分からない。だけど四つ重なっていることだけは確かに分かった。耳ではなく、脳ではなく、魂がそう理解できた。

一点差ビハインド。回ってきたボール。時間的にラストプレー。

これは——奇跡だ。

勢いよく、ボールを床に叩きつける。

ドリブルの反動すらも利用する勢いで、敵陣に突っ込む。まず一人、立ちはだかる相手をフロントチェンジでかわす。さらに寄ってきた二人目を流れるようにロールターンで置き去りにする。一瞬だって止まらない。そういう気概で走る。

『やるじゃん』

塚森裕太。そうだよな。お前は俺だ。俺の心持ち一つで、どうとでも変わる。

『止まるなよ』

止まるかよ。このボールをゴールに運ぶまで、絶対に止まらない。

ボールの跳ねる音が、心臓の鼓動とリンクする。世界と一体化したような万能感に包まれる。この世から悪いことなんて何一つなくなったような、そんな気さえしてくる。

お前はお前。何も変わらない。今度こそ本当に、あの言葉の意味が分かった。あれは「お前は何も変わらない」という意味ではない。「お前は何も変わってくれるな」という意味でもない。

どんなに変わっても、俺は俺。

異性愛者のフリをしていた俺も、同性愛者だと明かした俺も、いつだって自信満々な俺も、常に誰かの目にビクビクしている俺も、チームをインハイのベスト４に導く俺も、県予選でトラベリングを取られる俺も、一つ残らず俺。

きっと、そういうことだ。

『来たぞ』

目の前に敵の背番号7が立ちはだかる。このエース対決に勝利して格付け終了ってか。さんざんコケにしやがって。俺は唇を不敵に歪め、言ってやった。

「タイプじゃねえよ」

背番号7がわずかに怯んだ。俺は身を屈め、視線のフェイクに釣られた相手を抜き去って、全身のバネを使って高く跳ぶ。跳びながらボールを手から放った瞬間、分かった。

入る。

ボールがネットを揺らした。会場中からとんでもない歓声が上がり、試合終了のブザー音をかき消す。悟志が俺の肩に手を回し、髪をくしゃくしゃに撫でまわしてきた。

「やったなあ！」

恥ずかしいから止めろよ。そう言おうとして、そっちの方を止めた。人の運命を左右するくせに高みから見下ろすだけで何もしない、神さまみたいに偉そうなゴールリングを見上げながら、胸中で言葉を紡ぐ。

――分かってるよ。

こんなのは通過点だ。これからも戦いは続く。この先も、毎日のように新しい俺が生まれて、その中には俺を責める俺だっている。分かってるんだ、そんなこと。

でも今は、いいだろ。

今だけは、この勝利の余韻に、静かに浸らせてくれ。

8

試合後、俺たちは控え室に戻り、クロージングのミーティングを行った。

ミーティングで梅澤先生は俺たちをボロクソに貶《けな》した。ここまで苦戦するような相手ではない。負けても全くおかしくなかった。各自、自分の何が悪かったかを考えて、月曜の練習前に発表しろ。そう言ってミーティングを一度締めた後、直立不動で話を聞いている全員をぐるりと見回して声をかけた。

「何か、言いたいことのあるやつはいるか」

「はい」

武井が、右手を高々と挙げた。

梅澤先生が「言ってみろ」と促す。武井は俺の方に身体ごと向き直り、ツカツカと歩み寄ってきた。そして俺のすぐ前まで来て、膝を折り、額を床に擦りつける。

「すいませんでした！」

土下座。俺含む全員が呆気に取られる中、武井が地面に言葉を吐き続ける。

「言い訳はしません！　許してくれなくても構いません！　ただ、本当に申し訳ないと思っていることだけは、伝えさせてください！　すいませんでした！」

さて、どうしよう。腕を組んで思案する俺に、新妻が声をかけてきた。

「あの」一歩、前に出る。「こいつは許してくれなくてもいいって言ってますけど、俺は許して欲しいです。辞めて欲しくない。だから……お願いします」

脇に手を揃え、新妻が頭を下げた。「俺もです」「俺も」と一年が次々と名乗りを上げる。

いい仲間に恵まれている。大事なことだ。

「武井」

俺は、突っ伏す武井に声をかけた。

「次の試合、俺とキャプテンは、お前を試合に出すことを検討している」

武井がバッと顔を上げた。反応の良さに笑いそうになるのを、どうにか抑える。

「隣のコートの試合結果と合わせて、インハイ出場が決まっただろ。次は消化試合だから、そこで将来のエース候補に経験を積ませたい。ただ勝ちを捨てるような出し方は、相手のチームにも失礼だし、できないからな。お前が試合に出るためには、俺たちがお前を出しても大丈夫と思えるぐらいの試合展開を作る必要がある」

語りながら、俺は悟志の方を見やった。悟志が小さく頷いたのを確認して、続ける。

「応援してくれ。頼んだぞ」

武井の口角が上がっていく。サプライズのプレゼントを貰った子どものような表情を前に、俺はとうとう我慢できず笑みをこぼした。武井が再び床に頭を擦りつけ、力の限り声を上げる。

「ありがとうございます！」

コンコン。

武井の叫び声に、誰かが控え室の扉をノックした音が重なった。全員が固唾を呑んで見守る中、扉がゆっくりと開く。現れたのは——

「……取り込み中だったかな？」

俺と武井を交互に見て、小山田先生が申し訳なさそうに呟いた。珍客に部員たちが戸惑う中、梅澤先生がぶっきらぼうに話しかける。

「『終わったら話そう』とは言ったけど、さすがに早いだろ」

「悪い。塚森くんと話ができないかと思って」

「なんで」

「なんでって……」

口ごもる小山田先生を見て、梅澤先生がため息を吐いた。それから俺に向き直る。

「塚森」

右手の親指を立て、梅澤先生が小山田先生を示した。

「少し付き合え」

廊下に出て、控え室の扉を閉め、少しだけ離れる。

俺と向き合った小山田先生は、まず「昨日はありがとう」と礼を告げてきた。俺は「どういたしまして」と答えながら、話したいことはこれではないだろうと考える。このやりとりは昨日すでに終えている。そのためにわざわざ会いに来るわけがない。

「試合、感動したよ。後半はほとんど最後しか観ていないけれど」

「ほとんど最後しか観てないのに、何に感動したんだっての」

「うるさいな。生徒の前だろ。混ぜっ返すなよ」

梅澤先生に茶化され、小山田先生が口を尖らせた。仲が良い。大人になってもこういう関係が築けることに、安心する。

「まあ、実際、感動したのは最後のワンプレイだけだよ。でもあれはすごかった。バスケットボールという枠組みを超えて、塚森くんの次のステージに進む意志というか、そういうものを見た気がした。月並みな言葉で言うと、勇気を貰ったんだ。だから――」

小山田先生が右手を差し出し、穏やかな微笑みを浮かべた。

「ありがとう」

勇気。小山田先生も戦っている。その事実を思い出す。昨日の最後にされた質問と、その回答も。

俺は差し出された手を握った。そして小山田先生の目を見据え、しっかりと話す。

「先生。昨日言ったこと、訂正していいですか」

「訂正？」

「はい。親からいきなり『知ってるぞ』と言われていたら、たぶん僕は混乱しました。周りが認めてくれるかどうかより、自分が自分を認められるかどうかの方が大きいんです。準備不足のままいきなり戦場に引きずり出されても死んでしまう。だからその準備が整うまで、待ってくれた方が嬉しいです」

「……そうか。分かった」

握った手に力が込められた。俺も力を込め返す。ちゃんと伝わったぞという合図を伝え合った後、役目は果たしたとばかりに、俺たちの手はあっけなく離れた。

「先生」最後に一つ。「僕からも質問があるんですけど、いいですか？」

小山田先生がきょとんと目を丸くした。だけどすぐ、落ち着いた表情に戻る。

「いいよ」

「先生には、お子さんはいらっしゃいますか」

小山田先生がほんの少し眉をひそめ、警戒の色を示した。

「娘が一人いる」

「じゃあもし、その子が同性愛者だったとして、生まれる前にそれが分かっていたら、中絶を視野に入れましたか」

「まさか」

迷いなく。

ほんのわずかな迷いも戸惑いも見せず、小山田先生は答えを口にした。最初から答えの分かっている問いかけだ。イエスと言うわけがない。だから俺は答えを出す早さや、出す時の表情に着目しようと思っていた。だけど、そんな風に心の準備ができている俺でも意表を突かれるぐらい、小山田先生の返事は早かった。

「僕は家族を愛している。気を揉むこともあるけれど、それは壊したくないからだ。だから何回生まれ変わったって、それを失うような選択はしない」

私たちはお前を愛している。父さんの言葉が、小山田先生の言葉とオーバーラップした。

「君のお父さんやお母さんも、同じだと思うよ」

知っています。

そんなこと、分かっています。分かっているのに、信じられなかった。信じようとしなかったんです。俺が俺を認められない。その気持ちを優先した。

「……ありがとうございます」

俺は頭を下げ、すぐに上げた。視界が一度リセットされる。眼球の自動フォーカス機能が、中央に据えた小山田先生だけではなく、隣の梅澤先生にも焦点を当てようとする。

梅澤先生は全てを諦めたように、寂しげに笑っていた。

——何回生まれ変わったって、それを失うような選択はしない。

そうか。

だから梅澤先生には、最初から「俺」が見えていたんだ。

「それじゃあ、また」

小山田先生が踵を返し、俺たちから離れた。その姿が見えなくなった後、梅澤先生がジャージのポケットから右手を出して俺の頭に乗せる。

「今日は、よくやったな」

いきなり褒められ、俺は戸惑いながら「はい」と答えた。あまり繋がっていない返事を聞いて、梅澤先生が苦笑いを浮かべる。そして右手をポケットに戻すと、急に真剣な表情になって口を開いた。

「負けても言ったぞ」

教師ではない。監督でもない。同じ性《さが》を持ち、同じ道を歩む、人生の先輩としての言葉。

「俺はたとえ試合に負けていたとしても、同じことを言ったからな」

勝っても負けても、よくやった。よく走った。よく動いた。

よく生きた。

「戻るぞ」

梅澤先生が控え室に向かう。先生も、よくやっていると思います。そんな偉そうな言葉を飲み込み、俺はその背中を追いかけるため、右足を強く前に踏み出した。


体育館を出た後、俺は悟志に誘われて、公園内のストリートコートに向かった。

いつも一緒に帰る彩夏も俺たちについてきた。雨が上がったばかりだからか、ストリートコートは貸し切り状態で、俺と悟志は自由気ままにワンオンワンを満喫することができた。制服のシャツとズボンを身に着けてやるバスケは練習や試合のそれよりぎこちなくて、どうしたって遊びにしかならない。だからこそ楽しくて、心地よかった。

「っしゃ！」

体勢を崩して撃ったフェイダウェイシュートが綺麗に決まり、俺は握った拳を天につきあげた。悟志が「くっそー」とわざとらしく悔しがり、ゴール下に転がるボールを取りに行く。俺は額の汗を拭きながら周囲を見回し、遠くから近づいて来る見覚えのある人影に気づいた。

「内藤さん」

植え込みの段差にハンカチを敷いて座っていた彩夏が、俺の声に反応して立ち上がった。そしてすぐ近くまで来た内藤さんに話しかける。

「タッパー回収しに来たの？」

「違います。塚森先輩に話があって来ました」

内藤さんが俺の目の前まで歩いて来た。俺と悟志と彩夏。三人分の視線を受けながら、俺と向き合う。

「これ、言うかどうか迷ったんですけど……」顔が、少し伏せられる。「わたし、塚森先輩のこと好きです」

駆け引きも何もない、スピードとフィジカルに任せたパワープレイ。俺が一番苦手とするやつだ。戸惑う俺の前で、内藤さんが自分の髪を撫でる。

「というより、好きでした。ファンとしてじゃなく、女の子として。でも塚森先輩は女性を好きにはなれないから、諦めます。今までありがとうございました」

「……内藤さん」

「でも」

内藤さんが顔を上げた。大きな瞳が、真っ直ぐに俺を捉える。

「ファンは止めません。次の試合も応援しますし、インターハイも観に行きます。また差し入れも持って行きますから、期待していてください」

――ごめん。最初に思い浮かんだ返事はそれだった。だけど言わない。

「ありがとう。楽しみにしてる」

内藤さんが「はい」と頷いた。そして俺から少し視線をずらし、ぱちくりとまばたきを繰り返す。視線を追って振り返ると、いつの間にか、彩夏が俺のすぐ傍まで来ていた。

「裕太」

「ん？」

「私も、裕太のこと好きだったよ」

ずっと。

長いこと俺たち三人が持てあましていた想いに、彩夏があっさりと触れた。そして触れたと同時に過去にした。彩夏が俺から顔を背け、内藤さんに話しかける。

「まゆちゃん、これから一緒に帰らない？」

「え？　わたし、友達待たせてるんですけど……」

「じゃあ、その友達も一緒にさ。フラれてムカつくし、裕太の悪口とか言いまくろ」

彩夏が内藤さんの肩を叩いた。それから俺を指さし、勝ち誇ったように言い放つ。

「私たちをフッたの、いつか絶対に後悔するからね」

だろうな。そう思うよ。遠い将来、きっと俺はこの光景を思い出す。そしてそういう道もあったんだよなと後悔と共に懐かしむ。それが悪いことだとは、言わないけれど。

「バイバイ」

彩夏が俺に向かって手を振った。そして内藤さんと一緒に俺から遠ざかっていく。二人の人間が、二つの想いが、塚森裕太の重力から解き放たれる。

「裕太」

振り返る。ボールを小脇に抱えた悟志が、俺をからかうように笑った。

「お前、ほんとモテるな」

「だろ？」

俺は笑い返した。そして親指を立て、彩夏たちが去った方向を示す。

「フッたぞ」

「……そうだな」

「逃げんなよ」

「分かってる。ところで、一ついいか？」

「なに？」

「お前、もしかして、俺のこと好きだったりする？」

温い風が、汗の臭いを運んだ。

嗅覚が悟志の存在を捉える。悟志がそこにいることを、返事を待っていることを改めて感じる。まばたき一つする間に、たくさんの思い出が頭の中をかけぬけて、フリーズ直前のパソコンのように、脳がカッカと熱を持つ。

「――うん」

分かった。

これが、「俺」だ。

悟志が唇をゆるめた。それから上向かせた右手にボールを載せ、手首のスナップで俺に放る。俺は飛んできたボールを胸の前で受け取り、合わせてボールと一緒に歩いてきた悟志から、すれ違いざまに言葉を受け取った。

「悪いな」

悟志がコートから出た。俺のやつと悟志のやつ、二つ並んで置いてあるスポーツバッグから自分の方を拾い上げ、肩に担ぐ。

「帰るわ」

「分かった。またな」

「おう。また明日」

悟志が俺に背を向けた。そしてひらひらと手を振って離れていく。今、あいつはどんな顔をしているのだろう。もしかして、泣いていたりして。――そんなわけないよな。分かってるよ。分かってる。

ボールをコンクリートの地面に叩きつける。ダン、ダン、ダンと、足音みたいな跳躍音が雨上がりの湿った空気を揺らす。フリースローラインに立ち、ボールを腹の前に抱え、顔を上げてゴールリングを見やる。

「あの！」

突然声をかけられ、集中が途切れた。振り向くと眼鏡をかけた見覚えのない少年が、コートの外から俺をじっと見つめている。緊張が一目で伝わる動きで、少年がぎこちなく俺に近寄ってきた。

「試合、観ました」

少年が顔を伏せ、ボソボソと語り出した。俺は戸惑いながら「ありがとう」と答える。俺にファンとして話しかけて来る人間はだいたいが女で、たまにスポーツをやっている男が混ざっているぐらい。こういうタイプから声をかけられるのは珍しい。

「それで、あの……」

少年の両肩が上がる。少年は右手にビニール傘を持っていた。だけど何も持っていない左手の方が、右手よりも強く握りしめられている。

「僕……」

言葉が途切れる。やがて少年が、ふっと肩から力を抜いた。伏せていた顔を上げ、さっきまでの緊張は演技だったかのような、自然な笑みを俺に向ける。

「頑張ってください。応援しています」

少年がぺこりと頭を下げ、駆け足で去って行った。俺は軽く首をひねる。いったい今のは何だったのだろう。わけが分からない。

一回だけドリブルをして、俺は再びゴールと向き合った。ボールを天に捧げるように高々と掲げ、全身の筋肉を縮めて伸ばす。俺にはもうどうすることもできない、だけど確かに俺の投げたボールが、ふわりと宙を舞って飛んでいく。

——頑張ってください。

ガン。硬いリングにボールが弾かれる。俺は小さく跳ねて遠ざかっていくボールを見つめながら、なぜだかあふれて止まらない涙を拭うため、両手で顔を覆った。

解説――自分と他人の境界のあいだで

三宅香帆

十代のころを思い出すと、自他の境界がとても曖昧だった。自分と他人が違う人間であることが分かっていなかった。自分と他人が同じものを見て同じ反応を返していないと不安だった。なにかに触れたとき、人と異なる感想をもつと、それを表明していいのかどうか分からなくて、怖かった。

ああ、十代のころって、不安だったよな。本書を読んだとき、そんな自分を思い出した。『#塚森裕太がログアウトしたら』には、自分と他人の輪郭をなぞり、そしてその差異を見つめなおす様々な登場人物が描かれる。その作業は、傍《はた》から見るほど楽ではない。自分と他人が違うということを理解するのは、存外怖くて不安なことだ。しかしその不安を越えた先でしか、他人を受け入れることはできない。本書はその不安とその先にある希望の双方を丁寧に描写した青春小説となっている。

物語は、塚森裕太のカミングアウトから始まる。バスケ部のエースである彼は、容姿も、成績も、人気も、立ち振る舞いも、なにもかもが完璧な男子高校生だった。彼は、同性愛者であることを公表する文章を、Instagramに投稿した。概《おおむ》ね好意的に受け取られたように見えた告白は、実は、周囲に様々な波紋を呼ぶ。本作は、塚森裕太を含めた五人の視点を綴った連作短編集である。

２０２０年に単行本が刊行された本書は、ＬＧＢＴとＳＮＳを取り巻く２０２０年代初めの環境を描いた物語としても楽しめるだろう。というのも、塚森のカミングアウトの投稿は「#最高の仲間に　#ありがとう」などのハッシュタグを使って表明される。これに対し友人たちも「感動した」「これからも友達で」などの肯定的なコメントを残す。塚森が明るい好青年であることを描写する箇所だが、これが10年前の小説だったらこんな場面は描かれなかっただろう。しかしＳＮＳの登場は、若者を明るく寛容にしただけでは終わらなかった。本書に登場するとくに十代のキャラクターは、ＳＮＳにうっすらと存在する「みんなに正しいと思われる反応を返さなくては」という規範に縛られている。たとえばＬＧＢＴの話題に対しては、このような反応を返さなくてはいけない。あるいは友人の告白に対しては、肯定しなくてはいけない。SNSの暗黙のルールから外れた反応を返すことを、彼らは怖がっている。そしてルールから外れない範囲で、自分の言葉を紡ぎ出すことになるのだ。

作中でもSNSで表現されている感情と、実際にキャラクターがそれぞれ抱いている感情はかなり異なっている。小説は後者の感情――つまりSNSにアップされない感情をこそ、掬《すく》い上げる。友人と違う反応、違う言葉。彼らはそれらをSNSに投稿することはない。しかしたしかに割り切れない感情はそこにある。本書はその感情を丁寧に拾い上げているのだ。

たとえば塚森のカミングアウトを同僚の教師から知らされた、小山田。彼は高校の先生であると同時に、14歳になるひとりの娘の父である。彼はひそかに娘が同性愛者である可能性に悩んでいた。そして娘との関係に悩んだすえに、塚森に「同性愛者として、周りの人間にはどう接してもらえれば嬉しい?」と相談する。小山田の発言は、世間やSNS空間からすると同性愛者を型にはめ、ひとりの人間として見ていない、と批判されるのかもしれない。しかし小説で小山田の戸惑いを追ってゆくと、たしかにどう振る舞っていいか分からない様子に、共感することが多々あるのも本当なのだ。さらに塚森のバスケ部の後輩・武井もまた、塚森のカミングアウトに動揺する人物のひとり。塚森をバスケの神さまとして崇めていた武井は、塚森が同性愛者であることをどうしても受け入れられない。このような姿もまた、SNSでは批判され得る反応かもしれないが、一方で小説で彼らの姿を読むと「そう思うこともあるよね」と共感できてしまうのだ。

SNSをはじめとして、世間では倫理的な規範を外れると、批判の対象となる。もちろん他人を思いやり、その人自身を認めることは重要だ。しかし同時に、相手が大切な人であればあるほど、世間が望むような反応を返せないことが多い。どうしても肯定できない、反射的に否定したくなってしまう。そのときはじめて、私たちは自分と他人の境界を知るのだろう。自分の輪郭と、他人の輪郭は異なっている。自分と他人は違う人間である。そのことを受け入れたとき、真の意味で他人を思いやることができるのではないのだろうか。本書には、葛藤の末に、自分と他人の境界線をきちんと引き、その境界線のうえで繋《つな》がろうとする人物たちが描かれている。

友人や家族が思いもよらない秘密を打ち明けたとき。なにも葛藤せず、倫理の規範に沿った反応を返すべきなのかもしれない。しかしそれだけでは、どうしたってこぼれ落ちるものがある。私たちは、他人を簡単に受け入れられない。「自分がされて嫌なことは人にはしないようにしよう」という言葉があるが、これは本当は違っていて、「自分がされて嫌なことと人がされて嫌なことは異なる」という前提を理解すべきなのだろう。しかしどうしても、自分と他人は同じような幸福を望んでいるのではないか、と私たちは思ってしまう。本書に登場する人々は、皆そこに悩む。だからこそたとえ倫理的でなくとも、私たちは彼らに共感してしまうのだ。自分と他人が違う人間であることに、悩まない人なんていないから。清水、小山田、内藤、武井、そして塚森。本書に登場する五人の言葉を読んでいると、それぞれの感情に細やかに共感させられてしまう。それは彼らが皆、自分と他人の境界線を探りながら、それでもどこか重なるところはないかと必死にもがきながら葛藤しているからではないだろうか。

Twitterで同じ意見をリツイートしたり、Instagramで『いいね』をつけていたりすると、「自分と他人は同じものを『いいね』と思うのではないか？」と感じてしまうことも多い。しかし実は私たちはそれぞれ異なる人間で、決して同じ感情をもって生きているわけではない。同じ投稿を見ていても、たとえば教師と生徒、男性と女性、先輩と後輩、それぞれの立場が異なればまったく異なる感情を抱くものだ。小説を読むと、あらためてそんな当然のことを思い出す。ＳＮＳで同じものをシェアしているときには忘れてしまいがちなことを、小説というかたちで作者である浅原ナオトは私たちに何度も伝えてくれるのだ。

小説はひとりひとりの視点から物語を綴り直してくれる媒体である。連作短編集なら尚更だ。同じものを見ていても、こんなにも湧き上がる感情は違うのか。――そう思ったとき、読者もまた、他人とは異なる感情を表現するきっかけをもらうのだろう。「他人と同じ反応を返さないと」と肩肘張った暗黙の規定をあえて破り、自分の感情は自分だけのものだと、本書は伝えてくれる。

この物語はひとりのLGBTのカミングアウトの物語でありながら、たくさんの人々の爽やかな成長物語でもある。成長とはなにかができるようになることだとすれば、皆生きている中で他人のことを少しずつ受け入れられるようになり、その成長過程で人と許し合えるようになるのかもしれない。塚森裕太というひとりの青年の告白を通して、それぞれが他人を受け入れられるようになる過程を描いた物語なのだ。

SNSが流行し、息苦しさを感じる子どもたちも多い時代だからこそ、広く読まれてほしい小説のひとつである。自分と他人はあくまで違う人間で、そのことに傷つく日もあるけれど、だからこそ他人に救われることもある。そんな普遍的な事実を爽やかに描いた2020年代の青春小説の金字塔として、本書は瑞々しく輝き続けるだろう。

——書評家

この作品は二〇二〇年十月小社より刊行されたものです。

幻冬舎文庫

●最新刊

みがわり

青山七恵

ファンを名乗る主婦から、亡くなった姉の伝記執筆を依頼された作家の律。姉は生前の姿形が律と瓜二つだったという。伝記を書き進めるうち、依頼主の企みに気づいた律。姉は本当に死んだのか。

●最新刊

もうレシピ本はいらない

人生を救う最強の食卓

稲垣えみ子

冷蔵庫なし・カセットコンロ1台で作る「一汁一菜」のワンパターンご飯は、調理時間10分、一食200円。これが最高にうまいんだ！「今日何食べよう」の悩みから解放される驚きの食生活を公開。

●最新刊

花嫁のれん

老舗破門

小松江里子

金沢の老舗旅館「かぐらや」の女将・奈緒子は今日も大忙し。ある日、亡き大女将の従姉妹がフランスから帰国し居候を始めた。さらに騒ぎを聞いた本家から呼び出され、破門の危機に……。

●最新刊

湯道

小山薫堂

仕事がうまくいかない史朗は、弟が継いでいる実家の「まるきん温泉」を畳んで、一儲けしようと考える。父の葬式にも帰らなかった実家を久しぶりに訪れるが。笑って泣いて心が整う感動の物語。

●最新刊

麦本三歩の好きなもの　第二集

住野よる

新しい年になり、図書館勤めの麦本三歩にも色んな出会いが訪れた。後輩、お隣さん、合コン相手、そしてひとりの先輩には「ある変化」が——!? 心温まる日常小説シリーズ最新刊。全12話。

幻冬舎文庫

●最新刊
吹上奇譚　第三話　ざしきわらし
吉本ばなな

吹上町では、不思議な事がたくさん起こる。最近引きこもりの美鈴の部屋に、夜中遊びまわる子どもの霊が現れた。相談を受けたミミは美鈴と共に正体を調べ始める……。スリル満点の哲学ホラー。

●好評既刊
神様が教えてくれた、星と運の真実
桜井識子の星座占い
桜井識子

セドナの神様が教えてくれた「宇宙と運の本当の関係」による占い。文庫版では開運のコツ・相性のよい星座を追加収録。生まれた日と名前で決まる10の星座別にあなただけの運勢がわかる！

●好評既刊
逃亡者
中村文則

不慮の死を遂げた恋人と自分を結ぶトランペットを持ち、逃亡するジャーナリストの山峰。トランペットを追う不穏な者達の狙いは一体何なのか？世界が賞賛する中村文学の到達点！

●好評既刊
神奈川県警「ヲタク」担当　細川春菜4
テディベアの花園
鳴神響一

三浦市で起きた殺人事件の被害者はテディベアのコレクター。春菜は、テディベアに詳しい捜査協力員の知識を借りて被害者が残した謎のメモ、「PB55……TCOA？」を解明しようとするが……。

●好評既刊
〈あの絵〉のまえで
原田マハ

「絶対、あきらめないで。待ってるからね。ずっと、ずっと」。美術館で受け取ったのは、亡き祖母からのメッセージ――。傷ついても、再び立ち上がる勇気を得られる、極上の美術小説集。

#塚森《つかもり》裕太《ゆうた》がログアウトしたら

浅原《あさはら》ナオト

令和5年1月15日　初版発行

発行人――石原正康
編集人――高部真人
発行所――株式会社幻冬舎
〒151-0051東京都渋谷区千駄ヶ谷4-9-7
電話　03(5411)6222(営業)
　　　03(5411)6211(編集)
公式HP　https://www.gentosha.co.jp/
印刷・製本―中央精版印刷株式会社
装丁者――高橋雅之

検印廃止
万一、落丁乱丁のある場合は送料小社負担でお取替致します。小社宛にお送り下さい。

本書の一部あるいは全部を無断で複写複製することは、法律で認められた場合を除き、著作権の侵害となります。

定価はカバーに表示してあります。

Printed in Japan © Naoto Asahara 2023

幻冬舎文庫

ISBN978-4-344-43258-1　C0193　あ-79-1

この本に関するご意見・ご感想は、下記アンケートフォームからお寄せください。
https://www.gentosha.co.jp/e/